# 香君

## 遥かな道 下

上橋菜穗子——著

王華懋——譯

# 漫漫長路

# 香君・下　漫漫長路　目次

# 香君・上　來自西方的少女　目次

Map by SAITO Yukiko

辰傑國
天爐山脈
大崩溪谷
西坎塔爾藩國
藩都
屈達河
伊阿馬河
長嶺山脈
馬扎力亞王國
大崩溪谷
席達拉
東馬立基郡
利奇達村
★ 郡都
彌涅利
尤他山地
奇拉馬
屈達
席馬撒拉
托馬里山地
★ 郡都
托馬里
西馬立基郡
吉哈那
「濟世稻」種植地名
屈達河

# 《香君》主要角色一覽

| | |
|---|---|
| 愛夏・喀蘭 | 主角少女，擁有獨特的嗅覺。西坎塔爾藩王之孫女。 |
| 馬修・喀敘葛 | 藩國視察官。父親為新喀敘葛家前當家之弟悠馬・喀敘葛。 |
| 歐莉耶 | 香君。里格達爾藩國小貴族之女。 |
| 拉歐・喀敘葛 | 舊喀敘葛家當家。統領眾香使的大香使。 |
| 米季瑪・奧爾喀敘葛 | 服侍香君宮的上級香使。拉歐之女。 |
| 伊爾・喀敘葛 | 新喀敘葛家當家，富國大臣。 |
| 尤吉爾・喀敘葛 | 伊爾・喀敘葛之子。 |
| 悠馬・喀敘葛 | 馬修之父。在馬修十七歲時下落不明。 |
| 阿彌爾・喀敘葛 | 與皇祖共同從神鄉歐阿勒馬孜拉帶回初代香君。喀敘葛家始祖。 |
| 喀蘭王 | 愛夏的祖父。原本是西坎塔爾的藩王，後來被逐下王位。 |
| 彌洽・喀蘭 | 愛夏的弟弟。 |
| 烏洽伊 | 喀蘭王的忠臣。扶養愛夏和彌洽長大，兩人稱他為「老爺子」。 |
| 塔庫 | 拉歐的堂哥，住在尤吉山莊與妻子萊娜有一對雙胞胎兒子。 |
| 烏來利 | 藩國視察官。馬修的同僚。 |
| 歐拉姆 | 新喀敘葛家親戚的上級香使。 |
| 歐洛奇・穆阿 | 馬修的部下。犬師。 |
| 阿莉姬 | 前任蟲害長。深受拉歐信賴，現在仍在「蟲倉」工作。 |
| 歐伊拉 | 蟲害長。阿莉姬的徒弟。 |
| 彌莉亞 | 歐戈達藩王母。歐戈達藩王阿哥亞的母親。 |
| 鳩庫奇 | 西坎塔爾藩國的藩王。 |
| 歐德森 | 烏瑪帝國皇太子。繼承歐爾蘭成為皇帝。 |

# 香君·下

## 漫漫長路

# 第四章　歐戈達的祕密（承前）

## 七、海風中的歐阿勒稻

大窗之外，極目之處，盡是歐阿勒稻搖曳的金黃稻穗。

稻子在海風中嘩嘩起伏著，然而它們比熟悉的歐阿勒稻更高大、稻穗也更為碩大。

「怎麼可能……！在近海的土地……」

歐拉姆面色蒼白地自言自語，彌莉亞接過他的話：

「歐阿勒稻無法生長，對吧？不，正如你看到的，長得可好了。」

歐拉姆注視著歐阿勒稻，不斷搖頭。

「不可能，我親眼見過好幾次。歐阿勒稻在任何土地都能生長，但只有種在海風吹拂的土地，會泛黑枯萎。」

彌莉亞的臉浮現笑容。

「沒錯，會枯萎——只要依照你們的指導，施肥種植歐阿勒稻，就會枯萎。」

當這話傳入腦中，歐拉姆的臉上浮現驚愕。

「難道……！」

「就是你說的難道。」

彌莉亞走近窗邊，把手搭在窗框上。

「這是偶然的產物，我忘不了那個午後。

那天，管理我船隻的船長大驚失色地衝進城裡來，對我說，西方峽灣的海邊，有歐阿勒稻結實了。

起初我也不信。歐戈達有許多島嶼，我們希望近海的地方也能種植歐阿勒稻，於是向你們香使求助，你們卻笑說不可能，不予理會。」

歐拉姆默默看著彌莉亞的側臉。

「香使不會來這裡真是令人慶幸，因為這樣就沒人監視了。

帶著鹽分的海風確實會破壞田地，但只要想方設法，還是能栽種作物。我很好奇真的沒辦法嗎？就讓優秀的農夫們實驗能否在島上栽種歐阿勒稻，但就像你們說的，最後總是枯萎。」

海風吹來，撥動彌莉亞的髮絲，歐阿勒稻也嘩嘩搖擺著。

「看見歐阿勒稻生長在西方峽灣的海邊，我尋思起來：眼前這些歐阿勒稻，和帝國賜給藩國的歐阿勒稻，有什麼不同？

海邊的稻子，一定是拿御賜的歐阿勒稻稻種嘗試栽培時，從峽灣送上岸的過程中掉落發芽的。如果是這樣，就代表它們跟設法栽種卻失敗的稻種是同一批。那麼，掉在海邊自己長出來的歐阿勒稻，跟聽從香使指導栽種的歐阿勒稻，不一樣在哪裡？」

「……」

彌莉亞回頭，看著歐拉姆。

「肥料，是帝國御賜的肥料。」

彌莉亞的眼中浮現凌厲的光芒。「看到在海邊自生的歐阿勒稻，我立下決心：面對那些以瞞天詐術控制他國的人，我絕對不會任憑他們擺布。」

歐拉姆板起臉孔，微微搖頭。

「妳誤會了。我們要人們使用肥料，並非什麼詐術。

說來汗顏，我沒聽過妳說的例子，但歐阿勒稻的生命力極強，因此自生的歐阿勒稻，或許是有辦法在海風所及的地方生存下去。但這些歐阿勒稻稱為『落稻』，無法食用。野生的歐阿勒稻具有強烈的毒性，因此我們才會使用肥料消除它的毒性，讓它變得可以安心食用。」

彌莉亞沉默片刻，看著歐拉姆，接著瞇起眼睛問：「你是真的不知道？」

「……？不知道什麼？」

看到歐拉姆訝異反問的表情，彌莉亞嘆了口氣。

「如果你不是絕世戲精，就是真的不知情呢。

原來如此，香君宮和富國省，甚至連香使都不讓他們知道真相啊。不過這確實是個好法子，畢竟知情者越多，洩漏的風險就越大。」

歐拉姆露出不耐的眼神。「妳到底在說我不知道什麼？」

不耐的深處，閃現著不安的陰影。

彌莉亞語氣平靜地說了起來：

「我們使用鳥糞石，私下在國內嘗試生產肥料，這件事不可能瞞得過帝國。原以為帝國會有多劇烈的反應，沒想到懲罰雖然嚴厲，卻也沒有先前覺悟得那麼嚴重。

當帝國把大約螞的出現歸咎到私造肥料上頭，我甚至佩服這招實在太高明了。但縱然帝國有再多聰明人，也不可能在我們私造肥料時，就料到將來會出現大約螞；即便料到，也不可能只為了懲戒歐戈達，就放任可能會危及自國的蟲害不顧——那麼，懲罰雖然嚴厲，但從某方面可說是反應輕微，這件事便呈現出一個事實。」

彌莉亞的眼睛浮現寒光。

「你都不覺得奇怪嗎？倘若歐戈達能自行生產肥料，事情應該非同小可，然而為何不火速祭出嚴罰來制止？香君宮和富國省為何都老神在在？」

「……」

「是因為就算我們有辦法製造肥料，對帝國也不構成任何威脅。」

歐拉姆板起臉來。

「這是妳過於穿鑿了吧。確實，缺乏知識的人即使想要製造肥料，也不可能做出品質夠好的成品，因此聽到歐戈達在私造肥料時，我們儘管驚訝，卻不慌張。

但私造肥料，代表有意對帝國造反，這對帝國而言是無法容忍的事，而且對於藩國的謀反徵兆，帝國不可能不視為危險。」

彌莉亞苦笑。「如果你是假裝不明白，演技可真是令人咋舌。」彌莉亞搖搖頭，接著說，「我說的威脅不到帝國，意思是即使我們做出了肥料，對我們也沒有任何好處。」

「……」

「剛才你說了，野生的歐阿勒稻具有強烈的毒性，而肥料是為了讓它變得適於食用。這話一點都沒錯。肥料不是為了滋養歐阿勒稻，反而是為了削弱，也就是壓抑歐阿勒稻的生長而施予的。」

歐拉姆一臉詫異地說：「……是這樣沒錯。雖然不是妳那樣的說法，但我們一直以來都是這麼學到的。肥料是用來減弱歐阿勒稻的毒性，讓歐阿勒稻健全成長，這根本不是什麼祕密。」

彌莉亞的眼睛浮現強烈的光采。

「是啊，因為明擺在眼前，反而令人視若無睹。真是太完美的詐術了，所以直到今天，都沒有任何人——甚至連你們香使，都不曾感到疑惑吧。」彌莉亞嘆了一口氣，「可是，你們對我們的指導中，有個彌天大謊。」

歐拉姆皺眉。「彌天大謊？」

「沒錯。」

「我們撒了什麼謊？」

「分量。一直以來，你們指導有一個最適宜的分量，你們稱為『絕對下限』，宣稱肥料如果比這個量更少，歐阿勒稻就無法食用。你自己試過嗎？你曾經用比『絕對下限』更少的肥料栽種過歐阿勒稻嗎？」

歐拉姆定住了，彷彿被殺個措手不及。

愛夏也感到震撼，宛如胸口遭到重擊。

（少於『絕對下限』的肥料……！）

他們從來沒有這麼做過。雖然試過增量好幾次，卻從來沒有試過把量減少到比「絕對下限」更少。

歐拉姆這樣的香使們，當然不會試著去改變被教導的最適宜的分量。這樣的舉動對香使而言沒有意義，而且過去定下這個最適宜分量的，正是活神初代香君，質疑這一點形同不敬。雖然會依照種植地的條件，對分量做出些許調整，但就連調整的量都早有規定。

不過，自己明明持續探索著肥料的祕密，卻從未對「絕對下限」抱持任何懷疑，這讓愛夏大為愕然。

「或許你們看不起我們歐戈達，但我們也絕不是廢物。」彌莉亞說，「在海風肆虐、土地貧瘠的島嶼生活，辛苦非比一般。因為收穫的穀物無法足以讓人民糊口，我們依靠貿易扶養人民。」

午後的陽光照亮彌莉亞的臉。陽光底下的半張臉一片亮白，讓她看上去比實際年齡年輕許多，但暗處的半張臉刻畫著符合年紀的深紋。

「在島上種植穀物，是我們長年來的夢想，因此我派出能幹的年輕人到鄰國馬扎力亞王國，學習那塊土地的技術。馬扎力亞是海洋國家，全國都處在海風籠罩下，這種風土的國家，有許多值得效法的農業技術。」

彌莉亞的臉頰浮現一抹淡笑。

「我沒有把他們派到帝國內的藩國學習。烏瑪帝國統治下的藩國只種植歐阿勒稻，就算學習無法在海風中生長的稻作種植技術，也沒有意義。」

彌莉亞收起了笑。「可是，去馬扎力亞學成歸國的優秀年輕人們向我提議，說應該重新調查歐阿勒稻用的肥料。他們說，這種肥料很奇怪，有許多地方不同於一般肥料，其中最令人介意的一點，就是成分中含有許多鹽分。」

彌莉亞的眼睛深處綻放光芒，注視著歐拉姆。

「歐阿勒稻用的肥料含有許多約奇草——約奇草帶有大量鹽分；因為很鹹，甚至會拿來取代鹽巴調味！怎麼會對抵擋不住海風、招架不住鹽害的稻子，又刻意施加鹽分？完全就是為了削弱它吧？」

歐拉姆一臉茫然地看著彌莉亞。

彌莉亞勾起唇角。

「所以我們從肥料中剔除鹽分，量也減少到比『絕對下限』更少，結果歐阿勒稻結實了。肥料本來就有鹽分，再加上海風的鹽分，導致鹽分過剩而枯萎——歐阿勒稻無法在海風中成長，其實是這個理由啊！」

「……」

「可是就像你們說的，像這樣長出來的歐阿勒稻，具有強烈的毒性，無法食用。」彌莉亞嘆了一口氣，「該把鹽分減少到多少、肥料減少到多少？我們鍥而不捨地反覆摸索實驗，終於成功種出在海風中也能生長、並且能夠食用的歐阿勒稻了。這種稻子不僅能食用，而且就像你看到的，更為碩大，產量也比一般歐阿勒稻更多。」

彌莉亞目光灼灼，露出懾人的笑容。

「我們找到的肥料最適合的量，比你們規定的『絕對下限』更少。」

歐拉姆的臉上浮現強烈的震驚。

彌莉亞厲聲指控：「你明白這意味著什麼嗎？帝國宣稱為了富裕藩國而賜與歐阿勒稻，實際上卻是在操縱歐阿勒稻的產量，免得藩國各憑本事，不斷提高產量，增強國力！」

愛夏咬住嘴唇。

（……不對。）

初代香君會抑制歐阿勒稻的生長，應該有某些別的理由。

但她無法現在告訴彌莉亞。如果把歐阿勒稻所隱藏的各種祕密告訴這個人，不知道會對藩國與帝國的關係造成什麼樣的影響。

（可是……）

愛夏緊鎖眉頭，強烈的詫異撼動著全身。

（把肥料的量減少到少於初代香君定下的『絕對下限』，如果還是能種出可食用的歐阿勒稻，那麼『絕對下限』原來並不是只要再少，就會產生毒性的極限量嗎？）

即使歐阿勒稻由於某些重大問題而衰弱，必須暫時減少施肥，也絕對不能比這個量更少——這就是初代香君定下的「絕對下限」。就連帝國為了擴張版圖而減少肥料量、持續讓歐阿勒稻茁壯增產的歷史中，也從來沒有違反過這個「絕對下限」。

愛夏學到的是，如果把肥料減少到超過這個下限，歐阿勒稻的毒性就會過強，變得無法食用，就連塔庫伯伯都深信不疑。

（……可是……）

愛夏望向窗外欣欣向榮的歐阿勒稻。

（如果那些稻子能吃……）

「絕對下限」就不是壓抑毒性的極限值了。那麼，初代香君是為什麼、基於什麼樣的理由，定出「絕對下限」，並要人們嚴格遵守？

彌莉亞表情嚴峻地看著歐拉姆，繼續說下去：

「看見在海風中結實累累的歐阿勒稻時，我們歡呼不已。可是，本以為終於撥雲見日的歡喜也轉瞬即逝，因為這次出現大約螞了。」

「……」

「對歐戈達而言，大約螞的出現，意味著國難當頭。」

彌莉亞閉上眼睛，復又睜開雙眼。

「我心愛的兒子阿哥亞說要歸順烏瑪帝國時，我大力反對。歐阿勒稻確實吸引力十足，但我一再勸他，說把籌碼全押在一樣東西上面，實在太危險了。

然而阿哥亞聽不進去。因為根據學者試算，光是內陸地區能種植的歐阿勒稻收穫，就遠遠超越歐戈達過去獲得的各種收益的總和。

阿哥亞說，我覺得依賴歐阿勒稻很危險，但這與仰賴大海存活半斤八兩。他說，我們遠渡不知何時會狂暴作亂的大海，從事不穩定的貿易活動，這一切不都克服了嗎？如果能得到歐阿勒稻，即使遭遇狂暴的海象、發生船團沉沒的不測，也能有餘裕去支撐人民的溫飽。阿哥亞這話沒錯，而且歸順烏瑪帝國所產生的義務，也在能夠接受的範圍內，因此最後我也支持兒子的決定。」

彌莉亞嘆了口氣。「事到如今說這些都沒用了，但當時我沒有考慮到，歐阿勒稻會讓歐戈達增加多少人口。」

愛夏一驚，心思回到彌莉亞的話上。

（……人口。）

以前馬修說過的話在耳邊迴響。

——歐阿勒稻會增加人口。開始食用歐阿勒稻以後，人口顯著增加了。

雖然也是因為人們再也不用挨餓，得以飽食而變得健壯，可以毫無顧忌地繁衍兒孫，但增加的速度快得異常。

（食用歐阿勒稻的地方，人口會增加。）

歐阿勒稻果然具有改變生物的力量，就像讓約螞變化成大約螞那樣。

彌莉亞搖著頭說：「就算孩童增加，歐阿勒稻也養得起他們，所以沒人在乎，反而覺得這是件好事，但我應該要發現其中隱含的危險的。

現在歐戈達遭到大約螞侵襲。失去歐阿勒稻，要只靠原本的產業，我們已經撐不起增長的人口了。用歐阿勒稻的稻草餵養的家畜肥碩，肉質鮮美，產下的小牛小豬數量也變多了；但把飼料換回牧草，生出來的幼畜立刻減少，肉質也變差了。

不僅如此，種過歐阿勒稻的土地，就再也種不出其他穀物——比起過往，人口已大幅增加，然而我們已經失去支撐這些人口的糧食生產手段了。」

彌莉亞以憤怒的眼神注視著歐拉姆。

「到這個地步，我們還是得繳稅給帝國。我們必須把手上僅存的糧食交給帝國，而不是送到飢餓的孩童口中。」

「……」

「如果願意不戰而降，帝國保證會賜予歐阿勒稻的恩惠，以及富裕穩定的生活——我們就是相信這種話，才歸順了帝國。然而實際上，產量卻是被帝國巧妙控制；而且因為接受了歐阿勒稻，人民反而挨餓受苦。對此帝國不僅沒有伸出援手，甚至奸巧地轉移責任，放任藩國的人民挨餓。」

彌莉亞聲調平坦，聲音卻深沉地擊入心田。

「帝國是怎麼對待歐戈達的，現在每一個藩國都睜大眼睛在看，看看當藩國陷入危難時，帝國會拿出什麼樣的態度。」

歐拉姆僵著一張臉看著彌莉亞，開口：

「歐戈達現在的危機，是歐戈達咎由自取，其他藩國也都清楚。」

彌莉亞面露苦笑。「你也只能這麼回答吧，還是你是真心這麼相信？但大約螞出現，不是我們做的肥料造成的。我們做的肥料，只用在少數地方。然而最一開始，大約螞是出現在使用帝國御賜肥料的田裡。」

「……！」

歐拉姆的眼中浮現強烈的驚訝。

彌莉亞看著他說：「做好心理準備吧。歐戈達跟帝國本土接壤，很快地，帝國本土的人民，就會看見歐阿勒稻田上，密密麻麻布滿了大約螞。

屆時富國省的高官們，應該又會歸咎於歐戈達，來轉移人民的不滿，但即使人們的怨氣朝我們發洩，也無法改變災害擴大的事實——帝國也將目睹全境的歐阿勒稻被焚燒殆盡的慘況。」

歐拉姆難以作聲，只能茫然望著彌莉亞。

彌莉亞靜靜地對他說：「你想救自己國家的人民嗎？」

「……」

「如果想的話，就助我一臂之力。」

歐拉姆眨了眨眼。

「助妳一臂之力？我嗎？」

「沒錯。」

彌莉亞微笑，望向窗外。

「你們現在看到的，正是拯救萬民的希望之稻。」

## 八、歐洛奇的報告

察覺門打開來的動靜，馬修起身迎接拉歐。

「讓你久等了。」拉歐聲音沙啞地說，在坐慣的椅子落坐之後，嘆了一口氣。

想到老師的疲憊，馬修行了個禮，簡短地問：「哥哥怎麼說？」

拉歐再嘆一口氣，回應：「唔，跟你料想得一樣。」

「出現大約螞的約格塞那不用說，鄰近地區的歐阿勒田地也要徹底燒毀。被命令燒田的地區免除租稅，將國庫儲米適量分配下去救濟饑民。此外，還提出了考慮到各方面的綿密對策，十足伊爾作風。皇帝陛下說會謹慎考慮。」

馬修眼神陰鬱地說：「這偏袒得露骨。」

拉歐點點頭。「我也這麼對皇帝陛下說。我說照這個做法，帝國本土的約格塞那和藩國歐戈達的待遇實在天差地遠得過分。歐戈達人民已經有許多人餓死，今年一定也會出現大量饑民，如果他們得知這樣的待遇落差，對帝國的恨意只會更深。想要救濟約格塞那，就應該同時公布對歐戈達的救濟措施。」

「但哥哥不同意？」

聽到馬修的話，拉歐又點點頭。

「他不反對，但不同意現在就執行。他說即便要轉換方向，不再將此次的災禍歸咎於歐戈達，也必須鄭重考慮做法。」

「是這樣沒錯，但也不能拖上太久吧？出現大約螞的不是與歐戈達相鄰的卡西馬地區，而是遠離歐戈達的約格塞那。

歐戈達的藩王是不容小覷的角色。他如果得知這個事實，一定會以帝國無從究責的方式，告訴諸藩國，這證明大約螞的出現，與歐戈達無關。」

拉歐開口：「尤吉爾也說了一樣的話。」

馬修驚訝地揚眉。「尤吉爾也這麼說？」

「對。」

拉歐點點頭，輕笑了一下。

「雖然挨了父親喝斥沒敢再作聲，但即使會惹父親不悅，他還是說了該說的話。他也成長了吶。親眼目睹歐戈達的慘狀，也是很大的因素吧。」

「這樣啊。」

得知年輕人明明成長於伊爾的權威壓力下，仍有為藩國人民憂慮的胸懷，鼓起勇氣發聲，馬修片刻間露出欣慰的表情。

拉歐看著馬修這樣的表情說：「如果你也參加會議，方向應該會有所不同。」

馬修搖頭。「要是我插嘴，哥哥只會更固執己見。」

「唔，皇帝陛下也是明白這點，今天會議才沒有找你吧。陛下應該也有些事想直接問你，近日就會把你叫去吧。」

拉歐喝了口桌上的茶。「……可是，沒想到會是約格塞那……」他沉吟，「這表示大約螞果然會出現在任何地方。」

「而且接下來會越來越快吧。只是燒掉有出現大約螞的歐阿勒稻田，根本無法防堵大約螞，這一點只要看看歐戈達就很清楚了。如果優伊諾平原的稻種產地出現大約螞，情況將不堪設想。我想哥哥也明白這件事……」

這時，門外傳來鈴聲。

「什麼事？」拉歐出聲。

「歐洛奇・穆阿大人拜見，說有急事求見馬修大人。」

馬修和拉歐對望了一眼。

馬修正欲起身，拉歐制止。「有話在這裡談。雖然不知道是什麼事，但我也想知道。」

馬修點點頭，對門外說：「讓他進來。」

歐洛奇等不及門開似地，立刻入內。

他渾身是汗，衣物布滿汗漬，長靴也沾滿了泥巴。

「抱歉全身灰頭土臉的。」歐洛奇上氣不接下氣地行禮。

拉歐對他說：「無妨，先過來坐吧。」

接著向門外的雜役招呼：「端點喝的——」

「不必！」歐洛奇抬手制止，「謝謝大人好意，不勞張羅了。」

拉歐從他的表情察覺弦外之音，點點頭說：「不用了，都下去吧。」

聽到他的話，雜役應了聲「遵命」，關上了門。

確定腳步聲遠離後，馬修才重新轉向歐洛奇。

「怎麼了？歐拉姆的事，我已經接到鴿書了。」

歐洛奇調勻呼吸，開口：「愛夏被抓了。」

聽到這話，拉歐驚呼：「什麼？怎麼會？被誰抓了？」

歐洛奇看了馬修一眼，確定馬修點頭之後，開口說了起來：

「我依序說明。我奉馬修大人之命，刺探歐戈達的藩國總務廳。『歐戈達曉光』的活動當中，有幾次內部流傳著歐戈達人的情報網不可能得知的情報，因此我們懷疑有烏瑪人內應。我也利用部下長期多方偵查，但馬修大人指出藩國總務廳是最有可能的地方，因此我鎖定幾人，徹底調查之後，發現藥草香料管理部的首長與『歐戈達曉光』勾結。」

「……果然是托亞魯嗎？」馬修說。

歐洛奇點點頭。「就是托亞魯。我發現托亞魯利用進出的業者，行跡鬼祟，便持續監視。發現職員從總務廳下班後，有貨運馬車來到倉庫，搬出用草蓆包裹的大型貨物。從時間來看顯然極不尋常，因此我想趁深夜調查，待夜深之後，再次回到倉庫附近，然而我卻犯了個大錯。」

歐洛奇的眼神緊繃起來。

「我在監視倉庫一事似乎早已曝光，我沒發現對方設下了圈套，糊里糊塗自投羅網。就在即將被抓的前一刻，圍牆外傳來手笛聲，是夥伴警告逃跑的信號。」

「是愛夏嗎？」馬修低聲說，歐洛奇點點頭。

「我不知道愛夏怎麼會在那裡，但她救了我。我想救愛夏，但我寡不敵眾……」歐洛奇臉色蒼白，咬牙切齒。

馬修搖搖頭。「你逃走是對的。」

（愛夏是在追蹤歐拉姆的下落吧。）

馬修在心中低語。

應該是得知歐拉姆在隱田被抓，想要設法救出他。

眼底驀地浮現過去的光景。他想起當愛夏告訴鳩庫奇他被下毒時，她的表情和聲音。

即便是敵人，即便是不該救的人，她依然無法袖手旁觀——馬修早就知道她是這樣一個女孩。

（我明知道她可能會去尋找歐拉姆的下落……）

整副心思卻都放在帝國本土出現大約螞的消息上，未能及時應變，這讓馬修感到強烈地懊悔。

「怎麼不傳信鴿？」馬修問歐洛奇，歐洛奇說：

「很抱歉，我不想浪費時間去鴿舍。愛夏被抓時我先逃離現場，接著直接去找部下們，要他們分頭監視『歐戈達曉光』在搬運人質時可能會使用的人和地點。」

拉歐探出身子。「那，查到人被帶去哪裡了嗎？」

「有兩個可能的地點。」

「哪裡？」

「兩個地方都是島，一個是阿利阿那島，另一個是吉拉穆島。擄走香使是重罪，而歐戈達是海民，我想與其把人藏在內陸，他們會認為藏在島嶼更不容易被查到。」

歐洛奇說，與「歐戈達曉光」有關的人，隔天早上載貨出海的地點是這兩座島嶼。馬修聽完後，用指頭敲了一下桌子。

「歐洛奇。」

「是。」

「有件事要你去辦。」

「是，請儘管吩咐。」

## 九、吉拉穆島的隱情

沙沙、沙沙，草葉摩擦聲不絕於耳。

吉拉穆島比內陸更熱。海風宜人，卻會讓皮膚黏答答的，十分困擾。菜園各處，農婦們毫不在意強烈的艷陽，坐成一圈吃著午飯，笑語不絕。愛夏和歐拉姆都受不了日曬，午餐時間盡量待在陰暗的涼亭。

待在菜園、或分配給他們當宿舍的小屋入睡時，都有數名武人監視，但手銬腳鐐都已經取下，飲食也算是不錯。即使如此，愛夏夜裡還是難以入睡，即使好不容易睡著了，也會頻繁驚醒。不管做什麼，前景不明的不安總是深深扎刺著胸口。

等到漸漸熟悉島上的狀況，監視者的警戒鬆懈下來，或許有辦法逃出生天，但要等到那種狀態應該需要漫長的歲月。

愛夏好幾次回想起歐洛奇留下一句「抱歉」離去的身影，馬修或許會來救她的一抹希望也掠過腦海，但冷靜想想，馬修再神通廣大，也難以從這樣的狀況救出他們。她的希望又萎靡下去。

而且，即便查出愛夏就在這座島嶼，還有歐拉姆的問題。

考慮到和馬修一起進行的計畫，現在歐拉姆保住一命，而且不會將隱田的事通知伊爾・喀敘葛，是最為求之不得的狀況。而歐拉姆和自己沒有被取走性命，在這座島永遠住下去，是目前所能設想到最好的情形吧。

即使抱著這樣的想法，再三告訴自己其他事情只能放棄，種種擔憂卻陰魂不散。歐拉尼村的隱田才剛開始耕種而已。如果隱田無法順利耕種，歐拉尼村的村人會怎麼樣？一想到這裡，心口便為之一緊。其他村子也讓她擔心，每當想起在各個村莊見到的新生嬰兒、慈祥的老婆婆，她便焦躁得坐立難安。

也許米季瑪會巧妙遮蓋面容，接替她的任務。但眼睛是人臉最重要的特徵，像米季瑪這種長年巡迴各地、許多人都認識的上級香使，被識破的危險性也會增加。

她也擔心弟弟和老爺子。如果她一直杳無音訊，兩人一定會憂心忡忡，傷心難過。

然而，伴隨著這些千頭萬緒、憂愁苦惱的情緒，卻也有一種截然不同的想法滋長出來，隨著時間經過不僅沒有變淡，反而日益強烈了。

那就是當彌莉亞打開窗戶，看到在海風中搖曳的歐阿勒稻時——看到注視著這一幕的彌莉亞的側臉時——她在心中萌生的想法。

「大人不吃嗎？」

愛夏對歐拉姆說。他原本正茫然望著農園，完全沒有動筷，聽到便回神似地「噢」了一聲，端起魚湯碗來。

這種叫「奇普」的魚湯是連白身魚的魚骨一起熬煮而成，上面浮著一層黃色魚油。第一次看到的時候，愛夏覺得一定很腥，但提心吊膽地啜飲一口，柑橘類水果的香氣和酸味清爽甘美，完全沒有任何魚腥味。

有種叫那普的大樹果，一剖開來，桃粉色果肉和酸甜果汁便橫溢而出。奇普湯裡就是加了那普的果肉和果汁，魚湯才滋味濃郁又鮮甜。

用薯粉製成的薄餅沾這種魚湯食用，似乎是這座島的傳統午餐。

歐拉姆把薄餅浸入涼掉後出現一層膜的湯裡，吃飯期間也默默無語。吃完薄餅後他嘆了一口氣。

歐拉姆時常唉聲嘆氣。

聽到彌莉亞的話，並且實際看到在海風中生長的歐阿勒稻，他內心應該開始滋生出未曾有過的種種疑念。

香使必須鑽研香使諸規定，直到能夠倒背如流；哪些地區的苗田要使用多少量的肥料，都須依照該規定執行。香使諸規定從氣溫到結冰厚薄等等，網羅了所有狀況。過去依照這份規定行事從未有任何差錯，因此歐拉姆完全沒有想過，肥料的多寡實際上會如何影響歐阿勒稻吧。

（……沒發現的不止歐拉姆大人而已。）

在彌莉亞說破之前，「絕對下限」自不用說，愛夏也完全沒留意到肥料中的約奇草這種原料，與歐阿勒稻無法在海風中生長有關聯。塔庫伯伯他們或許發現了，但愛夏腦子裡只想著在內陸地區栽種歐阿勒稻，完全沒考慮過在島嶼地區種植的情況。

對於「絕對下限」也是如此。她一直深信這單純是毒性的問題，絲毫不曾懷疑過或許有其他理由。

歐阿勒稻是神祕的稻子。深入調查，本以為已經摸透了它的真面目，它卻會忽然展現出前所未見的一面。從第一次嗅到它的氣味，愛夏就對歐阿勒稻感到奇異。

那種感覺無法用語言說明，但是對所有歐阿勒稻，她都有著相同的感受。

然而在海風中成長的歐阿勒稻，其散發的氣味喚起的卻不僅是「怪怪的」這種模糊的感覺，而是全然的恐懼。浸淫在這種氣味太久，驚悸的感受漸漸變得稀薄，但現在愛夏依然對這座島的歐阿勒稻感到恐懼。

（為什麼會覺得恐怖呢？）

這讓愛夏在意得不得了。

如果曾有吃到海風中長大的歐阿勒稻、差點中毒死掉的經驗，或許還可以理解，但為何她會對這輩子第一次遇到的事物感到恐懼？她覺得很奇妙，也很不舒服，卻不會想要逃避，反而內心深處源源不絕地湧出一股衝動，想把恐懼的源頭查個水落石出。

（讓我有這種感覺的原因，）

或許和初代香君制定「絕對下限」的理由有關。

彌莉亞還不允許他們進入城內的歐阿勒稻田。

也許是認為需要一段時間評估兩人，再決定要不要亮出底牌。兩人被命令改良受歐阿勒稻影響、生長變差的作物，這幾天都待在菜園裡。

彌莉亞先讓他們看的，是一種叫菈杞的植物。從它果實榨出來的油似乎是吉拉穆島的特產之一。但也許是因為離歐阿勒稻的試種地太近，現在無法順利結果了。

（城裡的稻田在做些什麼呢？）

這座島上，有什麼事正在發生。愛夏強烈地如此預感。她亟欲得知城裡的稻田到底有什麼祕密。

歐拉姆以手巾抹去沾在手上的油，嘀咕：

「……那女人真是膽大包天，居然在島上幹這種事。」

他眼中倏然浮現焦慮，轉向愛夏說：「如果有方法向伊爾大人傳達這裡發生了什麼事就好了，歐戈達太危險了。在海風中栽種歐阿勒稻固然是個大問題，但隱田也令人擔憂。我不知道他們到底是怎麼成功在受到歐阿勒稻影響的土地種出約吉麥的，但歐戈達有實現這些的技術，這是個重大威脅。」

為了不引起監視者懷疑，歐拉姆小聲說。愛夏聽著，在心中琢磨該如何回答。

待與監視者拉開距離，對話不至於被聽到，歐拉姆便迫不及待地將隱田的事，以及隱田帶來的威脅滔滔不絕地告訴愛夏。愛夏聞著歐拉姆身上傳來的氣息，第一次深深理解到馬修先前說的事。

——妳真的很善良，妳一定把人命看得比什麼都重要吧。

馬修這麼說的時候，她忍不住動氣，反駁說哪裡有人不重視人命？

結果馬修苦笑著說：

——是這樣沒錯。

但說到要如何保護人命，答案就不止一種了。

如果帝國崩壞，就會有大量人命暴露在危險之中。因此，對於那些認為該優先維護帝國根基的人而言，一個藩國裡幾個村莊的村人性命，是可以犧牲的。

當然，即便是這樣的人，看到人命消逝也會感到心痛吧。

但難不難過，和應該做什麼，是兩回事。

不能因為自己這麼感受，就認為別人應當也有相同感覺；如果這麼想，就會出現破綻——愛夏回想起馬修斂容正色、眼神嚴肅地說這段話的表情。

歐拉姆是個好人。兩人落入這樣的境遇，朝夕共處後，愛夏對歐拉姆的為人更加感到敬愛。有好幾次，愛夏總想著「歐拉姆或許可以理解」，好想說出隱田的真相。

如果好好說明，讓歐拉姆了解其中的意義，或許他也能成為夥伴——這樣的想法，讓愛夏好幾次都想衝動開口。然而她卻勉強克制住自己，是因為她聞到了談論隱田時，歐拉姆身上散發出來的氣息——相信隱田是種威脅、無比嫌惡的氣味。

歐拉姆的眼底射出強烈的光芒，壓低聲音說：「落入敵人手中是一大失策，但是被帶來這裡，未嘗不是因禍得福。因為這下我就有機會深入歐戈達敵境，探查內情了。如果能得知那種歐阿勒稻是怎麼種植的，並找到方法通知伊爾大人的話……」

聽著歐拉姆的聲音，愛夏忽然皺眉。此時乘著風，飄來了一股令她介意的氣味。

在稍遠處用午飯的監視者正盯著這裡看。即使聽不到談話內容，或許也能從歐拉姆的姿勢和神情感覺到什麼。男子散發出警戒的氣息。

愛夏起身，用力伸了個懶腰，接著開始將空掉的湯碗收到托盆上。

歐拉姆一臉困惑地看著她，愛夏面露笑容問：「可以收了嗎？」

她指著歐拉姆的碗問，歐拉姆點點頭。

愛夏把手伸過去端碗，藉機細語：「監視者在看我們。」

歐拉姆露出驚覺的表情。

愛夏對他說：「先努力改善生長不良的作物，贏得信任吧。」

歐拉姆幫忙愛夏，把盤子等放到托盆上，回應：「是啊。」

（歐拉姆大人什麼時候才會發現？）

愛夏心中暗忖。

（如果擁有技術，可以在受到歐阿勒稻影響的土地上種植約吉麥，就應該能自力栽種其他作物，根本不需要我們幫忙。）

萬一歐拉姆發現這件事，就會察覺單憑歐戈達的技術，根本不可能在隱田種植約吉麥。歐拉姆是個聰明人，也許不勞愛夏吐露，遲早也會自行悟出真相。

（……到時候……）

看著辦吧，愛夏在心中覺悟。到時只能真心誠意地對他訴說，請他理解了。

海風吹來，拂動髮絲。

雖然愛夏對歐拉姆說，不如先找到拯救作物的方法好贏得信任，但愛夏並非把它當成「手段」，而是純粹想要找到方法，拯救無法生長的作物。聽到彌莉亞把海風中搖曳的歐阿勒稻稱為希望之稻、看著她的側臉，這個想法浮現心中。

歐戈達的人民正在挨餓。

藩國的人命和帝國的人命，有任何差別嗎？

佇立在午後燦陽中的彌莉亞身上，傳來期待與不安的氣息。

（她也在歐阿勒稻中看到了喜悅與悲嘆。）

雖然彌莉亞做出了和祖父截然相反的選擇，但愛夏看著她的側臉心想：祖父就任王位那時，是否也有過同樣的神情呢？

## 十、波可的氣味

午飯後，愛夏和歐拉姆四處調查菈杞的種植方式是否因地而異。當日頭開始西斜，兩人回到宿舍。

也許是因為鎮日沐浴在烈日底下，每天約莫到了這時辰人就會莫名疲憊。歐拉姆說晚飯前要先休息一下，便進去宿舍。愛夏也想休息，但她想先淨個身，於是前往宿舍後方的水井。

拐過建築物轉角時，她目睹了奇妙的景象。

井邊斜斜地並排著好幾個像圓木舟的東西，旁邊站著幾名女人，正在忙活。

在菜園工作的幾乎都是女人。這座島的習俗似乎是男人負責出海，女人製作魚乾或栽種蔬菜。

女人之中，有每天負責送早餐來的庫莉納，因此愛夏靠過去招呼：

「妳們在做什麼呢？」

庫莉納抬頭，「唷」了一聲。「在處理波可的毒。」

吉拉穆島的語言，抑揚頓挫比歐戈達內陸更重，但勉強可以正常對話，然而一瞬間愛夏還是懷疑自己聽錯了。

「毒？」她反問。

庫莉納笑道：「是啊，波可有毒，所以磨碎以後，要像這樣先泡水。很費工夫，手還會發紅，實在麻煩，但現在卡奇那長不出來，只能吃波可了。」

圓木舟狀物體斜放著，底部堆積著白色的東西。

「難道這就是平常給我們吃的薄餅的原料？」

「是啊，雖然酸酸的，但味道還不賴吧？」

確實，薄餅很香，很美味。

看著這群女人以黝黑的粗壯手臂汲水倒水，愛夏忽然納悶地問：

「妳說長不出來的卡奇那，是像地薯的植物吧？這種波可也是地薯嗎？」

庫莉納手繼續忙著，回答：「是地薯啊，形狀也很像，所以我們小時候都被嚴格訓練，絕對不能搞混了。萬一以為是卡奇那吃下去，那就不得了了。」

「那，它們種在同一塊田裡嗎？」

「是啊。卡奇那不用照顧，但很怕雨水，所以也會一起種波可。我媽常說波可很壞，是因為波可種起來很麻煩，但它真的很耐操。」

庫莉納笑著說，接著放低聲音說：

「只是啊，波可沒辦法生得像卡奇那那麼多。我也不好說這種話啦，不過幹這種活總忍不住會想，要是島上長不出歐阿勒稻還比較輕鬆，真是折騰死人了。內地的人怎麼樣我不曉得，但明明我們有卡奇那跟波可就夠啦。現在卡奇那長不出來了，只能靠波可——」

庫莉納咕溜轉動著大眼睛說著，愛夏忍不住打斷她。

「想請教妳，方便讓我看看種波可的田地嗎？」

「咦？現在嗎？」

「啊，不，等妳忙完了再看就行了。」愛夏支吾道。

一名正從井裡汲水的女人說：「庫莉納，帶她去吧，這裡我們來就行了。」

雖然不清楚彌莉亞是怎麼對菜園的女人們說明愛夏和歐拉姆的身分，但她們的態度向來很恭敬，這應該反映了彌莉亞對兩人的期待吧。不管怎麼樣，農婦們態度配合，真令人感激。

庫莉納帶路，走到一半海風中便傳來歐阿勒稻的氣味。彌莉亞的歐阿勒稻試種地應該就在附近。

庫莉納帶愛夏去的田地裡，有幾排褐色凋萎的葉子。

「那就是波可？枯掉了嗎？」

「啊，不是，波可本來就長那樣，變成那樣就可以採收了。葉子枯黃乾掉，代表底下的波可已經夠胖了……妳看。」

庫莉納以粗壯的指頭扒開泥土，抓出土中的地薯，用力拔出來。她甩動外形渾圓的地薯，露出笑容。

一股獨特的氣味撲鼻而來。愛夏靠近田地前就感覺到了，但像這樣從泥土裡挖出來，氣味就變得更為強烈而明確。

（……很像西奇迷！）

波可的氣味，很像西奇迷那種地薯的氣味，它可以用來製作抑制歐阿勒稻生長的肥料。做成薄餅後就沒有感覺，但長在泥土裡的波可，確實明確地朝四周主張著自我。

愛夏的心情激動起來。

雖然她很想救助因為歐阿勒稻而無法生長的作物，但這裡沒有必要的植物材料。

歐阿勒稻會釋放出某種肉眼看不見的東西，那東西一旦滲入周圍泥土，土壤的氣味就會改變。那種氣味的變化十分複雜，起初愛夏也不明白土壤氣味如何變化，但是和塔庫伯進行各種摸索之後，她漸漸明白了。

接著他們調配出一種肥料，可以讓土壤變成約吉蕎麥和約吉麥容易生長的土質氣味，灑在田地裡，成功在雅拉村種出了約吉麥。

但吉拉穆島的植被和內陸不同，無法採集到製作那種肥料所需要的植物，而且土質與內陸從根本上就不一樣。這座島受到海風影響，而且平地稀少，能栽種作物的土地有限，因此每一塊田地都和彌莉亞在各處試種的歐阿勒稻種植地很靠近，等於是持續受到歐阿勒稻影響，所以就算更換土壤也無濟於事。

只能靠肥料來改變土壤，但又缺少肥料的材料，愛夏正感到頭痛。

（波可或許可以發揮西奇迷的作用。）

實際上，波可在歐阿勒稻氣味所及的這塊田地，也能長得圓圓胖胖。

愛夏低頭，吸入田地的氣味。

（……啊！）

氣味交織而成的景象在心中鋪展開來，愛夏不禁莞爾。

看似萎黃的波可葉並排之處，泥土的氣味與其他地方不同。就宛如油滴落水面，把水推開一樣，波可釋放的氣味，牢固地守護著自己周圍的土壤。

（可是，）

只靠波可是不夠的。要想抑制歐阿勒稻的影響，還需要微妙的調整，製作出的肥料必須符合這塊土地的各種要素。和塔庫伯伯他們一起摸索的時候，也是不斷地失敗再嘗試。幸好歐戈達內陸的山區，土質與塔庫伯伯山莊附近的植被及土質相似，因此只要把預先製作的肥料稍作調整，就能派上用場；但是在吉拉穆島這裡無法如法炮製。

（總之，光是知道這裡也有這樣的作物，就是個收穫了。尋找看看能夠調整歐阿勒稻氣味的植物吧！）

雖然不知道要花上多少年，但也只能去做眼下能做的事。儘管這麼想，一想到接下來將耗費的時間，愛夏不禁嘆了一口氣。

「呃，這不是妳想看的地薯嗎？」庫莉納問。

愛夏連忙搖頭。「沒事，謝謝妳帶我來看，幫助很大。」

「可是妳剛剛嘆氣了。」

「噢，那是……」愛夏正在思索該怎麼說才好，庫莉納說：

「這玩意兒處理起來很費工夫，不過是很棒的地薯喔。就算土地乾瘦，也能長得很好。」

確實，許多地薯類在貧瘠的土地也能順利成長。

內陸的薯類多半在雨量少的地方長得比較好，但這座島嶼的氣溫比內陸更高，雨量也更多。是在這樣的環境也能長得好的薯類吧。

「你們會施肥嗎？」愛夏問，庫莉納揮著厚實的手笑道：

「有啊，用傳統肥料，長得很好。這就是卡奇那——啊，不對，是波可的優點。聽說歐阿勒稻要用御賜的肥料才能長得好，但島上的地薯不必這麼麻煩。」說完，庫莉納僵住，彷彿在後悔自己是不是太多嘴了。

「對不起，我這話是不是冒犯了香使大人？請當作沒聽到吧。」

愛夏微笑搖頭。「請別放在心上。真的是很棒的作物呢，不過，歐阿勒稻雖然也需要施肥，但其他部分照顧起來並不麻煩……」

說到這裡，忽然有什麼閃過腦海。

（咦？——我剛才想到什麼？）

愛夏回想自己剛才說的話，睜大了眼。

（對了，歐阿勒稻用肥料！）

庫莉納擔心地探頭看她的臉。「怎麼了嗎？」

「……啊，沒事，只是想到一件事。啊，庫莉納小姐，謝謝妳帶我來看波可。我要回去宿舍了，抱歉打擾妳工作。」

「喔，不會。那，晚飯見。」

「好，謝謝妳每次都送飯來，那回頭見。」

愛夏再次向庫莉納道謝後，轉過身子。

日頭已經低斜，天空逐漸染成赤紅。愛夏向坐在門外椅子上的監視者頷首，進入宿舍。監視者不會進入宿舍，但會確實看守著門窗，無法在不被他們發現的情況下進出。

宿舍裡面比外面更陰暗，向晚的風從敞開的窗戶徐徐吹入。愛夏小心不吵醒在裡面房間發出鼾聲的歐拉姆，打開櫃子，取出火鐮盒，點亮燈火。

愛夏在桌上打開彌莉亞給他們的雜記本，開始寫下植物的名稱。

歐阿勒稻用的肥料裡，有能抑制歐阿勒稻的植物成分，但這座島上似乎得不到。她想研究看看能不能將其中幾樣，重新組合成適合這座島上作物的配方。

彌莉亞試過在歐戈達生產肥料，也就是說她透過了某些管道，知道歐阿勒稻肥料的成分，那麼她一定也有材料。

歐阿勒稻的肥料成分是重大機密，就連上級香使也無法得知配方裡全部的材料名稱，但即使是愛夏這樣的香使，也知道基礎材料有哪些，因為香使會需要依季節和土地條件來調整分量。除了這些基礎材料外，最關鍵的絕密成分只有新舊喀敘葛家的當家才知道，因此所有肥料都必須先上繳到喀敘葛家當家那裡，再重新分配下來——雖然香使被如此教導，但愛夏知道，其實這只是詐術。

除了用來取稻種的歐阿勒稻以外，其他一般的歐阿勒稻肥料，根本沒有所謂的機密成分，只是讓外人相信「有」這樣東西而已。

聽到塔庫伯伯這麼說的時候，愛夏真是驚訝極了。她想：雖然單純，但這個謊言多管用啊！唯有深知人類這種生物的思考模式，才能想出這樣的謊言。

（彌莉亞說她調查過肥料了，但如果她掌握了全部的『基礎材料』……）

也許她收買了某個香使，或是腳踏實地一樣樣查出運送到肥料生產工廠的材料來源？所有的人——就連上級香使，都相信只知道基礎材料有哪些，也調配不出歐阿勒稻的肥料，因此這部分的情報不可能保密得太嚴格。不過如何配合各別土地的土壤、水利、氣候等諸多條件來微妙地調整配方，則是嚴格保密，香使都發過誓絕不向外人透露。

假設連材料該如何調配的部分，彌莉亞都知道，那麼就只能推測有香使被她收買了。

收買香使，只要知道材料和配方，任何人都能製造出歐阿勒稻的肥料。不過，即使像這樣製造出肥料，把它加入帝國御賜的肥料中，撒得多產量也不會增加，反而會減少甚至枯萎。因此富國大臣伊爾．喀敘葛對於肥料的原料曝光，並沒有多憂慮。

（如果伊爾．喀敘葛得知這裡在進行的事，會怎麼想？）

伊爾．喀敘葛聰穎過人，據說他才是烏瑪帝國實質上的掌權者。愛夏只曾遠遠地看過他，感覺與馬修有些神似。

（再怎麼聰明的人，）

也有看不透的時候吧；或者伊爾．喀敘葛早就料到這種狀況了？

想到這裡，歐莉耶的聲音忽然在耳邊響起：

——馬修和伊爾總是從極高的地方，望著極遠之處，但我不擅長這樣的事。為了儀式拜訪農村時，我的注意力也總是被陽光底下曬得暖呼呼的泥土，還有捧著泥土的臉龐所吸引。

眼前浮現歐莉耶苦笑著這麼說的臉。愛夏突然好想見到歐莉耶大人。

能和歐莉耶見面的機會有限，但每次見面，她對歐莉耶的仰慕之情就越強烈。待在歐莉耶身邊，感覺就好像處在和煦的陽光底下，安詳愜意。

歐莉耶必須在那座遼闊的香君宮裡，維持香君的形象活下去。在愛夏面前，歐莉耶不會隱藏假冒身分過日子的痛苦，因此愛夏也能在她面前坦露真我。

——也許人這種生物，就是無法單靠過去幸福的回憶過下去呢。

愛夏經常想起這段話，是某次歐莉耶忽然說起。

——如果無法相信往後還有幸福在等待，人就撐不過眼前的苦。

自己在做的事情是有意義的、可以讓人幸福——這樣的信念，就是我的救贖。

（雖然看不見往後有什麼在等待，）

愛夏望向窗外，靛藍的向晚天空還殘留著一絲太陽的金黃餘暉。

（但如果能相信在做的事情是有意義的，我也能撐過現在。）

愛夏吸了一口氣，視線回到雜記本上。

（伊奇草、西爾馬草、歐奇諾草、西奇迷、約奇草……）

愛夏看著寫下來的植物名稱，逐一想起它們各自的氣味。

這些植物不會用在一般肥料，只會加入歐阿勒稻用的肥料。它們都以各自的方式抑制歐阿勒稻的生長。就像彌莉亞說的，約奇草富含鹽分，其他的草也各別擁有不同的力量。要使用哪樣植物、如何使用，必須聆聽施用地點的氣味之聲來嘗試。

（能榨油的菈杞、支撐島民飲食的卡奇那，就先從這兩樣試起好了。）

一種植物要長得好，需要什麼樣的支持，可以從植物生長的土壤氣味，以及周邊植物的氣味辨別出來；而當一種植物枯萎，周圍的夥伴亦會受到影響。有些受到牽連，也有些因此獲益，一物枯，一物榮，這個世界似乎就是這樣運作的。

愛夏想起今天在菈杞種植地聞到的氣味，以及在波可田聞到的氣味。

站在菈杞的種植地時，確實感覺得到氣味的聲音相當混亂。

任何地方都一樣，會有眾多生物彼此競爭或相互扶持，氣味的聲音皆不相同，而且瞬息萬變，流動不絕。即使如此，很神奇地，在這之中還是能感覺出該地是病弱的，還是健康的。只要聆聽氣味的聲音，持續改良土壤，或許可以挽救菈杞。

愛夏浸淫在思考中，直到聽到呼叫聲，都沒發現歐拉姆醒來了。

「妳沒休息嗎？」歐拉姆從裡面的房間走了出來。

不知不覺間，太陽西沉，烹煮的香味傳來。庫莉納很快就會送飯來了吧。

「妳在做什麼？」歐拉姆探頭看雜記本，揚起眉毛，「為什麼要寫下肥料的材料？」

愛夏仰望歐拉姆。她額頭緊繃，心跳加速。

（原本打算再斟酌一下該怎麼開口的……）

事已至此也只能說出來了，畢竟如果要執行使用歐阿勒稻肥料的點子，就不可能瞞著歐拉姆。

「……我有個想法。」愛夏立下決心，說出自己的計畫。

## 十一、曝光

「用歐阿勒稻的肥料，進行土壤改良？」

歐拉姆的表情變得嚴峻。

「妳在說什麼傻話！要是這麼做……」

說到一半，歐拉姆忽然打住，定定瞅著愛夏，那雙眼睛很快浮現驚愕的神色。

愛夏聞著歐拉姆全身散發出來的濃烈氣味，感到心跳逐漸加速。

「……難不成……」歐拉姆沉聲說，「在隱田種植約吉麥的，不是『歐戈達曉光』，而是舊喀敘葛家？」

「……」

「是嗎？妳也牽涉其中嗎？」歐拉姆的聲音微微顫抖，「我就覺得不對勁。如果有技術能在那麼靠近歐阿勒稻田的地方栽種出約吉麥，把同樣的技術運用在這裡就行了，怎麼會陷入無法收獲主要作物的窘境……」

歐拉姆的眼睛浮現熊熊怒火。

「真是豈有此理，拉歐老師為何要做出危害帝國的愚行！」歐拉姆重捶了一下桌子怒吼，「統領全香使的首長，竟是如此見識淺薄！怎麼會做出如此愚蠢的事來！」

嗅到那憤怒的氣息、聽到這句話，愛夏心中有什麼東西繃斷了。

一想到就連這位宅心仁厚、深思熟慮的大人，也無法擺脫這種觀念的束縛，哀傷便擴散心頭，激盪全身。

愛夏注視著歐拉姆，從牙縫間擠出聲音。「大人以為拉歐老師不明白自己在做的事的意義——不明白會帶來什麼樣的結果——就糊里糊塗地這麼做嗎？」

她的眼眶盈滿淚水。

「歐拉姆大人真心以為大約螞蟲害只會侷限於歐戈達一地嗎？萬一就像本該沒有蟲害的歐阿勒稻，現在長出害蟲一樣，出現稻病的話會怎麼樣？就像對歐戈達人下令那樣，也要對帝國全境的人民下令嗎？叫他們把田燒光！活活餓死！是這樣嗎？」愛夏覺得這話實在過分了，儘管如此，一直努力壓抑的情緒仍潰堤成洪，再也無法遏止。「藩國的人命、帝國的人命，都繫於歐阿勒稻一身。這是多麼可怕的一件事，為何像大人這樣的人，明明看過那麼多人挨餓死去……」

喉嚨哽噎，發不出聲音了，淚水滑落臉頰。

歐拉姆蹙眉看著愛夏，不久後嘆了一口氣說：

「妳冷靜點。激動成這樣，是要怎麼談？

完全依靠歐阿勒稻有多危險，伊爾大人不用說，我們上級香使也都明白。所以為了預防萬一，帝國儲藏了大量的稻種。妳應該也知道，歐阿勒稻能儲藏非常久。帝國儲存的米量，完全足以供應帝國全民一年所需。即便帝國本土出現了大約螞，只要及早應變，就不會有人餓死。

歐戈達的情況，是為了殺雞儆猴。雖然殘酷，但因為有這個必要，所以才沒有立即處理。帝國是不可能發生相同情況的。」

愛夏怔怔仰望歐拉姆。

這個人居然說出這種話。愛夏有種在最根本之處無法溝通的感覺，這讓她莫名驚駭。

「大人說的帝國人民，是誰？」愛夏問，歐拉姆蹙起眉頭。

「大人的心裡，沒有里格達爾和東西坎塔爾的人民嗎？帝國答應會以歐阿勒稻讓人民變得更富足，信了這話而成為藩國的那些國家的人民，也都能依靠帝國的儲米度過難關嗎？」

歐拉姆苦笑。

「要是帝國全境一口氣遇上蟲害，儲米當然不可能救濟得了。為了避免這種情況，才會派香使到各地，布下嚴密的警戒網，以便及早掌握大約螞的出現。這些事，妳應該也清楚吧？」

愛夏注視著歐拉姆，輕輕搖頭。「歐拉姆大人，您說這話是認真的嗎？」

歐拉姆露出不悅的神情。「什麼意思？」

「大人真心相信，單憑香使的警戒網，就能遏止大約螞的擴散嗎？還是只是為了安撫我而這麼說？」

歐拉姆微微瞇眼，沉默下去。

「說是警戒網，我們香使也並非隨時都在調查包括藩國在內全部的種植地。而一旦錯過蟲卵，大約螞大量繁殖，就不可能完全封鎖；一旦大爆發，就再也無從遏止了。」愛夏說，「最初在拉帕發現大約螞的時候，我也相信及早發現，把出現蟲害的田燒了，應該就沒事了，但現在我實在沒辦法這麼樂觀，因為大約螞出現的規模，已不可同日而語。當時只是找到幾顆蟲卵，但歐戈達的大爆發，卻是一口氣冒出數量驚人的大約螞。

不管再怎麼燒田，損害仍不斷地往周邊擴散——只要是仔細看過歐戈達這副慘狀的香使，應該都已經體認到，大約螞一旦大爆發，就再也封鎖不住了。」

「……」

「而且，其他香使姑且不論，從前些日子與歐戈達藩王母的對話中，歐拉姆大人應該已經悟出歐戈達出現大約螞，不是歐戈達自行製造肥料的緣故了。」

愛夏看著歐拉姆說：

「大約螞是自己冒出來的。也就是說，任何地方都有可能出現，而且一旦出現，擴散的速度無法想像。我不認為伊爾大人過度看輕了它的威脅。我們這些小香使無從得知，但伊爾大人是否正在擬定某些對策？」

「……」

「至少，拉歐老師從很早以前，就已經感受到大約螞的威脅了，所以才會未雨綢繆。」

歐拉姆蹙眉，正欲開口，門外傳來庫莉納開朗的聲音：「吃晚飯囉！」

不久前，愛夏就感覺到庫莉納的氣味了，但她遲遲沒有進來，也許是感覺到愛夏和歐拉姆交談的語氣不尋常，才遲疑著不敢打斷。

「不好意思送晚了。來，多吃點吧！」

烤得香脆並淋上酸甜果醬的雞肉料理、以大葉子包裹波可粉蒸烤、口感鬆軟的蒸糕。

庫莉納將這些菜色在桌上鋪排好後，向兩人欠了欠身便離開。

愛夏執起果實酒壺，斟滿歐拉姆的碗後，也給自己倒了半碗。

接著她對歐拉姆說：「請大人先用吧。」便拿著水壺出去了。

庫莉納隨晚飯送來的果實酒又甜又香，但對愛夏來說太烈了，所以她都會加井水稀釋。剛汲的井水很冰涼，加入這井水，果實酒就變得極美味。

愛夏離開期間，歐拉姆似乎沒有動筷，只是徑自盯著果實酒的碗。愛夏回座，做了餐前祝禱，歐拉姆才回神似地回以祝禱，把雞肉夾到自己的盤子吃起來。

蛾從敞開的窗戶飛進來，啪啪撞擊天花板。窗外庫莉納為他們焚燒的驅蚊煙也乘著風吹進屋裡。在天花板四處碰撞的蛾倏地飛出窗外，這時歐拉姆抬起頭來。

「我剛才說到一半……」

歐拉姆慢慢地說，彷彿字斟句酌。

「這次大約螞的事，不是伊爾大人沒有拉歐老師的先見之明這類的問題。即使目標相同，但兩位大人在怎麼做比較好這一點上，應該是想法互異。」

「……」

「我想拉歐老師應該是重視人命更勝於一切，但伊爾大人認為，即使要拯救，有些做法反而會造成更大的犧牲。」

愛夏搖頭。「這……」

歐拉姆舉手制止愛夏。

「嗳，妳先聽我說完。妳不是上級香使，說起來，我不該對妳說這些，但眼下狀況如此，而且往後或許我們也得朝夕共處，不如就好好說開來，免得對彼此存有疙瘩吧。」他的語氣很沉穩。

「……是。」愛夏回應，臉微微地紅了。

（還以為連大人都不懂、我們在根本之處就不同……）

前一刻她才排山倒海地責備對方，她忽然清楚看見自己剛才的反應有多不成熟，猛然感到羞恥無比。

歐拉姆稍微放低音量，免得被外頭監視的人聽見，說了起來：「烏瑪帝國現在正值重大的轉變時期。大約螞的問題固然嚴重，但這時又遇上了新皇帝陛下繼位。

說這種話是大不敬，但怎麼說呢，目前帝國的根基鬆散，或者說尚有不穩固的地方。

『歐阿勒稻就像個桶箍，把藩國和帝國團結在一起，而這個桶箍或許遲早會靠不住』——在這種節骨眼，要是傳出這樣的風聲，會是多麼可怕的一件事，妳應該也能明白。」

束緊木桶的箍一旦壞了，板子就會四散，失去桶子的形狀。愛夏想像帝國像這樣解體的情狀，點了點頭。

歐拉姆端起果實酒的碗，喝了一口。

「伊爾大人會對歐戈達採取那樣的措施，就是基於這樣的背景。總之，在新陛下的治世基礎穩固之前，絕對不能對外界暴露出一絲軟弱或擔憂。

如果藩國對帝國的前景感到不安，正在擴張領土的辰傑國等國家就會把它視為良機，拉攏這些藩國，試圖解體帝國。如此一來，就會爆發戰爭。倘若這時再加上饑荒夾攻，帝國就會崩壞。這樣，藩國人民有可能安居樂業嗎？我不這麼認為。」

晚風自窗戶潛入，晃動燈影。

「就像歐戈達藩王母說的，每個地方的人口都增加了，已經增加到傳統產業無法支撐的地步。即便有藩國為了討好想要侵占烏瑪帝國的鄰近諸國而倒戈，也沒有任何一個國家有餘裕供應這些藩國的人民溫飽。最終，藩國人民能不能活下去——即便不是全部，但要讓更多的百姓活下去，還是只能依靠歐阿勒稻的產量。」

歐拉姆又喝了一口果實酒，說：

「就像妳說的，要遏止大約螞的損害，應該困難重重。這一點我明白。但即使要改變完全依賴歐阿勒稻的現況，也需要時間。歐阿勒稻關乎帝國的一切，必須通盤考量，謹慎地、慢慢地逐步改變，否則會導致許多事物崩壞。

因此至少在現階段，無論如何都必須避免影響人們對歐阿勒稻的信心。要維護帝國根基，改變狀況，需要時間。伊爾大人就是為了爭取改變的時間，才會命令我們及早發現大約螞，並迅速應變。即便無法遏止大約螞的損害逐漸擴大，或許還是可以壓下它擴散的速度。我們把希望都放在這裡。」

伊爾．喀敘葛是這樣的想法，這件事愛夏已經從馬修那裡聽說了，但不知道是不是歐拉姆說話的語氣之故，現在聽到的內容，更深刻地打入她的心坎。

歐拉姆將果實酒斟入碗中，以平和的語氣說：「剛才我不小心激動起來了，但仔細想想，拉歐老師設想的，是當大約螞急速擴散到無法遏止時的應變之道呢。」

愛夏點點頭。「是的。」

歐拉姆嘆了口氣。「拉歐老師見識非凡。倘若新舊喀敘葛家兩家能彼此互補，兩輪並進地支持帝國就好了，但這不是件易事。如果隱田的事曝光，拉歐老師的立場將岌岌可危，因為伊爾大人絕對不會放過任何良機……」

說到這裡，歐拉姆忽然想到什麼似地，眉間蒙上陰霾。

「……難道……」

他眼中忽然浮現強烈的疑惑。

## 十二、疑竇

歐拉姆以淩厲的目光看向愛夏。

「難道，你們和『歐戈達曉光』勾結？」

「……」

「是這樣嗎？所以才會抓走發現隱田的我？」

愛夏的胸口有如遭到壓迫，陷入緊張，她面色蒼白。

「我不知道。」愛夏拚命壓抑著幾乎要顫抖的聲音。

她看著歐拉姆眼中浮現的猜疑，拚命尋思該怎麼說。

她希望歐拉姆相信他們對他沒有惡意。

自己的嗅覺，還有「夥伴」的事必須保密，但除此之外的事，她不想撒謊。

愛夏看著歐拉姆說：「我也曾經這麼懷疑過。

歐拉姆大人發現隱田，對我們真的是一大難題，而且大人發現隱田時，『歐戈達曉光』現身，把大人抓走，對我們實在是太剛好了。」

「……」

「但現在我否定了這個猜測。理由是，我也被抓了。」

歐拉姆皺眉。

「這算不上理由。我不想這麼說，但妳也有可能是被派來監視我的。」

歐拉姆沉聲說，愛夏搖搖頭。

「沒有這回事。要大人相信，或許很難……」愛夏說著，說出當下想到的事，「而且，這麼做有意義嗎？監視大人要做什麼呢？」

「……」

「如果是不想要大人把隱田的事說出去，應該只需要把大人隔離在這座島就行了，有必要特地派我來監視嗎？」

歐拉姆擰緊眉頭思考。

很快地，他僵硬的表情漸漸舒緩下來，但眼中仍殘留著疑心。

看著歐拉姆的表情變化，愛夏也漸漸鎮定下來。

「呃，我剛才會說，因為我也被抓了，所以拉歐老師和『歐戈達曉光』應該沒有關聯，是因為我是在監視歐拉姆大人被關的倉庫時被抓的。」

歐拉姆眨了眨眼。「我被關的倉庫？」

「是的。大人先前被關在藩國總務廳的倉庫，大人不記得了嗎？」

「不記得了。」歐拉姆搖搖頭說，「我被抓之後的記憶一片模糊——不過，妳說藩國總務廳的倉庫？」

「是的，」愛夏點點頭，「我依序說明。」

「那天我因為要去隱田，經過山上，結果冒出一群陌生的武人，所以我偷偷跟了上去。」

愛夏稍微改變情節說，「然後我發現歐拉姆大人被抓了，便悄悄尾隨在後。

他們用收集稻草的貨運馬車搬運歐拉姆大人，然後把大人藏在藩國總務廳的倉庫裡。我很想通知什麼人，但又擔心離開的期間，大人會被帶到別的地方去，因此裝出若無其事的樣子，一直監視倉庫直到晚上。但可能是在那裡待得太久，引起懷疑，我在當晚就被抓了。」

「……」

愛夏看著歐拉姆說：「如果拉歐老師和『歐戈達曉光』勾結，應該也會讓『歐戈達曉光』知道，讓村人種植隱田的人是我，而且應該也沒必要抓我。就算抓了我，只要向拉歐老師報告抓到歐拉姆大人的時候也抓到了我，應該只有我一個人會被放走。」

愛夏說完後，又補充：「當然，這些事實只是沖淡了我自身的疑心而已。對歐拉姆大人來說，我還是有可能身負監視大人的任務，因此我說的這些，無法對大人證明什麼……」

「……」

「不過，還有另一件事減輕了我自身的疑念，就是剛才歐拉姆大人自己也提到的事。我自己也是，見到歐戈達藩王母以後，覺得拉歐老師和『歐戈達曉光』果然還是無關，因為要是有關的話……」

聽到這裡，歐拉姆的眼中浮現信服的神色。

「應該會用你們的技術，保護菈杞才對呢。」

愛夏稍微側了側頭說：「不過，靠那種技術，也很難立刻把菈杞救活，所以才派我過來——也是有這樣的可能性。但如果是這樣，至少會知會我一聲才對。」說完後，愛夏忍不住苦笑，「不行呢，說這些也無法洗刷我的嫌疑呢。」

歐拉姆也忽然浮現苦笑。「是啊，要怎麼懷疑都行……不過，」歐拉姆說著，慢慢搖了搖頭，「不管拉歐老師是否和『歐戈達曉光』有關、妳是否被派來監視我，或是來協助這座島，我的處境都差不多呢。」

被燈光吸引而來的飛蟲，從敞開的窗戶接近火焰，飛上天花板，撞擊後又飛了出去。兩人都沉默著，漫不經心地看著這一幕。

庫莉納的氣味持續從窗外傳來。她和監視者似乎感情很好，總是在愛夏和歐拉姆用完晚餐、端出餐具前，和監視者聊天等待。

「……我把餐具端出去。」

愛夏對歐拉姆說了聲，歐拉姆抬頭應道「嗯」。

愛夏只留下果實酒的酒瓶和酒碗，將其餘餐具放到托盆上端出去，正在和監視者聊天的庫莉納微笑。

「啊，吃完了嗎？」

「是的。抱歉，今天吃比較久。」

「不會不會，別在意。」

庫莉納以厚實的手接過托盆，對監視者說了聲「晚安」便回去了。

回到屋內，歐拉姆正在看愛夏剛才寫下肥料材料的雜記本。

歐拉姆仰望愛夏問：「你們都怎麼使用歐阿勒稻的肥料？」

每當燈火搖曳，歐拉姆臉上的影子便隨之舞動。

「說來話長。」愛夏說，歐拉姆淡淡地微笑。

「沒關係，說吧。」

愛夏點點頭。

「我們從嘗試原料組合開始。」

「組合？」

「是的。歐阿勒稻肥料的原料，每一種的作用差異相當大，不管是抑制歐阿勒稻生長的方式，還是改變土壤的作用都是。」

歐拉姆攢緊眉心聆聽。

根據要施肥土地的土壤狀態和天候，對原料進行細微的調整，是香使重要的工作，但也只是因為香使諸規定中寫著「這種狀況要這麼做」，便照本宣科而已，應該不曾分析過哪一種原料會如何改變土壤、又對歐阿勒稻有什麼影響。

「先是只用約奇草和西奇迷，或歐奇諾草和西爾馬草，像這樣嘗試多種組合，調查各別的組合如何改變土壤、抑制歐阿勒稻。接著調整組合或分量，調查如何改變土壤，才能讓約吉麥或約吉蕎麥等穀物存活下去。我們試過無數種組合。」

歐拉姆臉上浮現驚愕的神色。

歐拉姆是優秀的香使，他一定切身明白這些作業需要多少功夫和時間。

不僅如此，也許拉歐老師的決心重新打動了他。

在「黎亞農園」，為了更有效率地種植蔬菜和水果，也做著類似的實驗，但絕對不會無視香使諸規定，改變肥料配方來種植歐阿勒稻。這是禁忌，如果這麼做甚至可能遭到處刑。

歐拉姆露出沉思的表情，嚴肅地聆聽愛夏的話。

愛夏繼續說下去，一面想起塔庫伯伯他們曬得黝黑的臉。

## 十三、庫莉納

「菈杞冒出花芽了？」

彌莉亞將手裡的書擱到小几上，看著前來報告的家臣。

「距離他們說想用歐阿勒稻肥料，還不到一個月吧？」

「是的，今天是第二十五天。」

「然後就已經冒出花芽了？」

「是的……不過也只是剛冒出花芽而已，但農婦們說，菈杞只要長到這樣，應該就會開花了。」

彌莉亞注視著家臣片刻，接著問：「庫莉納來了嗎？」

「是的，我讓她在門外等。」

「叫她過來。」

家臣行了個禮退出，庫莉納很快進來了。

一進房間，庫莉納立刻將粗壯的手指在額前交握，行了個最敬禮。

「過來一點。」彌莉亞招手。

待庫莉納走近，她開朗地說：「好久不見了。」

「藩王母大人，遲遲未能前來稟報，真是抱歉。」

「不要緊，妳們的工作是融入角色，我清楚比起頻繁回報，融入必要的角色更重要。」

庫莉納微笑，深深行禮。

彌莉亞彷彿等不及庫莉納抬頭，問：

「聽說菈杞長出花芽了，是歐阿勒稻肥料生效了嗎？」

庫莉納點點頭。

「是的。據愛夏說，菈杞不是會跟歐阿勒稻競爭的穀類，因此效果出現得也快。」

彌莉亞揚眉。「愛夏？不是歐拉姆說的？」

庫莉納的眼睛浮現光芒。那張渾圓的臉上，絲毫看不出平時活潑的農婦面容。「是的，是愛夏。恕小的僭越，藩王母大人，比起歐拉姆，那姑娘看起來有用太多了。」

彌莉亞瞇起眼睛。「既然妳這麼說，應該有什麼十足的根據吧？」

庫莉納點點頭。

「菈杞種植地的改良，等於是愛夏主導進行的，歐拉姆反而是接受指示的一方。」

庫莉納開始詳細說明愛夏如何使用肥料。

「首先，愛夏把菈杞的種植地分成兩大區，每一區又分成五區，一區拌入三種肥料原料組合而成的肥料，另一區則拌入四種原料組合而成的肥料，接著觀察幾天。然後某一天，她突然在先前未撒肥料的區域，全部撒上三種原料組成的肥料。」

彌莉亞探出身子，彷彿深受吸引。「長出花芽的，就是那一區？」

「是的，那一區和一開始撒入三種原料組合肥料的區域，菈杞都長出花芽了。」

「有意思！一開始觀察的期間，出現了怎樣的變化？」

被彌莉亞一問，庫莉納的臉頰微微泛紅。「……這……」

見庫莉納支吾其詞，遲遲不回答，彌莉亞面露困惑。

「怎麼啦？妳居然會吞吞吐吐的，真難得。別顧忌，把妳想到的說出來。」

「是——其實，我不知道愛夏到底是根據什麼而選擇三種原料，而非四種原料的肥料。說來丟臉，我和其他農婦，都覺得每一區看起來都一樣，沒有變化。」

彌莉亞的表情轉為驚奇。「妳也就罷了，其他農婦都不曉得種了莁杞多少年，應該經驗老道吧？就連她們，也分不出每一區有何差別嗎？」

「是的。」

「真令人好奇。如果有什麼只有那姑娘才看得出來的徵兆，也許其中隱藏著控制歐阿勒稻的祕訣。妳的觀察能力應該比別人更敏銳，卻完全沒有察覺任何蛛絲馬跡嗎？」

庫莉納遲疑了一下，開口：「這只是我的直覺，而且相當離奇……」

「沒關係，說說看。」

「也許愛夏有某些別人——不止是我們，而是連歐拉姆都不知道的感應力。」

「……」

「愛夏有時候會閉上眼睛。」

「閉上眼睛？」

「是的。她會閉上眼睛，臉迎著風，就站在原地。有時不光是站著，甚至還會閉著眼睛走來走去。」

「什麼？」

「在我和其他農婦閒聊的時候——也就是她以為我們沒在注意她的時候，她閉著眼睛，卻用睜著眼睛般自然的速度，在菈杷附近走來走去。只是……」

「只是什麼？」

「愛夏的直覺異常敏銳。有一次她可能是感覺到我在看她，從此以後，她就再也沒有在我面前閉上過眼睛了。」

彌莉亞板起臉孔。「她發現妳是監視者了？」

「不清楚，但我覺得應該不是。如果被她識破，那就是我的過失了。」

彌莉亞沉吟起來。「嗯，這本身不是什麼大問題。就算她發現了，再找別的方法監視就行了，但假設她真的發現了妳這樣的高手在監視，那確實太不尋常了。」

庫莉納表情嚴峻地點點頭。

「看到那姑娘閉著眼睛行走時，我想起了家兄的話。」

彌莉亞也點點頭。「我也剛好想到了一樣的事——妳是說拯救了雅拉村的密使對吧？據說只要放回占卜師留下的『祈願鴿』，密使就會前來。」

「是的。家兄從雅拉村的村長那裡聽說，密使即使在夜裡，也會蒙住整張臉；在應該看不見的狀態下，不用拐杖也能自在行動，就彷彿張著眼睛在大白天走路一樣。」

「我也接到一樣的報告。先前我只當是用了某種詐術的可疑花招，但也許不是呢。閉著眼睛也能走路，這教人一時難以置信，不過如果那姑娘就是密使，那麼一切都說得通了。」

彌莉亞雙頰潮紅，兩眼發亮，摩擦著雙手。

「自從接到妳哥哥的報告以後，我一直相信，要雅拉村開墾隱田、救了村子的是香君大人，或是富國省的人——也就是香使。既然知道抑制歐阿勒稻的方法，那就一定是香君大人，要不然就是跟香君大人有關的人。既然如此，為何不堂而皇之地救人？

可能的理由有兩個。一個是，既然檯面上宣稱大約螞出現是我們咎由自取，就不能由官府出面救我們。再來則是，他們可能是利用雅拉村，實驗他們找到的方法是否可行。兩邊都有可能，但無論如何，實際行動的應該都是香使。不過是新舊喀敘葛家哪一家的香使，就耐人尋味了。」

彌莉亞的唇角扭曲。「如果那姑娘是密使，那麼就是舊喀敘葛家了。」

庫莉納點點頭。

「至少不是新喀敘葛家呢。從歐拉姆和愛夏的表現來看，這一點很清楚。」

「有意思……太有意思了。」彌莉亞露出笑容，「明天就把那姑娘叫來吧。」

## 十四、稻子的呼喚

見庫莉納走來，愛夏在心中嘆息。

（……唉……）

一種「果然如此」、既像哀傷又像寂寞的情緒在內心擴散開來。愛夏喜歡活潑的庫莉納，因此一直祈禱是自己的感覺失準了，但現在朝自己走來的庫莉納身上，傳來彌莉亞的氣味。

開始著手改良菈杞種植地的時候，愛夏開始感覺到庫莉納不對勁。

在那之前，庫莉納也三番兩次散發出對她強烈好奇的氣息，但愛夏只覺得她是個好奇心特別重的人。不過自從開始改良菈杞以後，庫莉納散發出來的氣味便明顯不同。她開始散發出能明確感受到是在關注愛夏的氣息。

庫莉納掛著一如往常的笑容走近愛夏，察覺愛夏的表情，慢慢收起了笑。

她神情嚴肅地注視愛夏片刻，隨即以沉靜的聲音說：「歐拉姆大人、愛夏大人，藩王母大人請兩位過去。我現在領兩位到城裡。」

島上的方言腔調完全消失了。

歐拉姆大吃一驚。「原來妳……一直在監視我們嗎！」

庫莉納簡短地應了聲「是」，視線倏地移向愛夏。

「愛夏大人似乎已經發現了。請問我犯了什麼錯？」

愛夏默默搖頭。

「那，大人怎麼會發現？」

愛夏沒有回答，只是靜靜注視著庫莉納。

很快地，庫莉納的臉上浮現苦笑。她望向天空。

「我從十歲就開始幹這行了，後來就這樣幹了幾十年，卻是第一次完全不明白到底是怎麼被識破的。」庫莉納嘆了口氣，又補了句，「也是第一次被識破身分以後，感到失落。」

接著她把視線轉回兩人身上。

「好了，請兩位隨我來吧。」

來到可以看到城堡的地方，愛夏忍不住停下腳步。

「怎麼了？」庫莉納問，但愛夏渾然未覺。

（氣味變了。）

那些在海邊成長的歐阿勒稻的氣味，明顯不同了。

那些氣味，現在對愛夏來說就像是「聲音」。

——……快來……

聲音朝著遠方呼喚。乘著風，聲音被送往遠方。

——……快來……

孤獨的事物在呼喚著什麼。在呼喚遙遠的事物。

那「聲音」的哀切滲透全身每一個角落，愛夏忽然感到一股悲哀自心底翻騰湧出。

（我知道這聲音。）

是黃昏時分，忽然湧上心頭的無端哀傷。是不可能說清的孤獨。

想要向遙遠的什麼大喊「救我！」的那種感覺。

（我知道這聲音。）

那些吶喊不斷在腦中浮現，愛夏忍不住閉上雙眼，淚水奪眶而出，滑下臉頰。

「……大人怎麼了？不舒服嗎？」

肩膀被觸碰，讓愛夏猛地回神。

有股奇妙的感覺，就好像包裹著原本所在世界的膜消失一般，愛夏深深吸氣，想要甩開若有似無的眩暈感。

「妳還好嗎？」歐拉姆也擔心地看著愛夏。

「我沒事。對不起，請別在意。」

有海風的味道。其中摻雜著歐阿勒稻的「吶喊」，現在也仍不斷地傳來，但愛夏刻意關上心房，不去聽那聲音，邁開步伐。

自從懂事起，她就聆聽著氣味的聲音長大。

浸淫在充斥世界的氣味聲音中，她覺得自己彷彿活在別處，與家人生活的地方以一層薄膜隔開。因此這樣的感覺對愛夏來說並不陌生，但剛才受歐阿勒稻的聲音牽引，所感覺到的另一個世界，又和過去感覺到的不同。顯然是更加異質的地方。

（為什麼呢？）

懷念莫名。她強烈地想要回去剛才踏進一腳的地方。

但是想要回去的衝動過於強烈，讓她覺得可怕。

（要是去了那裡……）

自己一定再也不會是原來的自己了——她這麼感覺。

來到第一次被帶來時同一個房間前面，庫莉納敲了敲小吊鐘。

門內傳出回應的鐘聲，庫莉納對歐拉姆說：「很抱歉，歐拉姆大人請在這裡稍候。」

接著她推開門。

庫莉納不理會困惑的歐拉姆，催促愛夏入內。

愛夏尋思著只有自己獲准入內的意思，踏入房間。瞬間，歐阿勒稻的氣味聲音變大了。

——……快來……快來……快來……

愛夏拚命不理會聲聲呼喚，繼續往前走。

彌莉亞以比上回更閒適的神態等著她。

彌莉亞招手，愛夏上前，她微笑地看著愛夏。

「謝謝妳。」愛夏以為是在感謝菈杞長出花芽的事，正要行禮，彌莉亞又補了一句，「我也很感謝妳救了雅拉村，『密使』大人。」

愛夏抬頭，但勉力維持表情不變。

（果然被庫莉納看到了。）

專注地聆聽氣味的聲音時，她不小心閉著眼睛走動了。一定是那一幕被看見了。

彌莉亞默默看著愛夏，說：「沒必要瞞我吧？對我們而言，被帝國知道了也沒有好處，所以不會洩漏出去的。再說，不管你們的目的是什麼，在拯救歐戈達人民免於飢餓這一點上，我們的利害大致上是相同的。」

——……快來……快來……快來……

氣味的聲音如擂門般撞擊著腦袋，愛夏難以專注在彌莉亞的話上。

愛夏閉上眼睛，攥緊拳頭，把「吶喊」從心裡趕出去，只想著當下要面對的問題。

結果她想到一件現在應該要做的事。

愛夏張開眼睛，看著彌莉亞。「雅拉村沒有村人餓死這件事，在我們香使之間也蔚為話題，所以我也知道。您似乎以為伸出援手的人是我，讓歐拉姆大人在房間外面等待，只讓我進來，是擔心我害怕這件事被新喀敘葛家得知，而不敢開口嗎？」

彌莉亞挑眉。「如果我說是的話呢？」

「請讓歐拉姆大人進來吧。」

「為什麼？」

「因為對於歐拉姆大人，我沒有什麼好隱瞞的。」

彌莉亞露出思索的表情，看著愛夏，不久後開口：

「原來如此。意思是，必須對歐拉姆隱瞞的事，妳也不打算對我吐露，是嗎？而且我們私下在這裡談得越久，只會讓歐拉姆更為懷疑。」彌莉亞微笑。「嗯，好吧。我想知道的，往後再慢慢問出來就行了，而且今天我叫妳過來，也不是為了密使的事。」

彌莉亞說完拿起桌上的小鈴，搖了兩聲。

門打開來，庫莉納把歐拉姆帶進來。歐拉姆表情嚴峻，瞥了愛夏一眼，轉向彌莉亞。

「可以告訴我，為什麼只讓我一個人在外面等嗎？」

彌莉亞只是笑而不答，但愛夏壓低聲音說：

「藩王母大人相信雅拉村的隱田是我的手筆，在問我這件事。」

聽到這話，歐拉姆露出驚訝的表情，彌莉亞也驚訝地揚眉。接著她瞇起眼睛，若有所思。很快地，彌莉亞露出苦笑。「妳這姑娘真是刁鑽。」

歐拉姆蹙眉看彌莉亞。「妳說愛夏和隱田有關，有什麼證據嗎？」

彌莉亞搖頭。「我現在不打算跟你談這些……不管這些了，我要給你們看樣東西。」

彌莉亞走近窗邊。

護衛的武官會意，推開面對中庭的落地大窗。大窗外的另一名家臣向彌莉亞伸手，攙扶她走出中庭。

彌莉亞回頭對愛夏和歐拉姆說：「隨我來。」接著逕自往前走去。

——……快來！……快來！……快來！

隨著耀眼的午間陽光灑下，氣味的聲音如滔天巨浪般襲來。

愛夏忍不住用手摀住臉。

「怎麼了？」歐拉姆問，愛夏搖搖頭。

「我沒事。抱歉，可以請大人先走嗎？」

「妳從剛才就不太對勁，臉色也很差。」

「只是頭有點暈。已經沒事了。」

歐阿勒稻在海風中搖曳著，已經抽穗，嫩穗發出嘩嘩聲響擺動著。

這裡原本應該是庭園，遠處有涼亭，但現在偌大的庭園，大半都已經成了歐阿勒稻田。這裡的土地不適合做水田，因此是旱田，這塊田被相當寬闊的通道畫分成幾區。

走在中央的通道，愛夏皺起眉頭。

（發出那種吶喊的，不是這塊田的歐阿勒稻。）

這些稻子的聲音也很可怕，但發出那種吶喊的植物，比這駭人太多了。

那聲音從一行人前往的方向乘風撲來。

前方出現與周遭風景格格不入的奇妙物體——一堵高牆。木板高牆覆蓋了前方一區。那氣味的吶喊聲如煙霧般翻湧著，越過那道牆流瀉一地，緩緩沿著地面飄流而來。

彌莉亞走近牆壁，停步看向這裡。「快點過來。」

仔細一看，牆上有道門。待愛夏和歐拉姆來到旁邊，彌莉亞敲了一下門，門從內側打開來了。

「快點進去！」

兩人被催促著入內，彌莉亞也立刻進來，門旁的士兵關上了門。

頭頂以網子覆蓋，因此陽光黯淡了些，但不到陰暗的程度。只是裡面悶熱無比，令人窒息。是因為四方都被牆壁圍住的關係吧。這空間宛如巨大的昆蟲籠子，舉目所及都種植著歐阿勒稻。

愛夏忍不住呻吟，雙手摀住了臉。

歐阿勒稻的氣味發出的吶喊撞擊著四方牆壁，在裡面打著旋，宛如狂暴的海嘯般纏繞、蹂躪著愛夏。

「妳怎麼了？」彌莉亞吃了一驚，手搭在愛夏肩上。

愛夏摀著臉，擠出聲音：「怎麼這樣？……竟然故意讓大約螞吃這些稻子……」

彌莉亞揚眉。「虧妳看得出來。不過看到這網子，或許就猜到了。」

歐拉姆的臉色一沉，走到稻子旁邊，輕輕伸手觸摸它，接著發出驚呼。

「這裡的歐阿勒稻結實了！明明被大約螞攻擊……」

彌莉亞的臉浮現笑容。

「沒錯。你們來到這裡的時候，還沒有放進大約螞，但技術人員說，在海風中也能成長的這些歐阿勒稻比一般的歐阿勒稻莖更粗，整體也更碩大強壯，應該沒問題。他們說得沒錯，稻子順利結實了。結實了，而且也能吃。」

歐拉姆彈起身來回頭。「你們吃了它?!」

「對。當然，一開始是拿狗實驗。狗活蹦亂跳的，所以接下來讓囚犯吃，但沒有任何人生病。」

彌莉亞看著歐阿勒稻，瞇起眼睛。「歐戈達的技術人員，達成了連你們香使都無法做到的成就。他們對肥料的量做出更細緻的調整，創造出既能克服海風和大約螞、同時又能食用的強韌歐阿勒稻……只是，」

彌莉亞的視線回到歐拉姆和愛夏身上。

「就連這樣的歐阿勒稻，仍無法取得稻種。」

歐拉姆迎視著彌莉亞，沉聲說：「問我們如何取得稻種也沒用。知道這個機密的，這世上就只有四個人：香君大人、皇帝陛下，以及新喀敘葛家的兩位當家大人。」

彌莉亞嘴唇扭曲。

「我想也是。否則也不可能輕易把香使們派往藩國。畢竟香使也是人，隨時都有可能背叛。」接著，彌莉亞將視線轉向愛夏。「但你們應該還是比我們更了解歐阿勒稻。你們要竭盡全力，讓這種奇蹟的歐阿勒稻能取得稻種。」

彌莉亞收起了笑。

「你們知道約格塞那這個農村地區嗎？在帝國本土。」

由於彌莉亞突然話鋒一轉，歐拉姆露出詫異的表情，說：「當然知道。」

彌莉亞臉上再次浮現微笑。「那麼，你們也知道約格塞那離歐戈達很遠吧？」

「……」

彌莉亞的笑意更深了。「約格塞那出現大約螞了。」

愛夏驚訝地睜大雙眼。歐拉姆也難掩驚愕，瞪著彌莉亞，顫聲問：

「這是帝國公布的消息嗎？」

「是啊，幾天前公布的。不過應該更早就確定這件事了吧。所有的藩國都已經悟出，大約螞的出現與我們歐戈達無關。大約螞會出現在任何地方，一眨眼就會蔓延帝國本土了吧。」

彌莉亞定定注視著愛夏說：

「你們要讓這些歐阿勒稻能取得稻種。只要成功，不光是歐戈達，可以拯救所有仰賴歐阿勒稻生存的人。」

回到宿舍，剩下兩人獨處後，歐拉姆迫不及待地開口：

「大事不妙了，必須慎重考慮該怎麼做。」

歐拉姆聲音激動地說：「找到取得稻種的方法，這事萬萬不能做。即便做得到，如果洩露給藩國，帝國就會崩壞……可是，」歐拉姆眼中浮現苦惱的神色，沉吟道，「如果帝國本土也出現大約螞是事實，就像彌莉亞說的，那種稻子將會是拯救萬民的曙光。」

愛夏點點頭。

大約螞終於跨越區域，開始多點擴散了。

這是他們一直以來所恐懼的事。儘管長期以來做了許多準備，卻仍未找到能適用於任何土地的決定性解決方法。大約螞擴散的速度一快，就無法防止饑荒。

愛夏感覺到焦慮和恐怖壓迫著胸口——但不只有這些情緒而已。

她看著歐拉姆，低聲說：「總之也只能一試了。即使真能找到取得稻種的方法，也需要漫長的歲月，應該有很多時間可以思考。」

歐拉姆點點頭。「是啊……沒錯，也只能先試了。」

歐拉姆將庫莉納留下的果實酒倒入碗裡喝了起來，但愛夏沒有碰果實酒，只是默默地用晚飯。她甚至食不知味，嘴巴動著，思緒注視著內在的糾葛。

愛夏知道如何取得稻種——在塔庫的山莊，馬修和歐莉耶第一次向她坦露許多事時，也把這個祕密告訴了她。

用來取稻種的歐阿勒稻，肥料裡摻有青香草根的粉末。

每到年底，在舊年與新年交界的黎明，新舊喀敘葛家的兩名當家會進入肥料庫，在用來取得稻種的歐阿勒稻肥料裡，摻入這種粉末。

光是多這樣一個步驟，歐阿勒稻的稻穀就能在播種後發芽。

——《香君異傳》裡寫到，青香草能把歐阿勒從睡眠中喚醒。

歐莉耶告訴愛夏。

——書上說，歐阿勒稻肥料有讓稻種休眠的力量，而青香草則有讓沉睡的稻種醒來的力量。和歐阿勒稻一樣，青香草也是從異鄉帶來的。

也許這兩者有某種深切的關係。

就如同歐莉耶聞不到一樣，與異鄉無關的人，也聞不到青香草的氣味。只要磨成粉，應該就沒有人能夠判別摻進肥料裡的是什麼，因此肥料的祕密才能世代保全，直至今日。

（這裡沒有青香草。）

根本不必猶豫該怎麼做，因為歐戈達這裡不可能種出有稻種的歐阿勒稻。

也許她應該感到失望，但是對愛夏來說，這就像一種救贖。

歐拉姆把希望寄託在用那種稻子取得稻種，但即使已經知道那是什麼樣的稻子，愛夏依然害怕那種無視「絕對下限」種出來的歐阿勒稻。

是那種呼喚聲的關係嗎？

那種歐阿勒稻即使被大約螞蛀蝕，也不會枯萎。它們應該是因為活活遭到啃食而拚命在呼喚大約螞的天敵，但沒有天敵回應那種氣味的呼喚，飛來這裡。

（要是有天敵飛來吃掉大約螞，救了歐阿勒稻，所有的人都可以免於飢餓了。）

然而為何愛夏會這麼害怕那些呼喚聲？

吃完晚飯，歐拉姆進去寢室後，愛夏仍坐在原位，良久盯著燭火的光影在餐桌上舞動。

## 十五、馬修與藩王母

庫莉納將送來的早飯擺到餐桌上，開口：「今天請待在屋裡不要外出。」

歐拉姆揚眉。「為什麼？」

庫莉納聳聳肩。「因為今天是藩國視察官的巡視訪問日。」

她只回了這麼一句，向歐拉姆和愛夏頷首後便離去了。

歐拉姆走到門口看向外面，回來說：「監視的人數變多了。」他邊說邊拉開椅子。「要是能設法讓視察官知道我們在這裡就好了。」

「是啊。」愛夏看向窗外。

天氣晴朗，天空清澄蔚藍。

（……馬修大人。）

期待與絕望交織在一起揪緊胸口，難受極了。

她聽說過，島嶼地區的定期巡視是由島嶼地區責任官負責，因此今天來到島上的不會是馬修。儘管這麼想，她還是克制不住心跳加速。

好想見馬修。她有好多事情想和他說、跟他討論。

（大家還好嗎？）

歐莉耶大人還好嗎？她會不會對約格塞那出現大約螞感到自責、痛苦？

隱田開墾的工作怎麼樣了？彌洽和老爺子都好嗎？

之前她盡量不去思考眼下的際遇，因為想也沒用，而現在愛夏痛苦到幾乎喘不過氣來。籠中鳥從籠子裡仰望天空時，或許就是這樣的感受。

愛夏看著藍天，忽然興起這樣的感觸。

彌莉亞等待著藩國視察官抵達，神情有些陰沉。

昨晚接到通知，說今天要來的不是島嶼地區責任官，而是馬修·喀敘葛。許多可能的理由浮現腦海，讓她心神不寧。

（唉，沒辦法。）

不論理由是什麼，總之等亮牌後再來應付就行了。正當彌莉亞這麼想，房間外傳來通知訪客抵達的鈴聲。

「請客人進來。」彌莉亞命令家臣，從椅子起身。

門打開後，馬修·喀敘葛一個人走了進來。彌莉亞看著男子步伐從容地走近，想起兒子說過，馬修·喀敘葛不會帶護衛，將隻身來訪。

男子悠然自得地走來，彷彿在說「雖然我是一個人，但也代表了整個帝國」。

彌莉亞步下台階，迎接馬修·喀敘葛，直視著對方的眼睛。

「藩國視察官大人。」

「藩王母大人。」

彼此招呼過後，彌莉亞以手勢指示座位。「請坐。」

馬修・喀敘葛點點頭，但沒有立刻坐下。

是被什麼吸引了注意力，還是身體不適？彌莉亞注意到片刻間，馬修的臉上顯現出心不在焉的表情，忍不住問：「大人？」

馬修回神看向彌莉亞，淡淡微笑。

「失禮了。我沒事——我有點暈船，但沒有大礙。」

兩人面對面坐下，先喝茶閒聊了一下船旅等等，接著彌莉亞將預先準備好的各種文件交給馬修。馬修檢查文件，提出幾個問題，確認細節，平淡地進行這些慣例的程序。

正事都辦完後，彌莉亞要人端上新的茶水點心，說：

「今天來的竟是大人，我有點驚訝。」

馬修微笑。「真是抱歉。我不喜歡坐船，所以先前都交給島嶼地區責任官，但今天有重要的事想跟大人談談，所以親自出馬。」

「咦，是什麼事呢？」

馬修瞥了眼在一旁候命的家臣們，說：

「不好意思，如果可以，我想和大人私下談談。」

口氣委婉，但這是命令。

彌莉亞擺了擺手，要神情擔憂的家臣們離開房間。

旁人退出後，海風震動窗戶的細微聲響便能傳入耳中。

馬修看著窗戶，似在聆聽風聲。

「大人要說的是……？」彌莉亞有些不耐地問，馬修將目光移回彌莉亞身上。

看到那雙眼睛，彌莉亞赫然一驚——眼前這個人，已經不是上一刻那個溫和的男子了。

「您真是膽大包天。」馬修開口，「但世上還是有界線是不能跨越的。」

彌莉亞微微歪頭。「咦？我做了什麼冒犯大人的事嗎？」

「沒錯。擄走香使是重罪，不是您一個人的性命可以擔得起的。」

彌莉亞裝出困惑的表情。她已預料馬修可能會提到這件事，因此並不驚訝。

「這……」她正要開口，馬修舉手打斷。

「無謂的對話就省了吧。我知道他們兩個在這裡，就算您否認也沒有意義。」

彌莉亞歪頭。「沒有意義？怎麼會呢？我並沒有擄走什麼香使，就算大人要誣賴，若無法證明，也無法興師問罪吧？」

馬修搖頭。「沒必要證明，因為我也不打算興師問罪。」

「……？」彌莉亞蹙眉。她捉摸不出馬修的意圖，內心焦急起來。

「不打算興師問罪？可是大人明明指出我有罪啊？」

「沒錯。」馬修點點頭，露出微笑，「您擄走香使這件事，我不打算追究。但如果您不立刻釋放兩人，把他們帶來這裡，您將會蒙上別的罪名。」

彌莉亞瞇起眼睛。「別的罪名？」

「沒錯，煽動謀反罪。」

「……」

「為令千金瑪拉小姐製作戒指的寶石雕刻師，我派部下詳加調查過了。」

儘管勉力不動神色，彌莉亞依然感到頭皮繃緊。

馬修淡淡地接著說：「您行事真的非常縝密。如果不是那名寶石雕刻師的徒弟碰巧因為其他罪狀被抓，提出協商，我們還真不會發現。讓戒指的寶石能夠取下，在其中藏匿密書的方法很常見，但以寶石的雕刻方式及裝飾樣式作為解讀暗號關鍵的做法，實在獨樹一格。」

「……」

一陣寒意從心底擴散開來，彌莉亞閉上眼。

馬修那幾乎不帶感情的聲音傳入耳中：「徒弟供出了解讀方法，我要部下抄下口供，以它解開最近弄到的『歐戈達曉光』送給同夥的暗號文，確定它就是解讀暗號的關鍵。我們很小心，沒有讓寶石雕刻師發現，因此令千金應該還渾然不知。」

「……」

「藩王母大人。」馬修呼喚，彌莉亞慢慢睜開雙眼。

馬修筆直地看著她。「您的喉嚨已經被我扼在手裡了——但您是『歐戈達曉光』首腦這件事，我現在也不打算處理。」

彌莉亞瞇起眼睛，開口：「只要我歸還兩名香使？」

馬修點點頭。「只要您歸還兩名香使。」

彌莉亞苦笑。「或許你以為已經扼住了我的喉嚨，才提出這樣的交換，但你會這麼重視那名香使，是因為她是製作隱田的密使嗎？」彌莉亞看出馬修眼中細微的情緒變化，接著說，「就如同你握有許多壓制我的武器，我也並非手無寸鐵，我也有能夠差遣的耳目。你母親是西坎塔爾人，那名叫愛夏的香使，是你從西坎塔爾帶來的，這些我都知道。」

彌莉亞微笑。

「你是新喀敘葛家前當家的養子，聽說你和現當家的兄長感情不睦，反而跟拉歐・喀敘葛較為親近。那麼，這次你會特地前來要回愛夏，理由也不言而喻。順帶一提，我已經準備好要通知伊爾・喀敘葛，那名叫愛夏的香使就是密使。」

彌莉亞收起了笑，厲聲說：

「船是會沉的，馬修・喀敘葛。或許你已經安排好，萬一你坐的船沉了，就會有人揭露謀反情事，但我也已經做好準備，在消息傳到之前，伊爾・喀敘葛就會先收到來自神祕人物的巧妙告發。」

馬修的眼底逐漸浮現笑意。

「沒必要費心把船弄沉，請儘管告訴家兄無妨。即使沒有證據，只要有人告發，家兄應該就會行動，但這完全無法牽制我。因為我們已經在考慮差不多該告訴家兄了。如您所知，帝國本土出現了大約螞。」

馬修說到這裡，收起了笑。

「信不信由您，拉歐老師一直拚命在努力避免饑荒發生。會利用密使這種裝神弄鬼的手段，在歐戈達山間開墾隱田，也都是為了防範饑荒。」

海風吹動窗戶，製造出細微的聲響。

「大約螞造成的蝗災，擴散速度快得異常，我們沒有時間說服家兄。在進行政治談判的期間，歐戈達也不斷有人餓死。我們希望餓死的人少一個是一個。但現在已經沒時間再用這套方法了。如今，遠離歐戈達的帝國本土已經出現大約螞，因此在與家兄談判時，也可望協調出一個妥協點。」

馬修聲音沉靜，繼續說：

「坦白說，現在我沒空管什麼『歐戈達曉光』。這類集團，在真實身分不明的情況下會是威脅，但現在已經掌握了底細。況且，如果考慮到歐戈達的穩定，我認為不分青紅皀白地處分『歐戈達曉光』並非上策。」

不知道是訴說的表情還是聲音讓人這麼感覺，彌莉亞覺得這些話是這名男子的肺腑之言。馬修．喀敘葛會為了藩國而行動，是他身上母親的血液使然吧——她聽過西坎塔爾的藩王這麼說。當時彌莉亞內心認為這想法太天真，但此後也聽到了幾個類似的評語。畢竟難得從利害關係、狀況、立場互異的人口中聽到一致的說法，因此她一直惦記在心。

（而且，）

考慮到堪稱帝國化身的伊爾．喀敘葛提防、嫌惡著這個人，那麼馬修應該確實是用和伊爾．喀敘葛不同的思考在行動吧。

（有方法可以不放他返回本國。）

但自己和這個人握有的武器，威力天差地遠。

製作隱田的是舊喀敘葛家這個告發，大概真的如他所說，對他不痛不癢吧。

（否則他應該不會要求連歐拉姆都一起歸還。）

如果不想讓伊爾·喀敘葛知道隱田的存在，那麼歐拉姆被囚禁在島上的現狀，對他應該正方便。

（不過，或許他打算等人到手之後，再確實滅口也說不定。）

要是他能這麼做，彌莉亞反倒慶幸。

但這個人就算會除掉歐拉姆，也不會除掉愛夏吧。

彌莉亞後悔莫及，不該把這裡進行的事告訴愛夏和歐拉姆的。

不歸還兩人的這個選項，已經變得太困難了。

（可是把人還回去的話……）

在海風中能成長、也不怕大約螞的歐阿勒稻就會曝光。如果除掉這個人，女兒和自己都是死罪；可就算不除掉他，也一樣會是死罪。

彌莉亞推開椅子站起來，慢慢步向窗邊。這個行動與其說是出於思考，更是為了爭取思考的時間。

「藩王母，」馬修的聲音傳來，「即便您有所擔憂，但歸還兩人，損害還是比較小。您應該明白這點。」

「……」

「但您仍如此猶疑不決，是因為窗外的東西嗎？」

彌莉亞驚跳一般，回過身來。

馬修的目光定定注視著她。

## 十六、馬修的提議

彌莉亞看著馬修，默不作聲。

馬修表情不變，繼續望著她。

（到底是誰……）

腦中浮現幾個可能私通的人，但現在想這些也沒用。

一直悉心呵護的希望之芽，即將在眼前脆弱地消逝，彌莉亞露出淒楚的微笑。

「看來還是應該把船弄沉呢。」

馬修嘆息。「我說不希望饑荒發生，這話就這麼不可信嗎？」

彌莉亞眨眨眼。

悟出這話代表的意義，彌莉亞目不轉睛地看著馬修。

「什麼意思？難道你連我們擅自栽種歐阿勒稻的事都要放過？」

馬修點點頭。

彌莉亞蹙眉問：「為什麼？為什麼要放過我？」

「告發這件事，有什麼好處？」

這過於令人意外的反問，讓彌莉亞質疑。

「好處？——禁止自行種植歐阿勒稻，不是為了保護帝國的天條嗎？」

「過去確實如此。」

「……？」

「您還不明白嗎？現在帝國正面臨著可怕的危機，可能有千千萬萬的百姓餓死。」

「……」

「如果在海邊也能栽種歐阿勒稻，這會是莫大的希望。」

馬修的眼中浮現和先前不同的光采。

「那裡種植的歐阿勒稻，可以食用對吧？」

彌莉亞點點頭。「可以。不僅可以食用，就算被大約螞吃了，還是一樣會結實，而且產量也增加了。」

馬修瞠目結舌。「真的嗎？」

「真的。」

馬修的臉漾起燦爛的笑容，有如少年。

彌莉亞完全料想不到這樣的笑容會出現在這名男子臉上。

「我原本期待如果是島嶼地區，或許就能避開大約螞的蟲害，沒想到遠遠不止如此！」馬修聲音明朗，「藩王母，您想想看，我們有可能那麼蠢，把這件事視為罪行告發、摧毀希望嗎？我們可是開墾了隱田啊！」

彌莉亞注視著馬修的眼睛好半晌，感覺到原本飄搖的希望之光，又重新燃起。

「老實說，」彌莉亞開口，「我漸漸覺得我似乎可以相信你了——但我不認為伊爾・喀敘葛會饒過擅自栽種歐阿勒稻的罪行。」

馬修點點頭。「確實如此，不過有法子。」

「什麼法子？」

「主動稟報上去。」

「……？」

「您應該知道『落稻』的報告制度吧？」

這個詞滲透腦中的瞬間，彌莉亞悟出馬修的打算，瞪大了眼。

「歐阿勒稻的繁殖力驚人，因此經常在農民沒發現的時候、在意想不到的地方萌芽生長。就算有這樣的稻子群生，只要向香君報告，就不會有罪。」

一股灼熱從內心擴散開來，彌莉亞急促地喘氣。

「可是……可是把它拿來栽種，這個藉口就行不通了吧？」

「那麼這麼說如何？」馬修說，「在帝國不肯伸出援手的情況下，您不斷地尋找讓人民免於飢餓的方法。歐戈達有許多島嶼，您推測，要是在遠離大陸的島嶼地區，應該就不會遭到大約螞的侵害，或許可以在島上種植歐阿勒稻，因此在這座島嶼嘗試栽種。多次失敗、摸索之後，終於成功種出了能在海風中生長、也能食用的歐阿勒稻，而且發現它居然還不怕大約螞。」

「……」

「感覺很像是您會做的事，家兄也會相信吧。」

彌莉亞皺起眉頭。「或許會信，但他不會放過我們吧。放過我們有損帝國權威，也等於是承認他誣賴、懲罰歐戈達的做法錯了。」

馬修搖搖頭。

「放在不久前，家兄一定不會原諒您的作為，但現在狀況不同了。由於遠離歐戈達的帝國本土出現了大約螞，藩國都已經知道家兄對歐戈達的指控有可能是錯的。承認錯誤對家兄確實是一大打擊，但另一方面，如果不承認，帝國對藩國的公平性也會遭到質疑——在大約螞肆虐、擴散帝國全境這個危機當前，是絕對必須避免的事。」

馬修的嘴角扭曲。

「家兄生性冷酷，但絕不會為了自己的自尊或利益，置帝國於險境。他在這方面十分徹底，某方面來說是令人欽佩的。」

「……」

「原以為在海邊不會結實的歐阿勒稻結實了，而且還能抵擋大約螞，甚至可以食用。這對帝國而言，是無法想像的巨大利益；而且現在比起把罪責推到歐戈達身上，拯救歐戈達反而更能鞏固對藩國的支配。對家兄來說，他正在思考該如何收起已經揮出去的拳頭，這下等於是有了再完美不過的台階下。」

「……有道理。」

彌莉亞離開窗邊，拉開馬修對面的椅子坐下來。

「可是，如果容忍藩國對歐阿勒稻使用自製肥料，就無法控制其他藩國了吧？」

馬修微笑。「這也還有活路可走，因為您還沒有跨越對帝國而言絕不能退讓的一線。」

「絕不能退讓的一線，不是自行栽種歐阿勒稻嗎？」

「不是。」

「你說的那一線是什麼？」

「取稻種。」

彌莉亞瞪大雙眼。

（……啊！）

她恍然大悟。

對帝國而言，可怕的並非栽種歐阿勒稻，而是能不依靠帝國，持續栽種。

「您尚未跨越那一線，也不可能跨越。家兄清楚這一點。」

馬修望向窗戶，接著說下去：

「歐戈達這種擁有先進技術的藩國嘗試過，卻還是無法取得稻種，這個事實反而有助於守護帝國的權威。家兄應該會想巧妙利用這一點。我們也會替歐戈達美言，盡力把帝國做出誤判的過錯，和您犯下的罪行相抵消。」

彌莉亞懷著複雜的思緒，望著男子曬得黝黑的臉。

在海風中也能成長，甚至能撐過大約螞攻擊的歐阿勒稻——然而卻無法取得稻種，無法將它的利益貢獻在藩國的獨立和繁榮上。

原以為是希望之光，卻越看越像透入帝國這座巨大牢籠的微光。彌莉亞在內心嘆息。

（……如果那兩名香使成功取得稻種的話……）

狀況會有所改變嗎？

彌莉亞長年摸索和里格達爾、東西坎塔爾藩國合作的方式。藩國間緊密合作，儲備實力，最終獲得力量斬斷帝國桎梏——她一直夢想這樣的未來出現。

得知歐阿勒稻在海風中也能成長，而且只要調整肥料，即使遭到大約螞啃食也能結實時，彌莉亞感覺這個夢想頓時充滿了實現的可能。只要能獲得取得這種歐阿勒稻稻種的技術，歐戈達就能占據主導藩國聯盟的地位，就連打造新帝國、成為盟主，都不是痴人說夢。但要找到取得稻種的方法，肯定曠日廢時。

而事態發展至此，已經不可能再有那樣的時間了。

（……無計可施了。）

彌莉亞嘆了口氣，開口：「若大人能這樣安排，我就歸還香使吧。」

馬修點點頭，說：「香使就說不是擄來的，而是召請他們前來，討論在海風中也能成長的歐阿勒稻。至於歐拉姆為何沒有回報這件事，粉飾太平的藉口一抓一大把。只要說明原委，歐拉姆應該也會同意統一說詞。」

聽著馬修的聲音，彌莉亞忽然想起看見在海風中搖曳、金色的歐阿勒稻穗浪時，那種心中的激動。點綴這個回憶的光采已經徹底褪色，再也無法挽回，但並未消失。

很快地，就必須出面和伊爾．喀敘葛談判了。為了到時能爭取到更多利益，彌莉亞開始思考。

純白的船帆擁抱著晨光，燦爛得近乎刺眼。

愛夏仰望在海風中劈啪作響的船帆，嘆了一口氣。

吉拉穆島越來越遠，只剩下一個小點。

（終於可以回去了。）

馬修說，歐拉尼村的隱田在塔庫伯伯兒子們的指導下，順利耕種，弟弟和老爺子也都過得很好。愛夏聽了放下心來，但得知她被囚禁在島上的期間，大約螞的災害急速擴大，局面已無法收拾，也讓她焦躁不已。

這樣的焦躁還摻雜著不安——她強烈地懷疑，他們是否正走在絕不該踏上的路上？

馬修說服歐拉姆，說這雖然違反香使諸規定，但希望他能協助將彌莉亞培育的特殊歐阿勒稻，變成拯救萬民的希望之稻。如果能大量種植那種歐阿勒稻，而稻子真的不怕大約螞，確實就能克服眼前的危難，讓許多人免於飢餓。

歐拉姆點頭聆聽，臉上的表情也反映出他積極支持馬修的做法。

如果馬修的策略順利，彌莉亞也不會被追究重罪。

儘管彌莉亞綁架他們，還把他們囚禁在島上，但愛夏沒辦法討厭她。得知彌莉亞有獲赦的可能，愛夏鬆了一口氣。

帝國和藩國的人民都不會再挨餓，彌莉亞也能全身而退——儘管明白這個策略百利而無一害，不知怎地，不安卻在心底悶燒不絕。

愛夏嘆了口氣，離開甲板，前往船艙。

她敲了敲船艙的門，裡面傳來模糊的應聲，她開門進去。

船艙很小，但很明亮。陽光與風從開在高處的窗戶傳入室內。

馬修躺在固定在牆邊的床上。蓬頭亂髮，臉色也很糟。

愛夏嚇了一跳，走近床鋪探頭看他的臉。

「馬修大人，你還好嗎？」

馬修低吟：「……不太好。」

接著他看著愛夏說：「下次要被抓，拜託在沒有島嶼的國家被抓吧。」

這意外的玩笑讓愛夏不知所措，忍不住直盯著馬修看。因為暈船，馬修整張臉面無人色，但從眼底浮現明亮的神色。

（馬修大人……）

是真的放心了。

（因為他成功救回了我們——而且還找到了挽救饑荒危機的可能。）

愛夏扶著固定在床邊的椅背說：「你這麼不舒服，還把你吵醒，真對不起。我本來有事想問你，不過等下船以後再說吧。」

馬修說：「不，有話現在就說吧。」

「真的可以嗎？」

「嗯。」

愛夏點點頭，在椅子坐了下來。

「馬修大人，你覺得那裡的歐阿勒稻的氣味聞起來怎麼樣？」

馬修瞇起眼睛，似在回想：「……滿濃烈的，比其他的歐阿勒稻還要強。」

「只有這樣而已嗎？」

馬修的眼睛亮了起來。「妳感覺到什麼嗎？」

愛夏點點頭。「我覺得很可怕。」

「可怕？那些稻子嗎？」

愛夏本想點頭，卻又遲疑了。

（是這樣嗎？——我是害怕那些稻子嗎？）

雖然覺得是，卻又有些無法斷定。

之所以覺得在海邊也能生長的歐阿勒稻氣味極度可怕，大概是因為它們和野生歐阿勒稻相近吧。不同於被肥料抑制生長的歐阿勒稻，他們強烈的生命力讓她害怕。

但遭到大約螞蝱攻的歐阿勒稻氣味，喚起的卻是不同於此的感覺。

馬修沒有催促，讓愛夏細細思考。

想著想著，愛夏漸漸看出一件事。

「與其說是那些稻子本身……」愛夏邊想邊說，「那些稻子在大聲吶喊，讓我害怕。」

「吶喊？」

「大人感覺不到嗎？」

馬修苦笑。「我的力量沒有妳來得強。那些稻子的氣味很強，所以一進入藩王母的房間，我就感覺到了，但也只是這樣而已。」馬修收起了笑。「那些稻子在發出吶喊嗎？」

「對。」愛夏點點頭，又說，「啊，不是。我說的那些稻子，不是指緊鄰藩王母房間種植的稻子，所以或許大人才沒感覺到。」

「不是那些稻子？那是哪裡的稻子在發出吶喊？」

「中庭更裡面的地方，故意讓大約螞啃食的稻子。」

「也就是說，它們散發出求救的氣味？」

「我認為是。」

「我被大約螞吃了，救救我，這樣？」

「對，它們在呼喚：快來！」

「那有什麼東西回應這股氣味過來了嗎？」

愛夏搖搖頭。

「什麼都沒有。應該已經呼喚好一段時間了，卻沒有會捕食大約螞的天敵飛來。」

「這讓妳覺得害怕？」

「咦？」

「歐阿勒稻的呼喚沒有任何回應，讓妳感到害怕？」

愛夏這才驚覺——她完全沒有想過，不過原來是這樣嗎？

植物隨時都在散發各種氣味。就像聽到遭蚜蟲攻擊的花散發的氣味之聲，瓢蟲會飛來，還有其他生物感受到這樣的活動，進行各種交流互動。

可是，那些被大約螞攻擊的歐阿勒稻發出「來救我」的呼喚，卻無人回應。不管是昆蟲還是鳥，什麼反應都沒有。

（是這個讓我感到害怕嗎？）

在虛空中迴響的悲鳴，無人回應的哀傷呼喚。

自窗戶照入的白光在地板躍動出各種花紋。愛夏漫不經心地看著光斑，說：「我不知道……或許是吧。」愛夏說著，總覺得焦急難耐。

「我不太會說，可是我覺得很害怕。我覺得不可以種那種稻子。」

馬修蹙眉。「為什麼？」

「我說不清楚，就只是這樣覺得。可是……」愛夏手捂著胸口，看著馬修說，「那是無視『絕對下限』種出來的歐阿勒稻，也就是初代香君不讓人們種植的歐阿勒稻，對吧？」

「……」

「初代香君為何把那個量定為『絕對下限』？如果肥料比那個量還少，歐阿勒稻還是可以吃，那為什麼會是那個量？」

聲音變得沙啞，愛夏清了一下喉嚨，說：「我不認為初代香君會不知道，要怎麼樣才能種出不怕大約螞，而且還能食用的歐阿勒稻。反而就是因為知道，才會把那個量定為『絕對下限』吧？──為了不讓人們種出不怕大約螞的歐阿勒稻。」

馬修默默聆聽著。

看到他的表情，愛夏得知他也已經發現這件事了。

貓叫般尖銳的聲音傳來，是海鳥的啼叫聲。應該是成群飛過，許多啼聲交錯傳來。

片刻後，馬修開口：「……妳反對用那種稻子來解除饑荒，是吧？」

愛夏看著馬修。

她很想說「我反對」，但她無法果斷地說出這句話。大約螞正以驚人的聲勢擴散開來，這樣下去，只會有更多人餓死。她沒辦法說，不要種那種可以挽救這些人命的稻子。

「如果能知道為什麼初代香君不讓人們種那種稻子——知道大約螞會招來的災禍究竟是什麼的話——我就能決定是要贊成還是反對了……」

愛夏嘆了口氣。

「我就是覺得害怕，我覺得不能種那種稻子。」

「……」

馬修再次沉默，尋思良久，最後開口：「抱歉，我太不舒服了，腦袋不靈光。這件事情很重要，讓我再好好想一想。」

愛夏點點頭，也只能點頭。

# 第五章　饑雲

## 一、鴿書

金色稻穗起伏如浪，綿延至遙遠的彼方。

每當風吹來，稻穗便嘩嘩搖曳，歐莉耶款款走過其間。

時隔多年，香君來到西坎塔爾祝福「濟世稻」，種植地外圍的街道擠滿西坎塔爾的人民，爭睹香君的風采。每當歐莉耶靜靜甩動手中的稻穗，便引起如雷歡呼。

歐莉耶靜靜走在田間寬闊的道路，想著跟在身後的愛夏。

愛夏成為侍奉香君的香使，時日尚淺，但透過兩人私下交談的機會，歐莉耶得知愛夏現在依然害怕著這種新的歐阿勒稻。

一年前，馬修從吉拉穆島救回愛夏和歐拉姆後，帝國與藩國的狀況出現了巨大的變化。

當時帝國本土，大約螞帶來的災害也不斷在擴大。

也許是因為帝國南部出現往年未見的大範圍高溫多雨氣候，監視不夠周密，許多種植地出現蟲卵卻未被發現，致使大約螞蟲害陸續爆發。

諸藩王得知此事，對帝國將大約螞的出現歸咎於歐戈達的說法萌生疑念，開始害怕自己的國家也將遭到蟲害肆虐。

就在此時，香使歐拉姆自吉拉穆島而返，稟告伊爾・喀敘葛，說吉拉穆島種出了不怕大約螞的歐阿勒稻。

原以為在海風中無法成長的歐阿勒稻，因調整肥料而存活下來，甚至不怕大約螞，能夠食用，而且產量還增加了。得知此事，伊爾・喀敘葛立刻稟報皇帝，獲准由新舊喀敘葛家主導栽種。伊爾・喀敘葛迅速行動，幾天後他說服歐莉耶祝福以新方法種植的歐阿勒稻。接著他將歐戈達藩王母請到帝都，並加入拉歐・喀敘葛共同商討。

會談中，以交出這種稻子的種植方法為條件，伊爾・喀敘葛不僅宣布不追究歐戈達擅自栽種的罪狀，還表示在歐戈達發生饑荒時未予救濟，失之過苛，將正式向歐戈達致歉。

由歐戈達藩王母彌莉亞發現、不怕大約螞的新種歐阿勒稻，伊爾命名為「濟世稻」，對歐戈達藩王母大加頌揚。同時公開承認未對歐戈達的饑荒伸出援手，是懲罰過當，更向皇帝進言，送出足以救濟歐戈達人民的歐阿勒稻。接下來在香君的指導下，新舊喀敘葛家致力改良「濟世稻」，並答應取得稻種後將無償提供給各藩國，往後也實現了諾言。

帝國這番行動深深打動了藩國民心。伊爾・喀敘葛對歐戈達承認己非，並盡力將功補過的態度，更感動了藩國人民。

標榜不怕蟲害的歐阿勒稻遭到大約螞攻擊，原本讓藩國人民陷入饑荒的恐懼中，對帝國滋生不信，不滿日升，現在卻畫風一變，轉為讚揚帝國。

「濟世稻」即使長滿了大約螞，仍結實累累。看見此情此景，人們流下歡喜的淚水，禮讚香君的聲音響遍整個帝國。

大約螞還是一樣群聚在歐阿勒稻上啃食葉子，但「濟世稻」比過去的歐阿勒稻更高大，即使葉子被吃掉也會不斷長出新葉，使稻子不致枯萎。不僅如此，「濟世稻」的莖和稻殼也比原本的歐阿勒稻更堅硬，大約螞不會吃。

雖然脫穀比以往更費工夫，但米粒的滋味不變，產量比以前更多，因此只是脫穀麻煩點人民也甘於承受。

然而，不知道是否「濟世稻」具有強力促進大約螞變異的力量，大約螞繁殖的數量異常增加，不斷擴散，現在已經絕少看到沒有大約螞的歐阿勒稻，人們也已經看慣通體爬滿大約螞的歐阿勒稻了。

（……愛夏現在……）

歐莉耶祝福著道路兩側的稻子，沉浸在自己的思緒中。

（依然覺得這些稻子很可怕嗎？）

一年前，馬修甫從吉拉穆島歸來，兩人在拉歐老師的館邸密會時，他所說的話在腦中復甦。

「愛夏說她害怕那種稻子。」

「害怕？怎麼會？」

「她說自己也說不清為什麼會覺得怕。」

馬修的臉在燈籠火光中浮現，泛著深沉的憂慮。

「要是知道愛夏害怕的理由，就能順著她的意思來行事了……」

「那種歐阿勒稻，是把肥料的量減少到比『絕對下限』更少才種出來的吧？會不會是因為這樣？初代香君大人定出歐阿勒稻使用的肥料下限，嚴命絕不能比這個量更少，應該自有一番道理。」

「……」

「你想想看，如果把肥料減少到比『絕對下限』更少，就能種出不怕大約螞的稻子，那樣飽受大約螞災害而苦的初代香君，為何要把下限定得比這個量更高，故意讓稻子無法抵擋大約螞？之所以會這麼做，一定有某些逼不得已的理由。也許肥料下得比『絕對下限』更少，稻子會出現某些不好的特性——那種特性讓令尊一直擔憂，並會招來因大約螞而引發的大災禍。愛夏是不是感受到了這一點？」

「愛夏也在擔心這件事，但她說她也不明白那不好的特性是什麼。至少對人體應該沒有影響，實際上食用『濟世稻』的人也都沒有異狀。

只是，愛夏以她的直覺，感覺到那種稻子不該種植吧。」

歐莉耶全身肌膚為之一顫，分外不安。

她探出上身觸碰馬修擱在桌上的手。

「我說，馬修，愛夏就是香君啊，真正的香君。如果愛夏說她感到害怕，是不是不要把這種稻子告訴伊爾比較好？伊爾要是知道了，絕對會下令種植那種稻子。」

馬修靜靜搖頭。「我們沒有時間了。」

馬修堅定不移的眼睛直勾勾望著歐莉耶。

「大約螞擴散的速度太快了，妳也聽到今早抵達的鴿書說什麼了吧？」

「嗯，里格達爾藩國也出現了。」

「不光是里格達爾而已。」

「咦？」

「我過來這裡之前剛接到消息，東西坎塔爾也出現大約螞了。」

「……！」

馬修深深嘆息。「我們找到的方法，沒辦法拯救所有百姓。其他穀物生長需要時間，收穫量也和歐阿勒稻天差地遠。如果是人口少的山村還有辦法撐過去，但只要災害擴散到全境，就實在供應不了。如果災害至多半年就會平息，應該還能靠國庫儲米頂住，但照這樣下去會有無數百姓餓死。既然找不到方法消滅大約螞，我們能做的實在有限。」

遠處響起鐘聲，通知午夜來臨。

「我也相信愛夏的感覺——我認為，那或許就是我們一直害怕的大災禍的源頭。」馬修低聲說，「如果可以，我也不願意種那種稻子，但眼下實在別無他法了。沒有其他方法能避免饑荒了。」

「……」

「既然沒有別的路可走，就只能走這條路，到時發生了什麼事，只能見招拆招了。」

馬修預見的，歐莉耶也非常清楚。

新帝才剛繼位，政權根基不穩，如果這時饑荒的恐懼蔓延藩國，就會爆發動亂。鄰國有可能趁此機會發兵攻打，一旦發生負面連鎖，災禍就不只是饑荒而已了。

歐莉耶感覺到馬修的大手覆上自己的手。

「歐莉耶，」馬修低聲說，「我搞砸了。我沒辦法在大約螞發生前，改變人們依賴歐阿勒稻的狀況。在無法改變現狀的情況下，就這樣步入了大災禍，如今我只能保護好龜裂的容器，不讓它四碎。」

（……龜裂的容器。）

這不光是指帝國，香君的信仰也是如此。

歐莉耶知道，民間開始傳出耳語：為何歐阿勒稻會出現害蟲？為何香君大人都不設法阻止？

歐莉耶感受著馬修手掌傳來的溫暖，想到自己無力得可悲。

伊爾一定會要求自己祝福新的歐阿勒稻。事已至此，她不可能拒絕祝福那種稻子。

（初代香君不讓人們種植的歐阿勒稻……）

我卻要將它們散播到帝國全境。

歡呼聲綿延不息。

天空蔚藍高遠，每當徐風吹來，「濟世稻」的馨香便拂過臉龐。
（這氣味……）
在愛夏聽來是什麼樣的聲音呢？
（如果我也能聽到它的聲音……）
就能改變什麼嗎？就能在以香君身分在世的歲月裡，真的為人們所有貢獻嗎……？
在民眾歡欣禮讚的鞭笞下，歐莉耶面帶微笑地繼續前行。

聽到香君大人召見，愛夏晚飯也不吃，直接前往香君行轅最深處、歐莉耶的房間。守在房門兩側的衛士見到愛夏，行了個禮，默默開門讓她入內。
雖然點了許多盞燈，但房間寬闊，仍感覺昏昏暗暗。大房間深處，有被屏風遮蔽的「香君御座」。
歐莉耶的香氣從裡面散發出來，感覺得出不同於平時，情緒高昂激動。沒看見隨身女官，愛夏得知歐莉耶已經屏退旁人，頓時緊張起來。
「香君大人，愛夏．洛力奇到了。」
愛夏出聲，屏風裡立刻傳來歐莉耶的聲音：「愛夏，進來御座裡面。」
屏風內側有做工精巧的美麗火盆，充斥著芳香。

愛夏進入裡面，歐莉耶便從寬闊的椅子半起身說：「真對不起，妳還沒吃晚飯吧？」

「不會，有什麼緊急的事嗎？」

愛夏問，歐莉耶點點頭，拿起桌上一張小紙條說：「妳先讀這個。」

「是鴿書呢。」

「對，剛剛才收到的，馬修寄來的。」

從歐莉耶的聲音也能聽得出她激動的情緒。

愛夏接過暗號文讀起來，立刻驚訝地倒抽一口氣。

——家父歸來，命愛夏速至利奇達村。

「異鄉的通道打開了。」

聽到歐莉耶的話，愛夏抬頭，茫然看著她。

「這封鴿書，是天爐山脈山腳森林的鴿舍送來的。」

「……！」

歐莉耶微笑。「天爐的森林，就是妳長大的地方對吧？馬修一定是為了視察國境，才會待在天爐山脈一帶，而這種時候，我們居然都在西坎塔爾，真是太幸運了！」

歐莉耶的臉微微泛紅。

「快去吧，愛夏，快去馬修身邊。」

歐莉耶眼中透出有些哀傷的神情。她聲音沙啞地輕聲說：

「終於能知道真正的香君出生的地方是怎樣的地方了——也是妳和馬修母親等人出生的地方。異鄉究竟長什麼樣子呢？」

## 二、祈禱之岸

淡藍的天空，襯得白色山峰格外顯眼。

山峰的白並非戴雪，而是整座山就是白色的。

白的不只山峰，山路各處露出的岩地也是白的。兩側樹木茂密，其中或紅或藍的花朵含蓄地開著，在不時吹來的風中搖擺。

「愛夏。」

馬修和兩名嚮導的男丁走在前方，這時馬修停步向愛夏出聲。

「接下來的地面很脆弱，地底下也有空洞，萬一踩破了很危險。妳過來這裡，我幫妳上腰繩。慢慢走過來，小心腳步。」

兩名嚮導個頭都很高，皮膚曬得黝黑，就像鞣皮一樣。兩人不管相貌或口音都像「幽谷之民」，一看到他們，愛夏頓時懷念不已。

離開故鄉已經六年了。當時年幼的弟弟如今已長得比愛夏還高，在帝都附近的農場務農。如果祖父沒有被逐下藩王位，也許弟弟會是藩王繼承人，但想到弟弟曬得和「幽谷之民」的男丁差不多黑，怡然自得地從事農活的模樣，她反而覺得這樣比較好。

而想到自己現在的境遇，愛夏也不禁感嘆起自己實在太幸運了。

原本自己和弟弟差點被鳩庫奇殺掉，現在卻像這樣能各自發揮所長。父母在天之靈看到這一切，一定備感欣慰吧。

自從踏入大崩溪谷，和父母、弟弟及老爺子一同生活的記憶便頻頻浮現心頭。

經過那場飽受飢餓折磨的長旅，母親病倒，經常臥床不起，因此快樂的時光並不多，但現在愛夏依然能夠回想起母親在陽光中緊摟著自己的溫暖，以及她身上馥郁的香氣。

大概是風中有青香草氣味的緣故吧，兒時在森林裡迷路、被馬修的伯公相救之後，母親的輕聲自語又再次在耳中響起……

——啊……所以妳身上才會有青香草的香味。

（……母親大人。）

注視著白色的山峰，愛夏遙想那處異鄉，據說那裡就位在那座山間某處。

母親和馬修母親的出生地——那是個什麼樣的地方？

想到很快就能見到遊歷過那裡的人，一股興奮便湧上心頭，幾乎讓她喘不過氣。

在馬修的故鄉阿札勒等待的嚮導男丁，是從深山的祈禱所「祈禱之岸」下來的祈禱者。

為了鎮住天爐山脈的群山，讓人們承接山林的恩惠，「幽谷之民」每年都會從各個氏族選派一名年輕人執行祈禱之職。雀屏中選的年輕人會在大崩溪谷深處的祈禱所生活一年，為故鄉的人們祈求平安。

年輕人當中特別身強力壯者，還會挑戰「登頂行」，在山頂獻上祈禱。

通往山頂的路途險峻，旅程危險重重，因此成功登頂者會被夥伴們盛讚為「善者」。

大崩溪谷散布著一些神祕的池塘，眾人稱之為「諸神之口」。

當雪融化後的水流入乾涸的溪谷，就會出現許多清澈的小池塘，但只要山谷間的水枯竭，這些池塘便會忽然消失，池塘原本所在之地則變成通往地底的深穴。

傳說中，這是因為居住在大崩溪谷深底的諸神，臨近夏季就會自漫長的沉睡中醒來，張口喝光池裡的水。而等到諸神夢見雪融的春季，美麗的池塘又會再次現身。

「祈禱之岸」就位在這樣的池塘邊，年輕人從春季到初夏，在池子裡沐浴；等池塘消失、深穴周圍出現缽狀草地後，他們便緩步巡繞草地周圍，歌唱祈禱歌禮讚天地。

去年冬季的雪量不多，據說這樣的年分諸神醒轉得早。而如同傳說，尚未感覺到初夏的腳步，池塘就已經消失了。

池塘漸漸消失，很快地，夏季離去的時候颳起了大風。

強風大得幾乎讓人不敢離開祈禱所。隔天早上，為了唱祈禱歌而外出的年輕人，發現鳥兒喧鬧地在草地上空飛舞，猜想可能有動物死在那裡。

由於當時糧食變少了，年輕人期盼動物死屍還能食用，便前往鳥群飛舞的地方察看。

結果發現一名男子倒在地上。

男子穿著奇妙的衣物。雖然一頭蓬髮，面部卻刮得十分光潔，面容憔悴但五官端正。

男子周圍掉落著陌生的昆蟲。形似蝗蟲，但比普通的蝗蟲更大，下顎也異樣地大。鳥兒激烈啄食著散落在男子周身的昆蟲屍體。

男子的頭髮、衣物全都沾滿了蝗蟲的翅膀和腳，就好像從蝗蟲大軍中走出來一樣。

這塊禁地除了祈禱者和齋戒沐浴後前來祈願的人以外，不得擅入，因此在這發現路倒之人，讓年輕人大為駭異。一行人把他帶回祈禱所。

帶回祈禱所後，男子醒了，但不管問他什麼都不回答。他如失魂落魄一般，只是呆呆看著問話的人們。

強風過後突然冒出這麼一個蓬髮男子，年輕人們這時想起了有人自異鄉歸來的傳說。其中有名來自阿札勒的年輕人，從小就聽著失蹤三人的事長大，因此猜想男子可能是失蹤者之一，想把男子帶去阿札勒。然而不知為何，男子拒絕離開「祈禱之岸」，就算牽他的手想要帶他走，他也像害怕著什麼似地劇烈反抗，絕不肯踏出祈禱所的門一步。

年輕人無計可施，將危急時使用的飛鴿放回故鄉阿札勒。接獲通知的阿札勒人興奮起來，相信男子一定是失蹤的三人之一。根據男子的年紀、外貌，阿札勒村民推測他應該是悠馬・喀敘葛，於是傳信鴿通知馬修。

為了監視國境，馬修建立了一套自己的聯絡網，以便隨時與故鄉同胞緊密聯繫，不管自己身在何處，都能在最短時間內接到鴿書。這個努力以意想不到的形式在這次發揮了成果，當愛夏抵達通往天爐山脈路上的利奇達村，馬修已經做好前往大崩溪谷的準備了。

在利奇達村的下榻處，愛夏從馬修那裡得知了這段事情的始末。

「令尊沒有帶女孩子回來呢。」

「聽說沒有。但穿著陌生衣物、一頭亂髮但有刮鬍子，這些都跟傳說一樣，不過聽說只有他一個人倒在那裡。」

「那，令祖父和令伯公……」

「好像沒有回來。」

愛夏啞然無語，馬修接著說：

「雖然遺憾，但也沒辦法。光是父親回來，我就覺得已經是奇蹟了。」

馬修的語調和平常一樣從容，但身上傳來灼熱芳香的氣味。愛夏想，自己現在一定也散發著一樣的氣息。

「家父似乎忘了怎麼說話，而且伯公那時候，聽說剛回來後也好陣子都沒有說話，所以就算見到他，應該也沒辦法問到異鄉的事吧。」

「可是，就算是這樣……」

「是啊，就算這樣，見了面或許還是可以知道什麼。」

讓馬修繫上腰繩，走沒多久後，乾涸的低谷便出現在眼前。

據說雪融季節會有水流過，但現在只有許多石頭和木片覆蓋著地面。

愛夏以前聽成功完成「登頂行」的年輕人說，只要攀登上比這裡更高、更遠的山頂，去到連樹木都不生的高處，就會看到有個地方地面是白色的，而且裂開來。

（濯濯童山之巔，有一白岩山徑，深裂如達多烏拉。）

曾在塔庫伯伯的山莊聽到的、馬修的轉述在耳邊響起。

馬修說他讀過父親留下的手記後，曾悄悄前來此地四處勘察過。

他留心不被祈禱的年輕人發現，一個人巡視這塊禁地，尋找神門山尤吉拉，卻未能找到任何蛛絲馬跡。馬修說即使如此，每當來到此地，他便越能強烈感覺到這裡就是被描述為神鄉歐阿勒馬孜拉的地方。

如果是這樣，我們現在正逐漸靠近異鄉嗎？而這個異鄉，就如同馬修所認為的，是帝國始祖遇見歐阿勒稻的神鄉嗎？

（循山而下，谷底曲流，翠綠更勝碧玉。此地即山坳之處，溪澗湖泊亦忽現忽滅，為幽玄之境也……）

即使走在山谷中，依然能感覺到歐阿勒稻的氣味，愛夏神情黯然。

（都來到這裡了，還聞得到……）

伊爾・喀敘葛命名為「濟世稻」的那種歐阿勒稻，在西坎塔爾亦廣為栽種。在東、西坎塔爾旅行期間，無論身在何處，「濟世稻」的氣味都像一片巨大的衣帶，黏膩地貼著大地飄蕩，就連進入大崩溪谷後仍無法擺脫。原以為只要上山就聞不到了，沒想到都來到這裡，氣味仍陰魂不散。即使地方不同，氣味濃淡不一，卻不曾徹底消失過。

氣味是流動的。就如同河川越往下游，河面就越寬廣，隨著遠離源頭，氣味會逐步擴展開來。散布在其間的一團團氣味飄流而去，越是遠離源頭，就擴散得越廣。

因此氣味離源頭越遠，就越難以捕捉。

然而歐阿勒稻的氣味和其他植物不同，不太會被稀釋，也不易消散。

歐阿勒稻的氣味會一直黏稠地貼附在地面，因此或許就像霧氣爬上山坡一般，在谷風推擠之下一路升上來。

來到低谷的一半時，一股來自彼方的氣味撫過臉頰，瞬間雞皮疙瘩爬滿愛夏全身。

（……這是……）

她從沒聞過這種味道。

由於愛夏突然停步，繫在一起的腰繩被拉扯，馬修吃驚地回頭。

「怎麼了？沒事吧？」

愛夏茫然地看向馬修。

遠方，有什麼事物大量聚集，正喁喁細語著動來動去——它們不停低訴著愛夏從未聞過的氣味話語。她停下腳步，閉上雙眼，一股從未有過的奇妙感受席捲而來。

（……大地……）

在呼吸。遠遠地，感覺有什麼巨大無朋的事物正反覆吸氣又吐氣。

「濟世稻」的氣味衣帶就彷彿被什麼吸入一般，不斷爬上山坡；而與此呼應一般，未知的氣味從遠方湧來。明明是陌生的氣味，卻不知何故，她腦中不斷浮現某處風景，而那裡似乎在遙遠的過去她就見過。她無比懷念——卻又令她駭懼不已。

睜開眼，愛夏發現自己正要往那裡走去，不禁發起抖來。

馬修向嚮導的年輕人招呼了一聲，走近愛夏。

「愛夏，怎麼了？」

擱在肩上的溫度讓愛夏回神，她開口：「……馬修大人，你聞不到這氣味嗎？」

「氣味？」馬修鎖起眉頭，閉上眼睛。

就這樣過了片刻，他驚訝地睜開眼睛。

「聞到了嗎？」

「嗯，只是非常細微。好怪的味道。」

「從來沒聞過的味道呢。」

馬修點點頭。「我只聞得出非常細微的一絲味道，但妳可以聞得一清二楚吧？」

愛夏點點頭。「感覺就像異國的語言。聲音非常多，但因為非常遠，感覺聽不真切。而且，我還感覺到風景，就像記憶中的場景，是遙遠的什麼……」

馬修的臉微微變得蒼白。

「妳聞得出氣味是從哪裡來的嗎？」

愛夏閉上眼睛。

黑暗中，不同於眼睛所見的世界浮現出來。

愛夏找到起伏飄盪而來的氣味形成的簾幕，以指頭追溯源頭。

睜開眼睛時，愛夏正指向某個方向。是連綿的白色山巒中，最高一座山左側稍低一些的山峰。從方向來看，氣味正是從那裡飄來的。

馬修仰望那座山峰，口中低語：「……白色的神門山，尤吉拉。」

愛夏也注視著那座山峰。那就是神門山尤吉拉嗎？

「『祈禱之岸』也在那個方向。」

愛夏和馬修對望。

馬修伸手，解開連接愛夏和自己的腰繩。

「走吧！總之先去到『祈禱之岸』再說。」

## 三、來襲

愛夏站在向晚的風中，看著馬修走進簡樸石屋裡的背影。直到上一刻還一片晴朗的天空開始湧出厚重烏雲。風勢漸次轉強，咻咻呼嘯著掃過草地。

馬修要愛夏一起進去，但愛夏要他一個人先進去。這可是他長年失散的父親——原以為與父親天人永隔，如今重逢，她認為如果自己在場，有些情感馬修可能不好表露出來。

兩名充當嚮導的年輕人也和其他人一起離開祈禱所，在草地上慢慢走著。他們唱的祈禱歌乘著風斷斷續續地傳來。

草地上有許多凹陷的地方。

他們歌唱、繞著這些缽狀窪地中最大的一處——中央有深洞的「諸神之口」。走在凹陷的草地周圍，他們偶爾會停下腳步，朝著「諸神之口」深深敬禮。

空氣中瀰漫著青香草的氣味，應該是生長在草地裡。雖然已經過了花季，但那清冽的芬芳無從錯辨。

不過從草地飄來的，不只有青香草的香氣而已。中途感覺到的未知氣味，在前往「祈禱之岸」的路上越來越濃，現在已經能明確感受到了。

未知氣味在中央有深洞的凹陷草地上起伏飄盪著。那股氣味和沉澱在窪地的「濟世稻」氣味摻雜在一起，宛如搓揉繩索般彼此纏繞，徐緩地旋繞著。

——……快來、快來、快來……

「濟世稻」的氣味和未知的氣味被風吹動而躍動著。

（這未知的氣味，）

如果是來自異鄉，那麼只要循著氣味前進，就能去到異鄉嗎？想前往一探究竟的好奇，與害怕的感覺交織在一起，讓她的心搖擺不定。

風中隱約傳來振翅聲。

四下已落入黑暗，形體也都模糊不清了，但似乎有許多蟲在飛舞。

一看到這些飛蟲，不知為何，愛夏感覺到一股不安，全身悚慄。

她閉上眼睛。

視覺所見的風景消失，氣味的景象轉而在腦中浮現，讓愛夏啞然失聲。

帶著未知氣味的飛蟲們，彷彿被「濟世稻」的氣味吸引，飛進氣味形成的衣帶裡，浸淫其中。

訝異的情緒貫穿全身。

（這些飛蟲……）

是被「濟世稻」的氣味吸引而來的。

愛夏忍不住睜開雙眼，正好看見祈禱的年輕人們朝這裡跑了回來。他們一邊跑，雙手一邊在面前揮舞，就像在驅趕什麼。

嚮導朝愛夏大喊：「……快進去屋裡！好多蟲！」

愛夏點點頭，回到祈禱所打開門。祈禱者們一邊拂去頭髮和衣服上的蟲，陸續進入建築物。愛夏也拍掉肩上的蟲子，連忙入內關上門。

「怎麼了？」馬修從裡面的房間出來，訝異地問。

「好多蟲！外面根本待不住。」

「蟲？」

年輕人七嘴八舌地回答：「是蝗蟲，跟普通的蝗蟲不一樣，很奇怪的蝗蟲。」

「就是那種蟲，令尊倒地的地方，也有好多那種死掉的蝗蟲。」

「對對對，就是那種蟲。令尊滿頭都是，我們費了好一番工夫才清掉，衣服上也有一大堆。」

馬修默默聽著，一名年輕人問：「令尊怎麼樣？認得馬修大哥嗎？」

馬修面露苦笑，以「幽谷之民」的話回應：

「看不出到底認不認得我呢。眼睛稍微睜開了些，但一下又睡著了。」

「這樣啊。他一直是這個樣子，好像沒辦法醒著太久。」

「好像呢。唔，沒關係，等他醒來再跟他說說看。」

年輕人們點點頭，去廚房準備飯菜了。

應該是注意到愛夏的表情，只剩下兩人後，馬修走了過來。

「怎麼了？妳的臉色好蒼白。」

愛夏正欲開口，臥室裡傳來呻吟聲，那聲音聽起來就像野獸在低吼。

馬修回身衝進臥室，愛夏也跟上去。

馬修的父親悠馬坐在床上，抱著頭不住地顫抖。他兩眼大睜，瞪著上掀窗的地方。窗子關著，卻傳來東西碰撞窗戶「咚、咚」的聲響。

「爸！」

馬修跑近父親，摟住他的肩膀。悠馬瞬間驚訝地望向馬修。從他害怕的表情，看不出他是否認出了眼前的人是他兒子，但他沒有掙脫摟住肩膀的手。

這時悠馬的身體突然整個脫力。馬修扶住軟下來的父親，慢慢讓他躺下。

悠馬閉上眼，很快地發出睡著的呼吸聲。

愛夏悄悄走近床邊，看著那張側臉。

雖然憔悴，但確實和馬修很像。他的身體也傳來那種蟲的氣味。

「……馬修大人。」愛夏喃喃道，馬修抬頭。

「外面的蟲——很像蝗蟲的那種蟲……」

東西撞擊牆壁和屋頂的聲音「咚咚」作響不絕。

「應該是從異鄉飛來的。」

馬修駭然瞠目。

「牠們有異鄉的氣味。這種蟲的氣味，我從來沒有聞過……這群飛蟲……」

愛夏顫抖著，說了下去：

「一定是回應『濟世稻』的氣味呼喚，飛過來的。」

一整晚，飛蟲撞擊聲不斷，但天亮以後便漸漸安靜下來了。

隔天早上，一名年輕人忐忑不安地開門看外面，驚呼：「哇！」

愛夏和馬修一起走出去，怔怔地看著眼前的光景。

草地變成一片灰色，被那種詭異的蝗蟲數不清的屍體給覆蓋了。

也有蝗蟲還活著，成群化作一條細帶，朝山腳飛去。

馬修嗅聞著充斥草地的氣味，低聲說：「確實是那種氣味。」

他蹲下來，鼻子湊近蝗蟲屍體後抬頭，單膝跪在草上，注視著草地另一頭，也就是奇異的蝗蟲飛來的方向。

「愛夏。」

馬修要說什麼，不必問也知道。因為愛夏從昨天就一直思考同一件事。

「只要循著蝗蟲飛來的方向回溯，或許就能找到異鄉的入口。如果是妳，就算蝗蟲不再繼續飛來，也能找到源頭吧？」

「馬修大人，」愛夏說，「比起蝗蟲從哪裡來，我更擔心牠們要去哪裡。」

馬修默默看著愛夏。兩人就這樣對視了好半晌——內心揣測著彼此的想法。

不久，馬修嘆了口長長的氣，點了點頭。

「……妳說得沒錯，得確定蝗蟲要飛去哪裡才行。」

馬修起身，走向屋裡的祈禱者那裡。

愛夏說她一個人追蹤蝗蟲就行了，但馬修說要一起下山。

好不容易和長年思念的父親重逢，卻沒有交談半句話，才相處短短一個晝夜，就要分開了嗎？但馬修堅持要和愛夏一起去。

馬修對祈禱者們說，他擔心這些奇異的蝗蟲會為害山下的作物，請他們再繼續照顧父親一段時間。祈禱者們爽快答應，帶他們上來的年輕人提議陪他們下山，但馬修恭敬地婉拒，和愛夏一起離開祈禱所。

追蹤蝗蟲並不難，因為蝗蟲持續不斷地飛行，窄小的山路各處掉落著牠們的屍體。

眼前的蝗蟲搖搖顫顫地飛行，卻忽然如斷線一般掉落地面。愛夏見狀忍不住蹲下來細看那隻蟲。馬修也在旁邊單膝跪地，掏出懷紙，隔著紙捏起蟲屍拿起來看。

「……好輕，」馬修瞇起眼睛，「比看上去輕太多了。」

兩人對望。

「難道是……」

「嗯……是餓死的嗎？」馬修回應。

蝗蟲不斷從後方飛來。雖然許多飛到一半就落地了，但也有蟲繼續飛個不停。兩人起身默默追上去。

直到山路途中，都能以目視追蹤在天上飛的蝗蟲，接下來蝗群卻飛下斷崖絕壁，降下險峻的峽谷，無法再繼續追蹤了。

「……怎麼辦呢？」馬修從懸崖探出身體，俯視著峽谷低語。

「馬修大人。」

「嗯？」

愛夏望著像繩索般連成一線、飛下峽谷的成群蝗蟲。

「你聞不到這味道嗎？」

馬修閉上眼，臉稍微左右轉動，嗅聞來自峽谷的氣味，接著張開眼。

「原來如此。有『濟世稻』的味道，雖然很微弱。」馬修瞇起眼睛說，「離這裡最近的，是席達拉種植地。」

兩人對視點頭，離開懸崖，開始朝席達拉種植地走去。

要前往席達拉種植地，必須走和來時不同的另一條路，但馬修毫不遲疑地不斷走下山。去程之所以會委託祈禱者帶路，應該類似前往「祈禱之岸」的禮儀，實際上馬修根本不需要嚮導吧。

還不到正午，兩人已經抵達席達拉種植地。

（……原來這麼近。）

「幽谷之民」將種植歐阿勒稻視為禁忌，因此愛夏一直以為種植地在更遠的地方，但即使都是大崩溪谷，隔了一座峽谷的這一帶就不是「幽谷之民」的領域了，因此在靠近邊境的地方，人們會開墾斜坡作為梯田。

除了雪融水流下低谷的季節以外，要搬運收穫的稻穀只能仰賴雨水，運送起來應該很不便，但席達拉種植地就位在這裡，實在令人難以想像這邊能種稻。

（這裡的話，氣味當然傳得過去。）

愛夏還在樹林裡就感覺到氣味了，但走出森林、視野豁然開朗的瞬間，她忍不住停下腳步。晴朗的天空布滿那種蝗蟲，而蝗蟲不斷朝「濟世稻」降落。

幾名農民揮舞著像竿子的東西在田裡跑來跑去，但那種東西不可能抵禦得了飛蟲。

馬修朝田地跑去，愛夏也小跑步跟上去。

——快來！快來！快來！

「濟世稻」的氣味之聲就像被吸過去一般，蜿蜒著爬上山地，而那些奇異的蝗蟲則循著這條氣味鋪成的路徑從天而降。

（明明沒什麼風……）

「濟世稻」的氣味之聲卻堅實地不斷爬上山坡。

靠近這股氣味時，愛夏感覺自己彷彿穿過透明的牆面，全身肌膚頓時癢了起來。

被從未體驗過的異樣大氣之流所籠罩，愛夏不禁開始喘息。

（通往異鄉的道路。）

這句話浮現腦海。

此刻，通往異鄉的路開啟了，「濟世稻」的氣味不斷被吸入異鄉。

而大批蝗蟲沿著這股氣味鋪成的路線飛來……

蝗蟲聚在「濟世稻」上，散發出跟在「祈禱之岸」時不同的氣味，聞起來就像強烈的興奮與歡喜。

「愛夏！」馬修在招手。

愛夏跑過去，馬修抓起稻莖拉過來給她看。

那種蝗蟲正在大啖爬滿稻莖的大約螞。

不知道是否脫過皮，這邊的蝗蟲比天上飛的還要大上許多。就算用力甩動稻莖，牠們也毫不在意，以巨大的下顎咬住大約螞吞進肚裡。

馬修看著愛夏說：「就像妳說的，牠們是呼應『濟世稻』的呼喚飛來，大約螞的天敵。」

愛夏正要回答，農夫滿臉訝異地靠過來。「……你們是誰？」

馬修起身，亮出藩國視察官印記的手環說：「我是藩國視察官，馬修．喀敘葛。」

愛夏也出示香使的手環。「我是香使愛夏．洛力奇。」

農夫們驚訝地對望，很快地其中一人問：「呃，那請問兩位大人有何貴幹……」

馬修沉穩地說：「抱歉突然來訪，驚擾各位了。我們是追蹤這些蝗蟲過來的。我們從來沒看過這種蝗蟲，這裡很常見嗎？」

馬修問起，農夫全都不約而同地搖頭。

「不，從來沒見過這種東西。」

「前些日子開始有看到一些蟲屍掉在山路上，可是今早來到田裡就發現滿天都是，我們也嚇到了。」

聽到這話，愛夏忍不住看向馬修。馬修也用眼神同意。

一名農夫表情扭曲，撫摩著自己的手臂說：

「這種蝗蟲怪可怕的。會吃大約螞是好事，可是牠們會變色。」

馬修驚訝地反問：「會變色？」

「對啊，或許有一些本來顏色就不一樣，不過我覺得是吃了大約螞，才會變色。」

「我也覺得。不只會變色，肚子還會變大。」

「這裡有已經變色的蝗蟲嗎？」

馬修問，農夫們點點頭。「請過來這裡，這邊有一堆。」

蝗蟲搖搖晃晃地飛過淡藍色的天空而來，墜落般掉進稻田。

愛夏和馬修用手拂去掉到頭上的蝗蟲，跟著農夫進入田裡。

「……啊，這隻，這隻就是變色的。你看。」

一名農夫出聲。朝他指的方向一看，確實有一隻腹部變紅膨脹的蝗蟲。

嗅到那氣味，愛夏有些納悶。

（這氣味……）

那隻蝗蟲的氣味，和在天空飛行的灰色蝗蟲有些不同。

（是種類不同嗎？）

不過只有腹部膨脹變紅而已，大致的形狀和灰色蝗蟲相似。

愛夏想要看得更仔細，便把臉湊上去，忽然發現底下也傳來這種蝗蟲的氣味。

她好奇起來，跪到田土上，赫然一驚——她發現稻子根部的地面有許多隆起。

「愛夏？」

雖然聽到馬修的聲音，愛夏卻沒有回答，用手指撥開那隆起的部分。

她茫然盯著土裡露出來的東西。

「……馬修大人。」她的聲音整個啞了。

愛夏仰望馬修，說：「是卵——這些蝗蟲在產卵……！」

## 四、饑雲

午後，蝗蟲在梯田上方散漫地飛舞著。

（……如果只有這點數量……）

米季瑪仰望天空，表情放鬆下來。

（還不算太嚴重呢，太好了。）

米季瑪來到靠近大崩溪谷的西馬立基郡郡都，偶然在郡都的香使住處遇到馬修，聽到來自異鄉的蝗蟲大舉進攻的消息。

聽聞這件事，她震驚無比，但實際到場一看，狀況似乎不怎麼嚴重。

愛夏在哪裡？她四下張望，只見愛夏從稻間現身。她本來蹲著在做什麼，這時剛好站了起來。米季瑪正要開口招呼，愛夏已經在朝這裡揮手了。

（啊，我都忘了。）

米季瑪苦笑。愛夏不必看到人影，靠氣味就知道人來了。

「……米季瑪大人！妳來了。」愛夏從田間現身，額上布滿汗水。

「愛夏，妳還好嗎？妳看起來很累。」

愛夏無奈一笑。「我沒事。」

「是嗎？那就好，不可以太勉強自己喔。」

米季瑪說著，仰望在天空飛舞的蝗蟲。

「聽說這些蝗蟲會吃大約螞？」

「對，請看。」

米季瑪跟著愛夏進入田裡，頓時被泥土的氣味和歐阿勒稻的氣味籠罩。

（沒有半隻大約螞。）

前來這裡的路上，經過的田地裡，「濟世稻」上都密密麻麻地爬滿大約螞，現在卻沒看見那種黑蟲的身影。

「蝗蟲飛來還沒有經過多久吧？但卻已經把大約螞吃得一乾二淨了……？」

「對，不過還是有一些。喏，請看這株稻子。」

她看看愛夏指的地方，一隻大蝗蟲正攀在稻葉上。

「真的好大。」

身體固然碩大，頭部和下顎更是巨大異常。牠張開健壯的下顎，陸續咬住大約螞，咀嚼吞下。

雜食性的蝗蟲是約螞類的天敵，過去歐戈達等地還在種植約吉麥的時候，也看過麥子長出約螞後，蝗蟲跑來吃約螞的景象。但大約螞體型碩大堅硬，即使是會吃一般約螞的蝗蟲，也不會去吃大約螞。然而這種奇異的蝗蟲，竟能輕易咀嚼又大又硬的大約螞。

雖然不是什麼賞心悅目的景象，但看到大約螞遭到驅除，還是令人頗感快意。

「真的是大約螞的天敵呢。」米季瑪抬頭看愛夏，「馬修大人看起來憂心忡忡的，但既然是大約螞的天敵，在這裡產卵繁殖也無所謂吧？反而是件好事啊。」米季瑪稍微壓低音量，接著說，「這表示來自神鄉的歐阿勒稻，它害蟲的天敵也來自神鄉呢。那麼，這也是神明的安排吧。」

「……」

愛夏沒有回答，依然愁容滿面地看著捕食大約螞的蝗蟲。

「……愛夏？」

愛夏抬頭問：「米季瑪大人，妳可以在這裡停留多久？」

「馬修大人要我觀察到蟲卵孵化，但我沒辦法停留太久。如果會需要很久，我要先回去一趟再過來，或是派人來接替我。」

「這樣啊。」

愛夏看著稻田，沉默了片刻，接著說：

「不過，這些蝗蟲卵，應該要不了多久就會孵化了。」

「是嗎？」

「是的，因為卵已經開始變形了。」

「咦？已經變形了？」

「是的，請看這裡。」愛夏分開稻子，指向地面。

「……！」

米季瑪的臉僵住了。地面密密麻麻地都是那種蝗蟲，到處都有母蝗蟲在稻子根部的泥土裡面產卵，這景象真令人頭皮發麻。

愛夏指的地方有記號，應該是用廢材製作的，她用一塊裁成棒狀的板子插在地上，上面用毛筆寫了日期。

「這是產卵日？」

「是的。我挑選了正在產卵的母蝗蟲，插上記號，這樣就能知道產卵日了。這是三天前產的卵。」

愛夏輕輕撥開泥土，露出像卵鞘的東西。

米季瑪驚呼：「這卵鞘好大！」

「是的。比一般蝗蟲的卵鞘大太多了，而且，一隻母蝗蟲能產下的卵的數目也比一般蝗蟲更多。」

對於昆蟲，香使也必須具備概略的知識。愛夏上過蟲害長阿莉姬老師的課，也實際看過蝗蟲產卵。

「我學過有些蝗蟲，一隻母蝗蟲會相隔幾天，產下約三次的卵，一次產下約一百至一百六十顆的卵，但這種蝗蟲是相隔兩天，產下五次卵，一次共產下近三百顆卵。」

「……！」

愛夏向米季瑪展示別的卵鞘。

「這是約十天前的卵。我發現的時候已經產在這裡了，所以不知道正確的產卵日，但和我過來之後產下的卵比對來看，應該過了十天。」

看到指示的卵，米季瑪忍不住揚眉。

比起卵，那看起來更像蛹。可以清楚看見小蝗蟲的形狀；仔細觀察，偶爾還會動一動。

「看起來已經快孵化了呢。」

愛夏點點頭。「我覺得快了。」

可能是黎明將近，放下的門簾縫隙微微亮著。

夜半開始，愛夏每次醒來就會感覺到那種蝗蟲的氣味。她總覺得氣味微妙地變濃了，讓愛夏一整晚輾轉難眠。

（是風向在夜間改變了嗎？）

就算只有一下子也好，好想擺脫那種蝗蟲的氣味。今早這氣味尤其惹人厭。

愛夏翻過身，帳篷另一頭，米季瑪在床上睡得正香。她悄悄嘆了一口氣。

米季瑪完全不害怕異鄉的蝗蟲。

確實就像米季瑪說的，如果那種蝗蟲會吃大約螞，卻不吃植物，等於是異鄉飛來了救星拯救歐阿勒稻，應該沒必要感到害怕。

（……可是，為什麼……）

我會這麼害怕？

（我漏掉了什麼。）

愛夏強烈地這麼感覺。明明一直覺得不對勁，卻怎麼也弄不清到底這種感受從哪而來。

愛夏呆望著帳篷的布面，不斷思考。

席達拉種植地位在遠離席達拉村的山中，因此農民都在山裡搭帳篷，輪流上山務農。他們有預備的帳篷，愛夏便借用，睡在裡面。

農夫應該醒了吧。

隔壁帳篷傳來煙味。有人撥動爐灰，把悶在裡面的炭火撥旺。是宣告早晨再次到來的氣味之聲。

嗅到那氣味時，愛夏忽然感到眼底一亮。

（……氣味之聲。）

愛夏掀起被子坐起來，心臟怦怦跳個不停。

（『濟世稻』還在持續發出氣味的呼喚……！）

明明大約螞幾乎都已經被吃光了，所有稻子——連完全沒有大約螞的稻子——卻都還在以氣味發出那種呼喚，甚至比先前更嘹亮。

（為什麼？）

一般來說，如果害蟲減少，草木發出的氣味求救聲就會漸漸平息。

沒錯——愛夏想到了。自己感覺到的不對勁，就來自這裡。

即使大約螞消失了，「濟世稻」卻仍繼續發出氣味的呼喚，這會不會是因為現在聚集而來的那種異鄉蝗蟲？

（是因為害怕那種異鄉的蝗蟲，所以在呼喚蝗蟲的天敵嗎……？）

回應植物的氣味呼喚而飛來的害蟲天敵，對那種植物而言，是否不一定全然有益？

（如果濟世稻呼喚的是別的蟲，卻被那種異鄉的蝗蟲偷聞到氣味而飛來的話……）

正當愛夏這麼想，外面傳來慘叫聲。

「……怎麼了？」米季瑪醒來，睏倦地看著愛夏。

「不知道，我過去看看。」

愛夏邊說邊連忙穿好衣服，米季瑪也一樣開始整理儀容。

愛夏比米季瑪早一步離開帳篷，被眼前的景象嚇得啞然失聲。

初升的旭日白光中，無數昆蟲漫天飛舞。

比那種蝗蟲更小的灰色蝗蟲，宛如蠕動的霧氣般，在「濟世稻」上方團團飛舞。一眾農夫仰望著這片灰霧，驚慌失措，七嘴八舌地嚷嚷著。

當這片灰色的蝗霧降下來，包圍「濟世稻」的時候，駭人的慘叫聲爆發開來——是「濟世稻」發出的氣味慘叫。眼前所有的稻子同時發出哀鳴。

這驚心動魄的景象，讓愛夏忍不住用雙手摀住鼻子。

「怎麼了？到底……」米季瑪說著走出來，瞠目結舌。

「那是……！」愛夏往前跑去。隨著離稻子越來越近，她漸漸清楚發生了什麼事。

「愛夏！」

米季瑪追了上來，愛夏對她說：「蟲卵孵化了。這種蝗蟲的若蟲……在吃『濟世稻』。」

米季瑪茫然看著爬滿稻子的灰色蝗蟲，喃喃自語：

「怎麼會……才剛孵化，就這麼……」

這種異鄉的蝗蟲剛孵化立刻就會飛了。在兩人的注視下，自土中孵化的若蟲紛紛震動薄薄的翅膀，一隻隻飛上天空。接著昆蟲急速降落，停在歐阿勒稻上隨即大快朵頤起來。連大約螞也咬不動的硬莖和稻穀，也被牠們咬碎吃下肚裡。

她彷彿可以聽見嚼動的沙沙聲響。

鳥兒發現蝗蟲而飛來，開始吃起若蟲，但這點損害完全無法減少若蟲的數量。若蟲的饗宴無休無止，短短一天之內，席達拉種植地的歐阿勒稻已有大半被啃食殆盡。

不只是歐阿勒稻，若蟲甚至攀在周邊的草木上，以無底洞般的食欲吃了起來。先前產下的無數蟲卵陸續孵化，灰蝗飛上天又落地，將歐阿勒稻與草木啃食殆盡。

愛夏和米季瑪保證會給予補償，和農夫聯手放火燒了歐阿勒稻。雖然她們想阻止更多蟲卵孵化，卻無從遏止已經孵化的蝗蟲飛上天空，逃離火勢，擴散到周邊的森林和草原。

而且這些若蟲成長速度異常快速。也許是在夜裡脫了皮，隔天體色就已經轉深，體長也變成有成蟲的七分大，下顎變得更大，翅膀也明顯更大更強壯了。

蝗蟲大軍從化成一片淒慘焦土的「濟世稻」田地中悠然飛離。

忽地，一陣宛如野獸的吼叫傳來。

愛夏驚訝地望向聲音的方向，只見農夫們跪在地上，仰天號泣。他們也不抹去流過煤黑臉頰的淚水，只是放聲哭喊。那模樣教人不忍卒睹，愛夏別開了目光。

辛苦栽種的稻作全滅，山羊放牧地的草也被啃光了。他們對未來絕望的哀痛，即使別開目光仍滲透全身，落至心底，沉澱淤積。

一名農夫忽然回頭望向這裡。他以哭紅的眼睛盯著愛夏，跌跌撞撞走了過來。

「……香使、大人……」

農夫開口，沾滿炭灰和泥巴的臉上涕淚縱橫。

「香君大人為何要這樣做？」

其他農夫也靠了過來。「我們都會去拜謁香君大人。雖然沒有錢每年都去，但家家戶戶還是會出一點錢，每兩年一定派一個人去給香君大人請安。

是因為我們今年還有沒去嗎？所以香君大人生我們的氣嗎？」

愛夏承受不了他們的視線，眼神動搖。米季瑪上前一步，沉靜地說：

「這些害蟲不是你們的錯。」

農夫整張臉都皺了起來。「既然不是我們的錯，那是為什麼！為什麼香君大人要這樣對我們！到底為什麼……」

米季瑪平靜地回應：「天為何會下雨？」

農夫似乎愣住了，盯著米季瑪看。

「下雨就會發生山崩，或許會死人；但完全不下雨，作物和草木就無法生長。只要是生物，一定都希望一切恰到好處，但神明並不是這樣創造世界的。」

「……」

「昆蟲也是。人類不想要害蟲，但對於吃那種蟲存活的鳥來說，是不可或缺的食物來源。」米季瑪逐一看了看每一名農夫，再次開口，「香君大人以風洞悉萬象，而所謂萬象，就是充斥著這些事物——豪雨或害蟲這些不一定完全對人有益的事物——並且運轉一切。」

「……」

「香君大人看到的，是諸神創造的這個世界的道理，而不是人的利益。如果只看人的利益，萬象便會扭曲，到頭來也會對人造成危害。」

農夫們默默地聆聽，看不出明白或不明白，但當米季瑪想要繼續說下去，其中一人皺著眉頭打斷。「那，我們會怎麼樣？」

農夫迫切地說：「我不懂大人說的那什麼……萬象？比起那些，我們更想知道我們接下來會怎麼樣？要怎麼樣才能活下去？我們沒有錢，但我們努力跟大夥一起湊錢，總之想辦法派個人去給香君大人請安，香君大人就會願意救我們嗎？」

米季瑪嘆氣。「香君大人保護世人，並不是因為你們去拜謁祂。只要在這裡向香君大人祈禱，大人就能領會各位的心意。」

「……那……」

「只要是應該救助的，香君大人就絕對不會見死不救，我們香使就是在香君大人的指導下，拚命努力在救助各位。我們會讓村子免除賦稅，並發配賑米。所以你們要堅強起來，做好能做的事。」

可能是聽到免除賦稅和賑米這些具體承諾，農夫們稍微冷靜了一些，不再喧鬧，但眼中仍隱隱藏著不滿。

（這些人……）

愛夏看著他們的背影尋思。

（不是想要聽大道理。）

而是想要我們拿出希望。

米季瑪對農夫們說的話，是成為香使時被教導的內容，當人民有疑問時就要這樣說。

當大約螞的災害擴大，愛夏也有好幾次對絕望憤怒的農民說過同樣的話。儘管少數人聽了之後，會露出領悟的表情，但絕大多數都無法接受，難掩不滿。然而，當他們被「濟世稻」拯救時，卻把先前的不滿忘得一乾二淨，滿臉笑容地由衷感謝香君。

發生災害時，想知道災害為何發生，是因為想知道要怎麼做才能獲救，而不是想聽什麼「這就是世界運作的道理」。香使們也完全明白這一點。

即使如此，香使們還是要講述大自然的道理這種虛無縹緲的內容，一方面應該也是為了以深奧難解的言詞來震懾人民，使其心生敬畏；但另一個原因是，除此之外，他們也無從談論香君這樣的存在了。

（……香君……）

無法以神力救助萬民。

香使不知道這個事實，也不知道香君實際上是怎樣的存在。

即使如此，代香君承受人民不滿的香使所能夠訴說的，也只有他們學到的那套說法了。

「米季瑪大人。」

愛夏出聲。米季瑪正在踩踏尚未熄滅的歐阿勒稻，她回頭。

「請妳回去帝都吧。」

「愛夏……」

「請把這場災禍通報上去，我留下來調查這種蝗蟲。」

米季瑪點點頭。「是啊。就算我留在這裡，能做的也有限。」

米季瑪轉身就要返回帳篷，愛夏叫住她：「米季瑪大人！」

「什麼？」

「可以請妳在路上買馬，送到山腳的席達拉村嗎？聽說席達拉村只有農耕用的馬，麻煩送一匹腳程快的馬過來。」

「好。我本來就打算送一匹馬過來，給妳回去的時候騎。」

「謝謝，勞煩妳盡快送來。」

米季瑪揚眉。「……？妳不是要暫時留下來調查嗎？」

愛夏點點頭。「所以才需要馬。」

「咦？」

愛夏指著下山的路。

眼前體色變得較濃的大批蝗蟲從路上飛去。

米季瑪睜大眼睛，喃喃自語：「……難道……！」

「沒錯，我想大人猜得沒錯，那些蝗蟲應該正在往利奇達種植地飛去。」

「怎麼可能！利奇達離這裡很遠啊！距離那麼遠，不可能聞得到『濟世稻』的氣味吧？這一帶還有草木，牠們應該會去那些地方吧？」

愛夏搖搖頭。「如果是這樣就好了，但雖然隱隱約約的，我也能從那條路感覺到『濟世稻』的氣味。」

「咦！」

米季瑪滿臉驚愕，目不轉睛地看著愛夏。

「聞到那麼遠的稻子……妳真的……？」

愛夏點點頭。「氣味——氣味的特徵——不會那麼容易消失。」

愛夏尋思該如何解釋，才能傳達自己的感覺。

「這只是打比方，假設河邊有花朵盛開的撒拉雅樹，當它的花瓣大量落在河面時，靠近樹的地方花瓣數量多且密集，因此可以看得很清楚，對吧？」

「對。」

「請想像花瓣被水沖走，一開始一整團漂流的花瓣，漸漸被沖散開來的樣子。花瓣和花瓣的間隔會越來越大，花瓣也會被水泡軟或撕裂、被魚啃咬等等，漸漸變成碎片，對吧？但即使只剩下小碎片，我們只要看到，還是知道，啊，有花瓣流下來了。對吧？」

米季瑪回應：「是啊。」

「實際上氣味和花瓣不同，因此我剛才的比喻並不正確，但即使飄得很遠，其實還是可以分辨出是什麼氣味。當然，味道會比在近處聞到時更難以捉摸。花朵剛落下時，要撈起花瓣很簡單，但孤伶伶地流下河川的小碎片就很難捏起來。同樣的道理，距離越遙遠，氣味就越難捕捉。

不過就如同花瓣即使只剩下碎片，還是看得出是花瓣，我也聞得出是什麼氣味。尤其歐阿勒稻的氣味特殊，而且濃烈而黏膩，不太會散開。沒有被風捲起時，會在低處爬行似地連綿擴展開來，所以才會傳得特別遠，而且……」

愛夏遲疑了一下，說：

「現在異鄉的通道打開了，我覺得歐阿勒稻的氣味正被吸進那裡面。」

「……！」

「我感覺得到，『濟世稻』的氣味正不斷被吸往那裡。利奇達種植地也有那樣的氣味流過來。連我都感覺得到，那些蝗蟲一定聞得更清楚。」

愛夏望著不斷飛離的蝗蟲，說：「那種蝗蟲的成長速度快得異常。阿莉姬老師說過，有種蝗蟲三個月就能換一整代，但這種蝗蟲換代的速度或許更快。

雖然不願意想像，但如果那些蝗蟲的若蟲就像牠們飛來這裡的親代，是為了吃掉利奇達種植地的歐阿勒稻並產卵而飛過去的話……」

米季瑪以毛骨悚然的表情看著愛夏。

愛夏回視米季瑪，說：「必須調查那些蝗蟲幾天就會成長產卵。利奇達的前方，也有『濟世稻』種植地一路延續下去。就像一條繩索，從西坎塔爾延伸到東坎塔爾，然後連接到帝國本土。」

米季瑪開始發抖。

她茫然仰望灰色的蝗群漫天飛舞，在口中呢喃：

「……饑雲蔽日，大地枯竭，果腹之物盡絕。」

米季瑪伸手抓住愛夏的手。她沒有繼續說出口，但她的表情在說：

——啊，香君，請救度眾生。

## 五、擴散

「……愛夏・洛力奇大人！是香使愛夏・洛力奇大人嗎！」

愛夏前往種植地東方的西馬立基郡的途中，一名騎馬的男子大聲呼喊著靠近。

愛夏勒緊韁繩停馬，回應：「是的，我就是愛夏・洛力奇。你是？」

年輕人說：「我是西馬立基郡郡代的使者。郡代大人派我去迎接大人，我正要前往利奇達。」

「郡代大人找我？」

「是的。我們接到上級香使米季瑪大人的口信，召集了眾村長在等您。我這就帶大人過去。」

愛夏點點頭。原來米季瑪不只替她送馬，還安排了這麼多。

愛夏也正在考慮抵達郡都後，首先應該拜訪郡代。必須清點還有哪些種植地尚未受害，請郡代召集擁有這些種植地耕作權的村子村長。多虧米季瑪，這下省了許多時間。

現在分秒必爭。

前往郡都的旅程，也是一場和飛天的「異鄉蝗蟲」若蟲大軍的競爭。

若蟲的飛行速度並不快，策馬疾奔便可輕鬆超越，但如果讓馬全程衝刺，馬會先累倒。

若蟲也會停留在樹枝等植物上啃食葉子，但仍然逐步前行，愛夏總能在不知不覺間，看見前方有蝗群在飛。

愛夏自己只在馬需要休息的時候才休息，也沒怎麼進食，全心全意趕路，因此疲憊不堪，但她甚至沒有想過要休息一下。

利奇達種植地的景象烙印在眼底。

抵達利奇達的蝗蟲吃了歐阿勒稻的葉子，脫了幾次皮，短短幾天就蛻變為成蟲，瘋狂啃食大約螞，接著開始產卵。然而利奇達的農夫不同意燒掉「濟世稻」。他們沒有親眼看見卵孵化後會發生什麼事，跪下來懇求燒田必須要郡代下令，不肯退讓。

對於他們的想法，愛夏完全感同身受，但就算去到郡都、成功說服郡代，得到燒田的許可再回來，蝗蟲早就開始孵化了。

從利奇達開始，大路分成兩條，圍繞著尤他山地。郡都所在的尤他北道有一塊巨大的種植地彌涅利，南道也有兩大種植地奇拉馬和吉哈那。

愛夏衷心希望能將蝗災遏止在此地，因此選擇留在利奇達說服農民，雙方卻爭執不下，未能燒田，徒然讓時間流逝，結果蟲卵再次瞬間孵化，慘劇再度上演。

等到終於放火時，已經有許多蝗蟲卵孵化。逃過火劫的蝗蟲紛紛飛上天空，逍遙離去。看著濛濛升上淡藍色天空的煙霧，以及悠然飛離的無數蝗蟲，愛夏不禁感覺自己正不斷縮小。遼闊的天空與黑煙，如灰雲般飄離的飛蟲大軍；燒剩的歐阿勒稻殘骸，被蝗蟲啃食、遭火燎燒的大約螞。

（這才是這個世界的樣貌，人就像是寄生在歐阿勒稻上的大約螞。）

在災禍無止境反覆上演的這世間，他們只能在每次災難中發出哀痛的吶喊，並活下去。

她的右手掌心彷彿感受到米季瑪汗濕冰涼的手，那隻手顫抖著。

愛夏看著自己的手，小小的、無能為力。

（我才不是什麼香君。）

我只是嗅覺比別人強了一點的凡夫俗子，是個連農民都無法說服的庸人。我根本沒有能力阻止這麼慘烈的災禍。

連一滴淚水都流不出來，愛夏只能眼睜睜看著蝗蟲大軍聲勢日增。

西馬立基郡的郡代已近高齡，他一臉困惑地聆聽愛夏的說明，但一聽完便問：

「……燒掉『濟世稻』？而且是燒掉西馬立基全境的稻田？」

「是的，狀況十萬火急，必須盡快燒掉『濟世稻』阻止蝗蟲孵化，否則損害將不止西馬立基，會不斷地擴大。」

郡代依舊滿臉困惑，撫鬚以眼神詢問在場村長的意見。

眾村長微微搖頭，以眼神懇求不要答應。

「可是香使大人，」郡代說，「這個要求未免太……即便是香使大人的命令……」

愛夏拚命克制想要拍桌的衝動，努力以平靜的聲音說：「沒有時間了。若您能親眼看到席達拉和利奇達種植地發生了什麼事，一定就能明白，但那群蝗蟲今天就會飛到緊鄰這裡的彌涅利種植地，吃掉『濟世稻』上的大約螞並產卵了。」

郡代沒有回話，臉上還是一樣困惑，但那張表情藏不住內心苦澀的情緒，臉上彷彿在嘲諷眼前小丫頭的危言聳聽。

「郡代！」愛夏再也按捺不住，幾乎用吼地說，「那種蝗蟲不只會吃『濟世稻』而已，還會毫無節制地把周圍的草木都吃掉。不管是放牧地還是菜園，所有一切都會被掃蕩得一乾二淨。蝗蟲飽餐一頓後，獲得力量飛得更遠，然後以驚人的速度成長，數量越來越多，接著不斷擴散！」

「……」

「萬一蝗災擴散到東馬立基郡，西馬立基一定會因為未能把蝗災遏止在這裡而遭到撻伐，到時郡代要如何自清？」

郡代苦著臉沉默，不久後開口：「席達拉一帶的稻穗或許還是青的，但這邊比那一帶更先播種，再一個月就能收成了。至少等到收穫結束——」

愛夏再次努力壓抑想要怒吼的情緒，說：

「等不了一個月，那個時候，西馬立基全境已經面目全非了。」

「香使大人，」郡代安撫地說，「我絕非不尊重香使大人，只是要燒掉西馬立基全郡的『濟世稻』，茲事體大，不是我一個人能夠作主的。我得先派使者到藩都，向藩王大人請示，一切到時再說。」

愛夏盯著郡代的臉。

「那麼，至少彌涅利就好！至少把彌涅利種植地給燒了，現在立刻！」

郡代朝眾村長瞄了一眼，說：「不，這也得先得到藩王大人的許可……」

（……這個人也……）

很快就會親眼見證那副慘狀了，到時他就會同意燒田了吧。

但是，那樣就太遲了。

如果是上級香使，也是能強勢命令燒掉一塊種植地，但即便是上級香使，也無法下令燒掉整個郡的歐阿勒稻田，更別說憑愛夏的身分，沒有當地人的同意，連一塊種植地的「濟世稻」都無法燒除。

看著在座的男人毫無緊張感的臉，愛夏腦中浮現蝗蟲大軍發出沙沙聲響、大口嚼食歐阿勒稻的景象。那些蝗蟲的行動毫不迷惘，牠們出生、飛翔、進食、生產。與牠們的精確和速度相比，我們人類的動作實在太遲鈍了。

愛夏怔怔注視著男人們，感受深沉的無力感，內心逐漸崩塌。

被領到郡代提供下榻的客棧房間，愛夏坐在床上，雙手摀住臉。

（……怎麼辦？）

現在這一刻，異鄉蝗蟲也正不斷擴散開來。

只能祈禱米季瑪把狀況告訴馬修，馬修和拉歐老師說服伊爾·喀敘葛，下令燒田。但即使伊爾迅速下令，最快也要一個月以上的時間，命令才能送達西坎塔爾吧。

（不。）

帝國的掌權者沒有親眼看到這副慘狀，也不知道這種蝗蟲有多異常。如果無法擁有相同的危機感，甚至可能耗費難以想像的時間，才有辦法做出決定。

大約螞的危機好不容易過去，平靜的生活才剛回來。若是現在又得燒掉「濟世稻」，會發生什麼事？掌權者首先會考慮到這層面吧，他們不可能立刻做出燒田的決定。

（……來不及了。）

敞開的窗外飄來雜亂的氣味。

貨運馬車的氣味在灰撲撲的道路往來、孩子們陽光般的汗味彼此呼喊著跑過去。這是極其稀鬆平常的午後市井氣息。

驀地，深切的疲倦籠罩全身，愛夏頹然躺倒在床上。

她閉上眼，感受著枕頭的冰涼觸感，一眨眼就被拉進夢鄉。

感到寒冷而醒來，室內已沉浸在傍晚的昏暗中。

愛夏起身想要伸手關窗，這時不知為何感覺到米季瑪的氣味。

（……米季瑪大人？）

她正納悶米季瑪不可能在這裡，點亮燭台的火，結果房間外傳來腳步聲，那股氣味越來越濃。

「愛夏，我可以進去嗎？」門外傳來聲音，愛夏連忙去開門。

米季瑪一看到愛夏，立刻說：「啊，抱歉，妳在休息？」

「沒有。」愛夏後退讓米季瑪入內，同時問，「大人怎麼會在這裡？沒有去帝都嗎？」

米季瑪點點頭，拉開椅子坐下來。

「沒時間去帝都了。就算我去說服，也一定得花上漫長的時間，才有辦法決定對策。我認為與其我去帝都，更應該用鴿書向馬修大人報告狀況，送快馬過去，並且和藩王見面。我知道藩王為了定期視察，正來到東馬立基郡的郡都。」

米季瑪說她說服了鳩庫奇，派遣視察官到各種植地。

「幸好鳩庫奇為人果斷。他給了視察官權限，可以依據視察結果，認為有必要立刻燒田就燒田，因此就算郡代不願意，視察官也能作主燒田。」

聽著米季瑪的話，愛夏感到一直灼燒著她的強烈焦慮終於漸漸緩和下來。

（米季瑪大人真厲害。）

沒想到第一個應該策動的是藩王，自己實在太不成熟了，教人羞愧。

愛夏想起鳩庫奇在那頂悶熱的帳篷裡被人下毒，汗如雨下的樣子。從那之後也才過了沒幾年，真教人難以相信。

自從馬修給了她新的人生，從那時起所有的一切都開始劇烈扭轉。即使現在再見到鳩庫奇，也許他也認不出眼前的年輕女子，正是當年自己命令處死的小姑娘。不過就算如此，親自去見鳩庫奇還是太危險了，然而她甚至沒想到可以拜託米季瑪。如果米季瑪沒有行動，狀況肯定會惡化得更嚴重。

（確實……）

鳩庫奇總是能考慮諸多的可能性、防患未然，和郡代有如天壤之別。他這樣的性情，現在實在令人萬分慶幸。

「這邊的狀況如何？」米季瑪問，愛夏詳細說明利奇達發生的事。

米季瑪聽著，頓時大驚失色。「五天？短短五天就能產卵了？」

「是的。我抵達利奇達的時候，牠們已經在吃歐阿勒稻了。然後脫皮，很快地一變成成蟲，就吃掉大約螞並交配，開始產卵。所以雖然也要看跟下一個種植地的距離，但看來孵化之後，最快五六天就可以產卵了。」

「太離譜了！這種事有可能嗎？這麼快就成熟……」

「我原本也不信……可是……」愛夏邊想邊說，「歐阿勒稻也和一般植物大不相同，對吧？無論生長速度或強韌程度都是。也許異鄉的生物，和這邊生物的一般情況完全不同。」

窗外傳來男人們談笑的聲音。應該是工作結束，正準備去喝一杯吧，聲音聽起來十分暢快。

愛夏打開放在桌上的雜記本。

「那種異鄉蝗蟲一孵化，首先就是吃歐阿勒稻；吃完歐阿勒稻後，接著開始吃周圍的草木。藉由這樣，成長到能夠長距離飛行的形態，大約是一晝夜的工夫。

接著蝗蟲起飛，前往其他的歐阿勒稻種植地，但剛抵達的時候不是吃大約螞，好像是先吃歐阿勒稻的葉子。」

米季瑪上身探過來，看著雜記本聆聽。「這段期間，蝗蟲多次脫皮，一蛻變為成蟲，便立刻吃起大約螞，然後開始交尾並產卵。」

「……接著約十天孵化。」

愛夏點點頭。

「我試過殺蟲液，但毫無效果。一旦孵化就無從阻止了，如果要阻止，只能趁這十天──蟲卵還在地下的時候燒掉。」

米季瑪沉思片刻，很快開口：「那些蟲卵，都產在歐阿勒稻根部附近呢。」

「是的，以泡沫狀的物體黏在根上。」

「那麼，想要只燒掉蟲卵太困難了呢。」

愛夏點點頭。「必須連歐阿勒稻一起燒掉。」

愛夏闔上雜記本說：「蝗蟲不斷在增加。如果來不及燒田，每次孵化，蝗蟲就會增加幾百倍。」

「這是在和時間賽跑。」

「是的。」愛夏點點頭，「我想過，能不能設一個類似防火帶的地區。」

「防火帶？」

「是的。帝都的宮殿四周設有空地，沒有任何可燃燒之物，以避免發生火災時，火勢波及到宮殿，對吧？同樣的原理……」

「啊！」米季瑪驚覺地睜大雙眼，「有道理。趁那種蝗蟲的若蟲飛來之前，先把『濟世稻』燒了，設一個沒有大約螞的空間，就能預防牠們產卵……」

米季瑪說著，神色卻黯然下來。

「可是，這做起來太難了。」

「……是的。」

就連都開始產卵了，要做出燒田的決定仍得拖上老半天。要農民燒掉安然無恙的「濟世稻」，需要國家的強制命令吧。

米季瑪嘆了口氣，從擱在地上的皮袋裡取出地圖，在桌上打開來。是香使使用的歐阿勒稻種植地分布圖。

「若蟲輕易就從席達拉飛到利奇達了。那麼這一帶……」

米季瑪以指頭圈起西馬立基郡西部一帶。

「應該當作已經有蝗蟲抵達了呢。」

「是的。」

「愛夏，」米季瑪從地圖抬起頭來，「妳說那種蝗蟲，是循著『濟世稻』的氣味而來的。妳說妳也感覺得到種氣味。」

「是的。」

「那種氣味最遠能傳播到哪裡？妳估計得出來嗎？」

愛夏盯著地圖，手指沿著地形移動。「如果估計得出來就好了，但氣味的傳播會受到各種因素影響，必須實際到當地才知道。」

「這樣啊……我想也是呢。」

米季瑪看著地圖點點頭，愛夏對她說：「我也正想調查這一點。如果燒田的任務能交給視察官，我想去調查氣味能傳播到多遠、蝗蟲是否能感知到氣味。」

「妳一定要去調查，我也來幫忙。」米季瑪抬頭，看著愛夏說，「雖然不清楚要燒掉多少，但這條界線關乎許多事物。」

愛夏看著米季瑪，點了點頭。

接著她再次低下頭，指著從利奇達延伸到東方的山地。

「因為有這片尤他山地擋著，從利奇達開始，大道分成山地北側和南側。」

「對，尤他北大道和南大道。」

「西馬立基郡的種植地沿著這兩條大道分布。利奇達接下來的種植地，北大道是就在這附近的彌涅利種植地，南大道則是奇拉馬。從利奇達到這兩處種植地的距離幾乎相等，因此從利奇達起飛的異鄉蝗蟲，一定會分頭朝這兩處前進。」

「這樣推測最保險呢——我們也分頭追蹤嗎？」

「不。」愛夏抬頭看向米季瑪，「與其分頭，我覺得一起行動，遇上新的狀況時比較容易應變。」

「這樣……說得也是呢。也可以一個留下來，一個去通報。」

米季瑪點點頭，盯著地圖。

「那麼，我們應該走北大道呢。從這裡要去南大道的奇拉馬，得先折回利奇達再南下，而且南大道在整個尤他山地中迂迴，距離很長。」

「是的。種植地的數量也是，南大道多一個，所以如果無法燒田，讓異鄉蝗蟲抵達後產卵、孵化，這段期間，走北大道的異鄉蝗蟲有可能已經抵達東馬立基郡了，而且……」

愛夏說著，指著地圖上的一點。

「東西馬立基郡之間，有屈達河流過。這條河河面相當寬闊，如果這條河流能阻斷『濟世稻』的氣味，讓異鄉蝗蟲停留在西馬立基郡，或許就不必設『防火帶』了。」

米季瑪從地圖抬頭，看著愛夏。

「就這麼決定。我們明天就去彌涅利種植地，確定『異鄉蝗蟲』是不是已經來了，如果來了就下令燒田，然後經北大道朝屈達河前進。」

## 六、歐阿勒的刻印

愛夏和米季瑪來到位於東馬立基郡最西端的屈達種植地。

在彌涅利種植地，由於視察官聽從了郡代的苦苦哀求，決定觀望，結果來不及燒田，異鄉蝗蟲便孵化並飛走了。愛夏和米季瑪追趕著緩慢飛行的若蟲來到此地，但若蟲大軍毫不猶豫便飛過流經東西馬立基境界的屈達河，來到屈達這裡。

視察官也來到了屈達種植地，但他也一樣，明知若蟲已經抵達，卻不燒田堅持要再看看。如果親眼看到其他種植地的慘狀，這名視察官肯定會做出不同的決定，但只看到這裡的他，不同意米季瑪的說服，堅持謹慎行事。

要燒掉「濟世稻」，不用說農民，不管對於郡還是藩國而言都是極大的損失。因此即使視察官握有下令燒田的權限，在沒有認清損害程度前，實在難以定奪。

「我錯了。」米季瑪咬唇說，「我應該向藩王提議，只要發現產卵，不須觀望，直接燒田的。其他種植地一定也是同樣的狀況。」

愛夏看著背對這裡、和不安的農民說話的視察官，點了點頭。

「我同意，但還是比之前的狀況好上一些。只要視察官們回報各地狀況，藩王應該就會指示不再觀望，直接燒田。我們就期待這樣的發展吧。」

「嗯，是啊。」米季瑪嘆了一口氣，「總之，也只能去做現在能做的事了。愛夏，妳想要怎麼做？」

愛夏旋即回答：「我想再過一次屈達河，可以嗎？」

昨天兩人橫越這條河而來，但當時有件事讓愛夏十分在意。

抵達河畔，來到橋邊，她仍感覺得到「濟世稻」的氣味。

愛夏和米季瑪開始過橋，但都來到橋中間了，氣味雖然淡了些卻依然存在。

（……果然有味道。）

愛夏在橋中央停馬，米季瑪疑惑地看著她。「愛夏？」

「米季瑪大人，我昨天也感覺到，這裡也有『濟世稻』的氣味。」

「……」

「雖然比較淡，可是……」

愛夏閉上眼睛，聞聞前方，接著轉過身體，嗅嗅背後。端看風向，有時感覺得到，有時感覺不到，但儘管幽微，任何方向都有著「濟世稻」的氣味。連腳下都有。

「河流的兩岸，兩邊都有氣味。」

米季瑪沉默了一下，說：「應該吧，若蟲都過河往屈達種植地去了。」

愛夏點著頭，看著腳下。

每天往來這座橋的馬車轍跡層層疊疊，還有馬蹄印和人們的鞋印，這些全都散發出「濟世稻」的氣味，比河風傳來的氣味要更明確。

「……愛夏，妳在意什麼？」

愛夏按住被河風吹亂的頭髮說：「為什麼『濟世稻』的氣味能夠傳播得這麼遠？為何就算被風吹開，仍頑強地留存不散？我實在很疑惑。」

這股氣味，和稻子本身不斷呼喚「快來」的氣味呼喚，有些不同。與其說是呼喚聲，更類似體味，宣告著「濟世稻」的存在。

愛夏讓馬繼續走，一邊過橋，一邊思考理由，但過完橋，馬踩上泥土時，她忽然注意到一件事，瞇起眼睛。

「濟世稻」的氣味從地面升起，比在橋上感覺到的更強烈。

（……地面的味道。）

「原來……」

愛夏慢慢說著，就像要挖掘出在內心逐漸成形的某個想法。

「是因為『濟世稻』改變了土壤。」愛夏說著，心想：沒錯，就是如此。

即使跨越河川，氣味依舊沒有消失，會不會是因為，不光是生長在種植地的「濟世稻」的氣味飄過來而已，河的兩岸地面也像這樣不斷地散發出氣味？而這些氣味沾附在往來於這片土地的馬車車輪和人們的鞋底，經過橋樑與河流，被搬運出去。

愛夏抬頭看米季瑪。「歐阿勒稻的力量強大到甚至能改變土壤中的生物。」米季瑪點點頭，愛夏繼續，「這件事我從塔庫伯伯那裡聽說過。他說因為這樣，其他穀物才無法在歐阿勒稻附近生長。」

「沒錯。也許是歐阿勒稻的根部會釋放出什麼，滲透地面，改變土壤的氣味。它會讓土壤徹底變化，甚至必須全面換掉泥土，才能再次改變土壤的性質。」

愛夏繼續說下去：「歐阿勒稻真的很特殊。它的氣味也很獨特，讓人感受到不同於其他植物的力量。不只根部釋放的物質，是不是這種氣味也乘風擴散，不斷落到地面、滲透進去，所以讓大範圍的土壤出現變化，改變了土地的氣味？」

愛夏以手指示地面。「這裡的泥土也散發著『濟世稻』的氣味。不是稻子本身的氣味……這很難說明，不過怎麼說，感覺得到這種氣味類似印記一般，是因為接觸到『濟世稻』而改變的。」

「咦？明明這裡不是種植地，還是有味道嗎？」

「對。」愛夏點點頭，望向揚起塵土往來的貨運馬車。

「這裡的氣味比種植地淡薄非常多，但還是有。大概是那些馬車的車輪、馬蹄、鞋子等沾到種植地的泥土運送過來，日復一日、不分晝夜，落在地面又被踩平的緣故吧。」

米季瑪微微張口聽著。

「如果那些蝗蟲是感覺到這些泥土的氣味……」愛夏說，「如果牠們是感知到，即使被大約螞啃食，仍能倖存下來的歐阿勒稻所改變的泥土氣味的話……」

米季瑪悟出愛夏這番話的意義，面色煞白。「……愛夏……」

愛夏也感覺到抓住韁繩的手臂，此刻爬滿雞皮疙瘩。

「河流也無法阻擋蝗蟲的到來，應該就是這個緣故。種植地之間有高山阻隔的地方或許不會有問題，但帝國和所有藩國都有大道相連，而開拓大道的地方，幾乎都有種植地。

大道用來搬運收穫的歐阿勒米及肥料十分方便，但種植地就像是一片網路般，彼此被串連在一起。」

「……」

「『濟世稻』種植在所有的地方。不管是帝國還是藩國，只要有能種『濟世稻』的地方，每一寸土地都已經成了種植地。只要種植地周邊的土壤變化，那些蝗蟲就會以它的氣味為路標，不斷飛行下去。」

片刻間，兩人無言對望。

不久後，米季瑪嘆了口氣。「我們先回去一趟吧，首先……」

米季瑪話還沒說完，愛夏就聞到熟悉的人的氣味，望向那裡。道路另一頭，一名嬌小的老婦人正騎馬而來。

「阿莉姬老師！」米季瑪驚訝地喊。

老婦人策馬揮手，來到附近後，靈巧地勒住馬。那身手難以想像她已經年過六旬了。

「怎麼會？老師為什麼會在這裡？」米季瑪說。

阿莉姬老師得意地笑。

「我接到馬修大人的聯絡。他說他在從西馬立基的郡都前往東馬立基的路上，想起我們正在天爐山脈調查，便派了急使到庫吉村。」

「庫吉村？原來老師之前在那裡？」

庫吉村是離大崩溪谷不遠的山村。

「是啊。以前馬修大人說天爐有很多約螞，我很好奇，就和歐伊拉還有弟子們一起調查。」

「咦，連歐伊拉老師都在！真是天大的幸運！」

歐伊拉是蟲害長，而阿莉姬老師是他的師父，曾經長年擔任蟲害長。全帝國最精通害蟲的兩人剛好這時期都在天爐山脈，實在幸運得令人難以置信。

看到米季瑪和愛夏臉上的喜色，阿莉姬老師微笑。

「嗯，對我們來說也是幸運。不過當時我們人在深山，得知有通知送到庫吉村，連忙前往利奇達種植地，但抵達的時候田已經燒光了。」

「……啊……」

「然後，我聽村人說愛夏去了西馬立基的郡都，我猜想如果是愛夏，應該會走北大道。和歐伊拉討論之後，決定他和弟子走南大道視察種植地，我則走北大道追上愛夏。我們說好在屈達種植地會合，但我從利奇達前往彌涅利的路上，馬扭傷了腳，進退不得。實在沒辦法只好放了馬，自己用走的先回去利奇達一趟。」

「咦！用走的嗎？」

「是啊，真是折騰死我了。然後，我想在利奇達買別的馬，卻怎麼也買不到，徒然浪費了一堆時間。如果歐伊拉他們沒遇到一樣的事，應該很快就到了。」

說完，阿莉姬老師收起了笑，正色道：「事情嚴重了呢。」

由於歐阿勒稻沒有蟲害，因此一直以來，蟲害的調查並不受重視。一般而言即使專門研究昆蟲，也無法成為上級香使，因此極少有人願意在調查蟲害、俗稱「蟲倉」的部門工作。而阿莉姬老師長年就在這樣的部門工作。她應該是純粹喜歡昆蟲，講述昆蟲知識時趣味橫生。愛夏以前修課的時候，總是頻繁前往「蟲倉」，向阿莉姬老師討教。

年過六十以後，阿莉姬老師退下蟲害長的職位，但由於沒有知識更勝阿莉姬老師的學師，因此拉歐老師開了特例，持續發放俸祿，請阿莉姬老師繼續在「蟲倉」效勞。

「愛夏。」

「是。」

「我看到種植地，每一處蝗蟲都和『濟世稻』一起燒掉了，所以還不是很清楚實際情況，妳調查過蝗蟲的生態了嗎？」

「我沒有專業知識，所以稱不上調查，不過……」

愛夏說完，把她所知道的、關於異鄉蝗蟲的一切全部告訴阿莉姬老師。

愛夏提到，這種蝗蟲可能是藉由吃大約螞而得到產卵的能力，以及一孵化立刻就能飛行。然而她忽然發現，如果不坦承自己的能力，就無法說明蝗蟲飛行的關鍵是受到「濟世稻」的氣味引導，整個人便呆住了。

這個發現，讓她遍體生寒。

愛夏忍不住支吾其詞，看著阿莉姬老師。

（乾脆向阿莉姬老師坦承嗎？）

為了克服這場危難，她必須正確傳達出異鄉蝗蟲的威脅。而為了這個目的，是不是應該開誠布公？正當愛夏準備開口，米季瑪打了岔。

「愛夏，別在這裡站著說話，先讓阿莉姬老師實際看看蝗蟲產卵的樣子比較好。天也快黑了，趁現在回去屈達種植地吧。」

阿莉姬老師顯得有些困惑，但很快就說：「是啊，我想先看看產卵的樣子。」

愛夏跨上馬，引導阿莉姬老師在河畔前進，思考米季瑪突然插話的意義。米季瑪應該看出愛夏驚慌的理由了，接著她制止了愛夏，暗示她不能說出自己的能力。

愛夏看向米季瑪，米季瑪也看著她。兩人對望時，愛夏悟出自己的推測是對的。

絕不能被他人悟出真正的香君是誰——她彷彿聽到這樣的聲音。

## 七、阿莉姬老師

看到異鄉蝗蟲攀在「濟世稻」上，瘋狂大吃大約螞，阿莉姬老師兩眼發光，把臉湊上去仔細觀察。接著她跪到地面，從腰間的皮袋取出工具，挖開地面隆起處，開始採集卵鞘。卵鞘以泡沫狀物體黏在稻根上。

阿莉姬老師四肢跪地，觀察周邊一帶產卵的異鄉蝗蟲，就這樣維持這個姿勢老半天不動。接著她終於起身，拍掉雙手的泥巴，看向愛夏。

「妳剛才說若蟲一孵化就能飛，接著會攀在『濟世稻』上開始進食，吃完稻子便轉為吃周圍的草木，一晝夜便獲得強壯的翅膀。接著牠們飛向最近的種植地，在那裡大啖歐阿勒稻的葉子，然後幾乎天天晚上脫皮；變成成蟲後，就開始吃大約螞。」

「是的。」

「一得到有辦法吃掉大約螞的下顎，就開始吃大約螞，原來如此。」

阿莉姬老師自言自語，又問：「妳說最快五天左右就能成蟲，這一點確定嗎？」

「是。雖然我沒有做記號，而且應該也要看跟下一個種植地之間的距離，但我想差不多就是五天。」

「唔，就算不是五天，也是短短幾天就能成蟲，捕食大約螞並交尾產卵？每隔兩天，可以產卵共五次之多，而且蟲卵十天左右就孵化了？」

「是的。蟲卵我做過記號調查，因此從產卵到孵化的天數應該相當正確。」

聽完之後，阿莉姬老師嘆了一口氣。

「……老師知道什麼了嗎？」米季瑪問，阿莉姬老師看向她。

「首先，這種昆蟲或許不是蝗蟲。」

米季瑪和愛夏都驚訝地睜大雙眼。

「咦？不是蝗蟲？」

「嗯，至少和我所知道的任何一種蝗蟲都不一樣。」

阿莉姬以明快的口吻接著說：「都是蝗蟲，種類也五花八門，但我從來沒看過這種樣態的蝗蟲。四肢的位置、翅膀的形狀等等，也跟我知道的任何蝗蟲都不同；當然，下顎的形狀，還有長度驚人的觸角都是前所未見。」

阿莉姬老師指著正在捕食大約螞的異鄉蝗蟲。

「這種蝗蟲，我沒有在任何書籍看過。也許外國有，但至少是研究昆蟲數十載的我都不知道的罕見種類……不過，」阿莉姬老師接著說，「如果牠們每一隻都是藉由捕食大約螞來獲得產卵能力，那麼我不知道、書籍也沒記載，或許是理所當然的事。」

「理所當然？」

「是啊，因為就連大約螞這種昆蟲，我之前也從沒見過。」

「啊……」米季瑪喃喃低語。

「我自己，」阿莉姬老師說，「看到大約螞出現的時候，真是驚訝極了，很納悶只有皇祖時代才有紀錄的昆蟲，到底是怎麼出現的。雖然我們都說東西『長蟲』，但蟲也是生物，沒有父母不可能自己生出來。那麼就一定是生命代代繁衍，才有辦法存在。」

愛夏被阿莉姬老師的話吸引，聚精會神地聆聽，甚至忘了呼吸。

「不過，出現前所未見的昆蟲也不是完全不可能的事。比方說，某種昆蟲數量稀少，苟延殘喘著，卻因為某些條件變化，在某個時刻數量爆炸性增加，這是有可能的事。一種蟲的外形等特性，也有可能因為某些理由而出現變化——可是，」或許是想法接二連三冒出，阿莉姬老師彷彿迫不及待一般接著說，「太奇怪了，有太多不合理的地方了。

倘若這種昆蟲是藉由捕食大約螞而獲得產卵能力，那麼如果無法隨時吃到大約螞，這種昆蟲應該就沒辦法繁衍生存。

或許大約螞從皇祖的時代，就一直在某個地方勉強存活，而這種昆蟲也藉由捕食大約螞，勉強延續，但是從大約螞特別愛吃歐阿勒稻的性質來看，這實在不太可能。

大約螞是由於某些原因，從一般的約螞變異而成，這個推測應該還是最合理的，但這樣一來，有昆蟲必須捕食大約螞才能得到產卵的能力，就太說不過去了。」

愛夏看著阿莉姬老師攢緊眉心思索，在心中想：

（……也許在異鄉，牠們吃的是別種昆蟲。）

（這種異鄉蝗蟲在異鄉，也許是捕食這裡沒有的昆蟲，得到產卵能力。）

異鄉蝗蟲是聽到歐阿勒稻的呼喚聲才飛來的，所以牠肯定特別喜歡會侵犯歐阿勒稻的害蟲。但如果大約螞是在這裡才出現，異鄉裡沒有，那麼牠們在故鄉應該是吃別種昆蟲。

「……而且，」阿莉姬老師再次開口，「如果不吃大約螞就得不到產卵能力，那麼把歐阿勒稻吃得一乾二淨也很奇怪。因為要是這麼做，牠們自己也會滅絕。我實在不懂牠們這樣行動的理由。全是矛盾。」

瞬間，愛夏和米季瑪對上了眼。

看到米季瑪的表情，愛夏悟出她也在想一樣的事。

（會覺得全是矛盾，是因為我們不知道這種昆蟲在異鄉的生態……）

異鄉的稻子，或許不只歐阿勒稻一種；或許在異鄉，這種昆蟲還可以捕食侵害別種稻子的昆蟲來得到產卵能力。

（對這種昆蟲來說，這裡應該是陌生的世界。）

飛到陌生世界的牠們，興奮地大吃唯一吸引牠們的事物——歐阿勒稻的害蟲大約螞，然後為了繁衍生命，把歐阿勒稻也啃食殆盡……

（或許牠們也身陷混亂和迷惘，而做出了異於平時的行動。）

一股冰冷的感覺流過心底。

若是這樣，那就更可怕了。這種昆蟲從異鄉來到異地，如果面臨生命危機，徹底失控的話……

愛夏想要告訴阿莉姬老師這種可能性，但米季瑪的眼神叫她不可以說。那眼神在說：異鄉的事關係到太多的祕密了，不能輕易洩漏。愛夏向米季瑪輕輕點了點頭。

阿莉姬老師沉默片刻，隨即嘆了口氣，說：

「總之，這是未知的昆蟲，我們完全不了解生態，實在過於奇妙。最先出現大約螞的歐戈達沒有出現這種昆蟲，也讓我不解。這件事往後必須確實調查，但這次大爆發的原因，是因為這一帶有遭到大約螞侵害仍活下來的『濟世稻』，這點不會錯吧。」

阿莉姬老師說完後，愛夏將目光轉移到稻穗已轉為大片金黃的「濟世稻」稻田，片刻間，她默默望著這片金色的稻浪。

一個想法浮現心中，愛夏帶著嘆息說：「『濟世稻』克服了大約螞活下來，卻也因此遭到這種昆蟲攻擊，被整片燒光——大自然的運作真是太殘酷了。」

阿莉姬老師搖搖頭。「大自然確實殘酷，但其實很公平的。」

她看著嘩嘩搖曳的稻穗，解釋：「這世上應該沒有哪種生物是穩贏不輸的。大約螞也是，一時間看似所向披靡，現在卻像這樣被這種昆蟲吃個精光。很快地，大約螞的數量就會逐漸減少吧，這樣一來，這種昆蟲應該也會隨之減少。

即使在某個時刻壓倒性地強大，一旦過剩，有時就會失衡，自取滅亡，或是像大約螞這樣遭到天敵壓制。」

阿莉姬老師說著，蹲下身來，也催促愛夏和米季瑪蹲下來。

愛夏依言蹲下，阿莉姬老師指著地面說：「看到了嗎？」

愛夏望向阿莉姬老師指的地方，吃了一驚——地上有許多異鄉蝗蟲的屍體。

先前她都只注意到蝗蟲產卵的模樣，但仔細一看，都處都散落著蟲屍。

「這種昆蟲，」阿莉姬老師說，「迅速成熟，產下大量的卵，傳宗接代，但壽命似乎也很短。」

阿莉姬老師拍拍膝上的泥土站起來，微笑說：

「要是連壽命都很長，那就真的完蛋了，不過算是看到一絲希望了呢。」

愛夏看著阿莉姬老師語氣明快地這麼說，突然感到一團灼熱從心底湧了出來。她原本被異鄉蝗蟲繁衍的力量震懾，覺得人根本不可能戰勝這種生物。

就連「活下去」這個最迫切的事，人類這種生物都要被種種意識所束縛，困惑、迷惘，得耗費許多時間才能做出決定，甚至連要向他人傳達危機都困難重重。

她本以為人是不可能戰勝異鄉蝗蟲的。

（……可是……）

人也充滿力量。

那種力量讓人從知識和經驗導出推論，思考並找到希望。

每個人都擁有形形色色的能力。有像阿莉姬老師這樣的人，也有像米季瑪這樣的人。如果每個人都能把自身的力量發揮得淋漓盡致，或許就有辦法對抗異鄉蝗蟲。

「妳的臉色好一些了。」

聽到阿莉姬老師這麼說，愛夏眨了眨眼，接著慢慢展露出微笑。

阿莉姬老師也跟著微笑。

「西坎塔爾過去也發生過蝗災。因為是好多年前的事了，或許妳不知道。」

聽到這話，愛夏依稀回想起父親曾經提過。

「……就是那場蝗災讓百姓強烈要求引進歐阿勒稻嗎？」愛夏輕聲說。

阿莉姬老師揚起眉毛。「咦，妳知道呀？沒錯，那場蝗災，好像就是讓西坎塔爾歸順帝國，成為藩國的契機之一。」

米季瑪說：「是啊，我也是那時候第一次知道『蝗災』這個詞。」

「我想也是。」阿莉姬老師說，「那一年，西坎塔爾氣候異常溫暖，雨量也多。我的恩師赫拉姆老師說，應該就是這些原因引發蝗災的。」

可能是憶起了當時，阿莉姬老師以平靜的口吻說：「當時我隨著恩師前往當地，調查蝗災的狀況。」她看向成群飛舞的異鄉蝗蟲。「我不知道這種昆蟲的飛行距離，但當時大爆發的蝗蟲，乘風飛行，一天可以移動長達一百三十馬塔爾（約一百三十公里）的距離。」

「……這麼遠！」愛夏忍不住驚呼，阿莉姬老師微笑。

「就算這樣，受創嚴重的地區也只有西坎塔爾而已。當時帝國損傷輕微，因為那種蝗蟲不吃歐阿勒稻。牧草地這些地方損傷慘重，但家畜可以用歐阿勒稻的稻草餵養。蝗群也飛到了東坎塔爾，但那裡當時已經成為藩國，開始種植歐阿勒稻了，因此損害不大。」

愛夏心想原來如此。

父親曾說過：「西坎塔爾本來就窮，又遭到蝗災侵襲，要求應該像東坎塔爾那樣成為藩國的聲浪變得更強。」現在她終於理解這番話的意義了。

「蝗災最後是怎麼平息的？」米季瑪問，「當時的蝗災，是怎麼撲滅的？」

阿莉姬老師嘆了口氣。「是自然平息的。」

「……」

「原因之一是氣候吧。異常溫暖和降雨沒有持續多久。東西坎塔爾再次恢復乾冷，過度增加的蝗蟲大軍就漸漸冷死了。產卵也受到影響。那種蝗蟲的習性是在潮濕的地面產卵，所以適合產卵的地點急速減少之後，自然就沒辦法增加了。此外還有鳥類等天敵捕食，蝗蟲就像這樣，自然地消失了。」

阿莉姬老師瞇起眼睛說：「那個時候我學到了——即便災難感覺就像世界末日，也不會永遠持續下去。」

接著她微笑說：「如果這種昆蟲真的必須要吃大約螞才能產卵，或許比那時候的蝗蟲更好控制。必須先確定這件事才行。雖然必須跟時間賽跑，但如果這種昆蟲吃不到『濟世稻』就不會成蟲，那我們還有勝算。」

## 八、一線光明

蟲害長歐伊拉一抵達屈達種植地，草草寒暄後便說：

「這裡也已經開始產卵了呢。」接著催促弟子們展開調查。

應該就和阿莉姬老師一樣，歐伊拉老師也由衷熱愛在野外調查各種蟲害，他跟在「蟲倉」辦公的時候判若兩人，生龍活虎。

「怎麼這麼久才到？怎麼樣？有找到什麼線索感覺有助於防治嗎？」

阿莉姬老師問，歐伊拉老師微笑。

「先進去帳篷吧，我想報告幾件事。」

今天天氣晴朗，陽光從排煙孔直射進來，整座帳篷也飽含日光，內部十分明亮。

「因為愛夏先調查過了，我這邊也明白了一些事。」

阿莉姬老師說，歐伊拉老師便說：「這樣啊，那我們交換一下手中的資訊吧。」

他把桌上的茶碗等挪開，迅速攤開地圖。「我先報告可以嗎？」

「當然好，請。」

「那麼，關於那些像蝗蟲的昆蟲生態……」

歐伊拉老師開始說明。捕食大約螞後成熟，交尾並產卵。孵化所需的時間、一孵化立刻就能飛。歐伊拉老師的觀察結果，和愛夏調查到的幾乎一樣。

「調查的天數太短，實在稱不上充分，但不同的人調查結果也都一樣，感覺錯不了了。」

阿莉姬老師一臉滿足地說。

「是啊。總之現在就是在跟時間賽跑。必須用已知的事實為前提，來擬定對策。」歐伊拉老師回應，問阿莉姬老師，「師父，我認為以前的蝗災和這次的蟲害差異很大，您覺得呢？」

「是啊，畢竟兩種昆蟲的生態截然不同。首先，最重要的是這次的昆蟲會捕食大約螞然後產卵這一點。歐伊拉，你有發現不吃大約螞就產卵的例子嗎？」

「就我調查到的範圍並沒有，但我無法斷定，因為調查時間太短了。不過，多個種植地都目擊到相同的產卵過程，因此有極大的機率是透過捕食大約螞來獲得產卵能力。」

「然後，從產卵到孵化約十天左右？」

「是的，大致上似乎是這個時間。」

「那麼，最有效果的對策，還是製作類似防火帶的緩衝地區了。」阿莉姬老師說，「昨天我看著那種昆蟲——牠們好像是從天爐山脈飛來的，為了方便就叫牠們『天爐蝗蟲』好了——我看著牠們產卵，想到了防火帶這個點子，這應該是最有效果的方法。」

歐伊拉老師也點點頭。

「我也正想這樣提議。只要在『天爐蝗蟲』抵達前，在一定範圍的種植地，把『濟世稻』連同大約螞一起燒光，即使蝗蟲抵達該地區，也無法產卵和繁殖了。」

米季瑪瞄了愛夏一眼，開口：「其實，我們也有想到這個對策，但問題是範圍。兩位老師認為需要製作多大範圍的『防火帶』，才有辦法防堵蟲害？」

「沒錯，這是個大問題。」阿莉姬老師說，「燒掉太大片的稻田，經濟損失會太大，也會牽涉到跟藩國的政治問題；但燒田範圍抓得太小，就無法防堵蟲害，反而有可能導致損害擴大。」

「關於這一點，」歐伊拉老師開口，「我要弟子們調查若蟲飛行的距離了。」

聽到這話，阿莉姬老師的眼睛亮了起來。

「啊，你們調查過了？結果怎麼樣？」

「喔，說是調查，但如果在蝗蟲身上放棉花做記號，有可能因為棉花的重量而造成誤差，因此只追蹤了蝗群的移動，稱不上精準，不過大概掌握了約八成正確的距離。」

歐伊拉老師指著地圖上描繪的耕作地。

「運氣站在我們這邊，奇拉馬種植地，和這塊屈達種植地之間的吉哈那種植地因為遇上土石流災害，正在休耕。」

「咦，太幸運了！可是，蝗蟲也來到屈達這裡了……」

「是的。有若蟲從奇拉馬飛到屈達種植地了，因此確實是有能飛到這裡的個體，但途中死了相當多的數目。」

愛夏忍不住出聲：「真的嗎！」

歐伊拉老師微笑，點了點頭。「我看到許多個體在途中落地死亡了。至少飛到這裡，對若蟲來說極為艱困，只有體力特別好、特別幸運的個體才能抵達。如果是這樣，表示牠們的飛行距離比以前引發蝗災的蝗蟲要短太多了。」

聽到這話，愛夏回想起和馬修在山裡看到的景象——成蟲搖搖顫顫地飛翔，在眼前落到地面。

「成蟲的飛行距離我們還不清楚，但這種蝗蟲，變成成蟲以後的翅膀會更小。雖然下巴和身體變得更大，甚至可以吃掉大約螞，但翅膀卻是若蟲時期比較發達。應該可以推測是因為，這種『天爐蝗蟲』產卵後就會死掉的緣故吧。」

「……啊！」米季瑪望向愛夏，眼睛明亮地閃耀著。

（如果飛行距離短，即使氣味的呼喚能傳達的距離很長，也無關緊要了！）

愛夏也感到心頭頓時輕盈起來。長時間束縛內心的迫切不安紓解開來，她的身體開始微微顫抖。

「濟世稻」逐漸燒焦的氣味和農夫們的慟哭一直在她的心中縈繞不去，她一直不斷祈禱有辦法可以不必燒田。即使只能少一點，若是燒田的範圍能夠更小——並且這樣就能完全平息這場異鄉蝗蟲的蟲害，就能拯救許多人命。

「再調查一次若蟲的飛行距離吧，然後決定『防火帶』的範圍，向皇帝陛下報告。」阿莉姬老師聲音開朗地說，「東馬立基郡從托馬里種植地再過去，都是密集的種植地，但幸好西部這裡有許多山地和荒地，種植地的間隔很寬。」

阿莉姬老師指著地圖的一點說：「比方說，從屈達種植地這裡隔著一座山，是席馬撒拉種植地。如果若蟲沒有來到這裡，甚至沒必要設置『防火帶』；而且就算來到這裡，到接下來的托馬里種植地之間隔著托馬里山地，在東馬立基郡當中，是間隔最遠的兩處種植地。調查一下蝗蟲是否會抵達這裡吧。」

阿莉姬老師說著，望向米季瑪。「……啊，可是妳說已經送信給藩王了呢。也許我們抵達種植地的時候，田已經燒掉了。」

「是啊，是有這個可能性。因為我在書信中請藩王命令派遣到東馬立基郡的視察官，不要觀望，直接燒田。」米季瑪說，「雖然有各種可能性，但會不會在我們抵達之前燒掉，相當微妙——站在阿莉姬老師的角度，也許不希望田已經燒了。」

阿莉姬老師在臉前揮著手。

「哪裡哪裡，要是田已經燒了，一樣是件好事。要是燒田趕上了，確定天爐蝗蟲全滅，這樣就阻止了一場蟲害了。」

## 九、飛行極限

愛夏、米季瑪、歐伊拉老師三人經過托馬里山地山腳的大道，朝托馬里種植地前進。歐伊拉老師的弟子當中，有兩名和愛夏他們同行。

其他弟子則隨阿莉姬老師一同經山路前往托馬里種植地。

以直線距離來看，山路短了許多，但地勢險峻，而且必須為每晚露宿做準備，因此哪一邊會先抵達托馬里種植地，難以斷定。

在屈達種植地，阿莉姬老師第一次看見「天爐蝗蟲」孵化。宛如雲霧湧上天際的詭譎景象，讓她也不禁臉色大變，說「這完全不遜於以前那場蝗災」。

眾人分頭觀察、記錄若蟲攀附在「濟世稻」和周邊草木進食的模樣；若蟲一起飛，眾人便追趕著離開屈達種植地。

屈達種植地與席馬撒拉種植地之間有一座矮山橫亙，但街道也貫穿這座矮山通過，因此眾人一起翻山越嶺。

阿莉姬老師以目光追著若蟲，說：「飛行的樣子很遲鈍呢。以前蝗災的時候，那些蝗蟲的飛行速度，必須快馬加鞭才追得上，而且一天的飛行距離很長，所以實在難以連續追趕，但這些若蟲的速度還可以輕鬆追上。」

阿莉姬老師臉上帶著淡淡的微笑，仰望飛過天空的若蟲。

若蟲慢慢地飛著，翻越矮山。有些若蟲在翻山的過程中死亡，愛夏祈禱牠們全部死在山裡，但大半的若蟲都成功翻越矮山，第三天就抵達了席馬撒拉種植地。

米季瑪送給藩王的信，回覆尚未送至視察官手中，視察官也沒有同意燒田，因此在此地，過去的慘劇再次上演。

愛夏一行人在席馬撒拉種植地持續觀察若蟲直到孵化。

沒多久，若蟲起飛。阿莉姬老師看著牠們飛去的方向，納悶地歪頭。

如果要從席馬撒拉種植地，飛向托馬里種植地，翻山是最短距離，然而絕大多數的若蟲卻都開始飛向南方、往下繞過山腳的大道——也就是與托馬里種植地不同方向的大道上。

愛夏知道理由。

（……因為山上沒有『濟世稻』的氣味。）

托馬里山地是岩山連綿的廣大山地，從來不曾種植過歐阿勒稻，周邊也沒有種植地，是因為這樣的關係吧。

大道沿著托馬里山地邊緣延伸，山腳雖然也有一些綠地，但除此之外都是無邊無際的荒地，岩石遍布。這片荒地實在無法種植「濟世稻」；要到下一塊種植地，即使騎馬走大道也得在途中住宿，花上好幾天時間。

不過儘管幽微，大道那裡確實感受得到「濟世稻」的氣味。

「以前那場蝗災，蝗蟲只要是能吃的草木，什麼都吃，飛行方式也順應這樣的模式，但這次這些天爐蝗蟲，是以什麼為路標呢？牠們是怎麼確定『濟世稻』種植地的所在呢？」阿莉姬老師說。

「我也很好奇這一點。」歐伊拉老師回應。

「在西馬立基郡也是，牠們不是走最短距離，而是飛過大道上空，但依然飛到了下一個種植地，就好像知道種植地在哪一樣，所以也有可能就像昆蟲受到花香吸引那樣，是依靠『濟世稻』的稻香前進。但距離那麼遙遠，氣味實在不可能傳達得到呢。」

聽著兩人的對話，愛夏和米季瑪對望了一眼。米季瑪的眼神在說：不可以說出妳的能力。愛夏輕輕點頭。

要去到托馬里種植地，移動的距離會比先前都更遙遠。

如果若蟲的飛行距離很短，無法飛到托馬里種植地，那愛夏也沒必要坦承能力了。首要之務就是確定飛行距離。

大道上有許多貨運馬車絡繹不絕。

發生大規模蟲害的消息，應該已經傳入商人耳裡了。許多前往災區西馬立基郡的馬車上都載著糧食，而從西馬立基郡往東的馬車，多半載著用來製作灰泥的石灰岩等。

馬車車輪及馬蹄揚起的塵埃裡，儘管微弱，但確實可以聞到有如「濟世稻」印記的氣味。若蟲大軍就是依靠這氣味在飛行吧。

車夫都仰頭望著天空，不安地看著若蟲大軍宛如一團灰雲般，覆蓋在他們頭頂。偶爾也會有一些若蟲掉落，到處都能看見車夫嘴裡一邊咒罵，一邊用手拂去掉到頭上的若蟲。

然而這樣的景象，卻在第三天有了重大的轉變。

在眼前搖搖晃晃飛行的若蟲，「咚」一聲掉落地面。

看著這一幕，愛夏陷入一種奇妙的感受。

她明明希望若蟲死掉，內心某處卻又覺得若蟲很可憐。

（從異鄉飛來……）

為了生存——為了留下子孫——拚命飛行，力盡而亡。

（對這些若蟲來說，生命究竟是什麼呢？）

雲朵流過天空，傍晚光線黯淡下來，雨點滴答落下。

她從行李中取出油紙雨衣披上，這時雨勢轉強，視野變得一片模糊。但冰冷的驟雨持續不久，烏雲被風吹走後，通透的夕陽露出雲間，再次照亮大道。

向晚的霞光，照耀著一片金黃色的稻穗海浪——是托馬里種植地。

「……怎麼樣？」走在前頭的歐伊拉老師問起弟子。

「已經看不到了，剛才落地的若蟲似乎是最後一隻。」

「確定嗎？」

「是的，就能看到的範圍來講，錯不了。」

對話的兩人，聲音歡欣雀躍。

聽到這段對話，愛夏驚覺一件事——確實，前方完全沒有若蟲的氣味。

自席馬撒拉種植地出發、鋪天蓋地的若蟲大軍，在第三天出現重大變化。

一直到第二天，若蟲都活力十足地飛行，偶爾停留在樹上啃食樹葉。原以為牠們會藉此補充體力，繼續飛行，但歐伊拉老師說：「唔，繼續看下去吧。從奇拉馬種植地前往屈達種植地那次，到第二天也是這種感覺，卻在第三天突然有大量若蟲衰弱下去。」

就如同歐伊拉老師所言，到了第三天，若蟲的狀況顯然不對了。牠們開始飛得搖搖欲墜，越來越多個體落地死亡；即使是活著的若蟲，停在樹葉和草叢休息的時間也更長了，一天的飛行距離只有前一天的一半左右。

到了第四天，大批若蟲已潰不成軍；第四天傍晚左右，若蟲減少到只剩下幾十隻。

接著就在今天，這幾十隻變成幾隻，而上一刻應該是最後一隻墜地。

跟在歐伊拉老師身後的米季瑪回頭看向愛夏，夕陽柔和地照亮那張臉上的微笑。愛夏也徐徐展露笑顏。伴隨著疲倦，沉靜的安心逐漸擴散全身。

「你們來得真慢。」

出來迎接的阿莉姬老師拍了歐伊拉老師的肩膀一下。

「老師的腳程真快。」

「山路意外整備得很好，不過我也是今天上午才到的。」

「那『天爐蝗蟲』呢？」

笑意在阿莉姬老師的臉上擴散開來。

「好像沒有飛到這裡呢。弟子們正在分頭反覆調查，不過應該不會錯。」

「山路上怎麼樣？有看到蝗蟲在飛嗎？」

「很奇妙，一隻都沒看到呢。明明距離近多了，而且也不是沒辦法飛越的高度。」

「這樣呀。」

「你們那邊呢？」

「我們這邊就像老師知道的，出發時就像鋪天蓋地的烏雲，但真的在第三天就遽減了。」

「這樣啊。既然過程一樣，看來若蟲的飛行距離果然不長呢。」阿莉姬老師說完，納悶地歪頭。「可是真奇怪，你不是說有些若蟲也會在途中吃樹葉和草嗎？」

「對，這次也有。」

「可是，像這樣補充體力的若蟲也沒辦法飛得更遠？」

歐伊拉老師點點頭。「對，這一點我也一直感到不解。」

「你認為果然是『濟世稻』的關係嗎？」

「這個可能性很大。『濟世稻』可能有某些營養牠們無法從其他草木中得到，如果太久吃不到『濟世稻』，或許牠們就會死亡。」

「促進牠們脫皮的也是『濟世稻』呢。」

「是的。」

「不管是若蟲長時間飛行，還是促進脫皮成蟲，都需要『濟世稻』，而且如果不吃大約螞，就無法產卵的話……」

兩人相視微笑。

「……太好了，真是太好了。」阿莉姬老師嘆息般說，「這樣就有辦法控制了。」

「是啊。而且，我想這下蝗災應該就算平息了。」

聽到這話，米季瑪走近兩人，深深行禮。

「因為有兩位老師才能扭轉局面，太感謝老師們了。」

阿莉姬老師開心地說：「是嗎？我稍微派上用場了嗎？」

米季瑪深深點頭。

「豈止是稍微，這次的事讓我深刻體悟到，專業知識實在太重要了。有些事情，缺乏知識就無法看清；而無法看清，就想不到管用的策略。兩位實在功不可沒。」

弟子們現在仍散布在種植地四處調查，米季瑪望向他們說：

「當然，還多虧有兩位老師的徒弟們。」

「聽到妳這樣說，疲勞都煙消霧散了。」

阿莉姬老師笑著說，望向愛夏。

「不過能夠這麼效率十足地行事，都多虧有米季瑪大人和愛夏在現場，從一開始就仔細觀察。愛夏，謝謝妳。」

「不敢當。」愛夏紅了臉，揮著手說，「我只會手足無措，還好有老師在場指揮，情勢完全不同了，我也體會到學問有多重要。」

「啊，這話真令人開心。等妳回去『黎亞農園』，要跟那些愛蹺課的孩子們這麼說喔。」

「是。」

微笑著聆聽對話的米季瑪開口：「兩位老師一定累了，不過能否盡快整理出報告呢？我得把報告送去帝都。」

歐伊拉老師點點頭。「我立刻處理。我也和米季瑪大人同行，直接向上頭說明吧。」

「啊，那太好了。」

阿莉姬老師撫摸著腰說：「我再繼續留一陣子。應該是沒事了，但務求萬全嘛。」

聽到這話，愛夏鬆了一口氣。因為她內心仍隱隱懷抱不安。真的這樣就結束了嗎？真的已經沒事了嗎？她想要確定。

「米季瑪大人，我也可以留下來嗎？」

愛夏問，米季瑪點點頭。

「好啊，妳就留下來吧。」

# 十、變異

「啊，太好了，太好了。」拉歐語帶安心地說，「歐伊拉老師也真是辯才無礙，說明井井有條，皇帝陛下似乎也確實理解了。」

「陛下似乎也安心了呢。」米季瑪說，拉歐苦笑。

「陛下自從得知發生蟲害，就憂心忡忡。畢竟發生的地點實在很糟糕。」

聽到父親的話，米季瑪也點點頭。

「是西坎塔爾嘛。大約螞那時候，辰傑國設法策動鳩庫奇，這次也是。要是災害繼續擴大，鳩庫奇或許也會把持不住，向辰傑國倒戈。」

米季瑪看過去，馬修回應：「辰傑國的新王還年輕，正摩拳擦掌想要立下輝煌功績，向諸侯示威。只要看到有機可乘，即使得付出不小的犧牲，還是有可能提出讓鳩庫奇心動的條件。」

「大約螞那時候，蟲害是從歐戈達往東坎塔爾、西坎塔爾擴大，因此我料想鳩庫奇同意辰傑國拉攏的可能性很低，但這次損害主要都在西坎塔爾，東坎塔爾仍毫髮無傷，所以我有些擔心。」

東西坎塔爾原本是同一個國家——大坎塔爾王國。由於各氏族之間的權力鬥爭，最後分裂成東西坎塔爾。即使現在同為帝國的藩國，東西坎塔爾之間只要任何一方勢力增長，另一方就會害怕遭到併吞；一邊衰弱，另一邊則開始虎視眈眈，這樣的局勢持續已久。

假如西坎塔爾害怕遭到東坎塔爾侵襲，和辰傑國結盟以獲得兵力支援，對帝國而言，形同辰傑國在版圖西部築起了橋頭堡。

「嗯，不過鳩庫奇是個識時務的人，不會那麼輕易倒戈吧。前提是帝國別出亂子。」

「說到年輕，咱們的陛下也很年輕啊。」拉歐嘆了口氣，「唉，總之沒釀成大禍前就平息，真是太好了。聽到妳捎來的消息，我還以為皇祖在紀錄中提到的饑雲終於出現了，差點沒嚇破膽。」

「我也這麼以為。」米季瑪緩緩撫摸手臂，「若蟲孵化的光景，真是讓人遍體生寒、魂飛魄散吶。」

拉歐的目光落向報告書。「不過這次的事該怎麼說，也充滿寓意呢。那種害蟲因為徹底依附『濟世稻』，儘管大量出現，卻無法長久……」

拉歐望向馬修。

「就像你長年來擔憂的，跟異鄉的關係具有這樣的危險。大崩溪谷周邊種植地的『濟世稻』已經全數燒毀，所以我想已經沒事了，不過蝗蟲仍繼續從異鄉飛來嗎？」

「沒有，」馬修回答，「那邊似乎也結束了。我派了歐洛奇過去，今早接到他的報告這麼說。」

「這樣啊！那，這樣就……」

這時傳來敲門聲。

「什麼事？」拉歐出聲，門外傳來傳令員的聲音：

「有鴿書送到，要送進去嗎？」

「好，進來。」

拉歐回應，房門打開，傳令員入內。他把約小指大小的圓筒遞給拉歐，行個禮便退下了。拉歐從筒中取出鴿書展讀，臉色霎變。

「怎麼了？」馬修問。

拉歐從鴿書中抬頭。「是愛夏送來的。」

「愛夏？她說什麼？」

拉歐一臉蒼白，默默將鴿書交給馬修。

「……到底怎麼會？是怎麼、從哪裡……」

阿莉姬老師茫然望著聲勢駭人的若蟲大軍，沙啞地說。

得知多個種植地出現大批蝗蟲，愛夏和阿莉姬老師拜訪了靠近托馬里種植地的東馬立基郡郡都。

應該是累積太多的疲勞，送歐伊拉老師啟程的當晚，阿莉姬老師就發燒病倒了，因此兩人在托馬里種植地停留了幾天。待阿莉姬老師恢復後，兩人前往郡都拜會郡代，但就在這天，郡代陸續接到來自各地視察官的通知。

托馬里種植地的東南部，零星分布著「濟世稻」的種植地，通知裡說這些種植地爆發大量蝗蟲。愛夏和阿莉姬老師前往當地，發現蝗蟲已經開始孵化，成群若蟲瘋狂啃食著「濟世稻」。

「若蟲的顏色……」愛夏低語，阿莉姬老師也點點頭。

「顏色不一樣呢，比先前的若蟲更深。」

阿莉姬老師跪到泥土上，開始觀察地面，接著倒抽一口氣，驚呼：「愛夏！」

愛夏聽到叫聲，在旁邊蹲下來，只見阿莉姬老師以發顫的手指著地面。那裡有尚未孵化的卵鞘，比熟悉的卵鞘要大上許多。

「出現變異了，在這麼短的時間就變異了。」

阿莉姬老師的額頭布滿細小的汗珠。

「而且，蝗蟲怎麼會出現在這裡？有哪個發生地是我們遺漏的嗎？」

「……」愛夏站起來，仰望天空。

有些若蟲已經起飛了。

以前幾乎都是同時產卵、同時孵化，但這裡的蝗蟲似乎有時間差。

（為什麼？）

有時間差，表示牠們抵達的時間不同嗎？

在視察官的命令下，農夫們開始在各處放火燒「濟世稻」。煙霧隨風撲來，燻痛眼睛。

（為什麼抵達的時間會不一樣？）

況且從席馬撒拉種植地起飛的若蟲，應該幾乎都在途中死光了；即使有些倖存下來，也實在不可能飛到這裡。

阿莉姬老師也站起來，拍掉膝上的泥土，整張臉皺成一團。

「到底是怎麼飛來這裡的？這些蝗蟲是怎麼活下來、找到這處種植地的？應該不是飛著飛著，偶然發現的，那樣不符合這種蝗蟲的生態。若蟲時期飛行距離短暫，牠們必須要有『濟世稻』才能存活，而且這種蝗蟲都在大道上飛行，就彷彿知道路一樣。」

（……大道……）

愛夏忽然想起在大道聞到的氣味——往來的馬車揚起的塵埃氣味。大道上有許多馬車是從歐阿勒稻種植地運送稻米而來，路上的塵土散發出「濟世稻」的氣味。她眼前浮現車夫們一邊咒罵，一邊拂掉從天而降的若蟲的景象。瞬間，一個想法浮現腦海。

「……是馬車。」愛夏說。

阿莉姬老師「咦？」了一聲，看向她。

「我想應該是馬車。街道有許多馬車交會。若蟲大軍飛過那上面，也有許多若蟲掉到馬車上。」

阿莉姬老師驚覺，瞪大了眼。「……啊！」

愛夏盯著啃食「濟世稻」葉子的若蟲，心想：

（那些若蟲不是掉下來，而是飛下來的。）

塵土散發著「濟世稻」的氣味，而馬車布滿了那些塵土。被氣味吸引而飛到馬車上的若蟲，因為不必費力飛行而獲得了餘力，便保留體力抵達了新的種植地吧。

「『濟世稻』的種植地幾乎都分布在大道旁。如果若蟲搭上便車因此不必飛行，能夠保留餘力，得到比飛行的個體更長的壽命，或許在我們不知不覺間，從西馬立基郡的種植地起飛的若蟲當中，也有一些被載到這一帶來了。」

愛夏一邊說，一邊整理思緒。「所以，才會有些若蟲還沒孵化，有些若蟲卻已經起飛了。因為牠們抵達這裡的時間不同。」

阿莉姬老師連點了幾下頭。「沒錯，就是這樣。這樣就說得通了。」

接著她瞇起眼睛。「而且，或許就是因為這樣才出現變異。有些生物遇到生命危機，身體就會出現變異。如果這種蝗蟲也是，那麼或許就是這樣才讓卵鞘的狀態變得不同。」

「如果卵的數量增加，就能有更多存活下來……」

「產卵對昆蟲來說非常辛苦，極度消耗生命力，因此經常可以看到產下大量的小卵，或產下較少的大卵的情況……可是，在以前的蝗災，我發現了一件奇妙的事。」

「奇妙的事？」

「對。我發現引發蝗災的蝗蟲，體型大的母蝗蟲會產下許多大顆的卵，生下許多更強壯、可以飛得更遠的子孫。」

「……！」

「為了引發這樣的改變，那種蝗蟲到底做出了怎樣的犧牲，我一直很想調查出來，但後來就沒有再發生過蝗災，因此未能如願。」

「那麼，這種蝗蟲也……」

「不清楚。這種蝗蟲和當時的不一樣，所以這完全只是猜測。」

「可是，卵確實變大、數量也更多了。」

愛夏說著，感到一股寒意從背後竄上後頸。

「阿莉姬老師，」愛夏看著阿莉姬老師，「如果數量增加的若蟲鑽進在街道往來的貨運馬車，或人的行李，不斷擴散的話，會怎麼樣？」

「……」

「如果不只是卵的數量增加，這些若蟲還能飛得更遠的話，會怎麼樣？萬一已經起飛的若蟲已經抵達各地的種植地，在那裡出現相同的外形變異，會怎麼樣？」

「……」

「原本的模式，是蝗蟲出現在一處種植地，再遷往下一個，但現在卻是多個種植地同時出現。因為有時間差，一開始的孵化無聲無息，或許也有些若蟲已經在無人發現的情況下飛走了。要是這樣，會怎麼樣？」

「……愛夏。」阿莉姬老師嘴唇顫抖地說，「要是那樣，就已經無從阻止了。這些蝗蟲或許會擴散到帝國全境，定居下來。」

說完後，阿莉姬老師就像要鎮定自己似地補了一句：

「不過，還只是有這個可能性而已，必須調查才……」

愛夏搖搖頭。「沒時間了。雖然還是必須調查，但也必須同時採取行動。再過去的地方，很多種植地都是相連的。」

應該去西坎塔爾的藩都嗎？去向鳩庫奇說明狀況，請他燒掉異鄉蝗蟲還沒飛來的地區的「濟世稻」，把相當於西坎塔爾大半的土地都當成「防火帶」嗎？

（……不可能。）

即便是鳩庫奇，也不可能立刻答應這樣的提議。不光是因為燒掉那麼多田，會造成莫大的損失而已，而是說服各地氏族太耗時間了。

自小開始，父親和老臣烏洽伊就教導她西坎塔爾的各氏族如何拚命地保護各自的領土，她完全可以想像會爆發什麼樣的爭執。即使鳩庫奇下令，除非有把握得到滿意的補償，否則各氏族不可能同意將領地裡的種植地夷為平地，充當「防火帶」。

（……而且，）

也不知道往後異鄉蝗蟲會如何變異；馬車也不只是在西坎塔爾境內，還會在東坎塔爾、歐戈達、里格達爾，以及帝國之間頻繁移動。只要有幾隻漏網之魚，不光是藩國，很有可能擴散到帝國全境。

（只是在西坎塔爾設『防火帶』不可能防堵，想要完全防堵……）

腦中浮現的想法，實在太難以想像。

（我得回去——得回去跟馬修大人討論。分秒必爭。）

愛夏看著阿莉姬老師。

「我要回去帝都，回去說明這狀況。可以請老師留下來繼續調查嗎？」

「好，當然沒問題。」

「我已經在郡代那裡送出鴿書請求支援了，應該會有支援的人手過來，但我到了帝都會說明狀況，派遣必要的人才過來。」

阿莉姬老師點點頭。「拜託妳了，愛夏。」

「是。」

# 第六章　香君

## 一、御前會議

午後的陽光穿透鑲滿彩色玻璃的天窗，在大廳地板上投射出美麗的花朵圖案。地上的花朵圖案隔開大廳兩側，帝國政要的諸侯一字排開，深處則是高居御座的皇帝。由於大廳結構設計精妙，儘管空間廣大，與會人的發言，以及皇帝定奪的聲音都清晰可聞。

要討論的案件幾乎都會在事前上書皇帝，皇帝已在會議前過目，因此都能迅速裁定。但案件數量繁多，因此相當耗時。案件一項項提出，獲得皇帝定奪的人向皇帝深深行禮，返回自己的座位，這樣的流程從早晨開始已重複多次。

現在輪到大貴族馬萊奧侯請示兒子的婚姻。貴族的婚姻與政治密不可分，因此需要經過皇帝的同意。

結婚對象的家族中，似乎有個親戚有些問題，在場的貴族不時交頭接耳，竊竊私語，但坐在皇座兩側座位的伊爾．喀敘葛與拉歐．喀敘葛似乎不感興趣，逕自看著手上的文件。坐在伊爾旁邊的，應該是他的長子尤吉爾。尤吉爾不時從文件抬頭，悄聲對伊爾說什麼，伊爾再回答他。

看著大廳上演的種種，愛夏想起拉歐的話。

——我會提案，但妳的提案不可能通過。

皇帝召開的這場會議，除了帝國政要之外，能夠出席的只有和議案相關的證人。拉歐不是找蟲害長，而是安排沒必要發言的愛夏擔任證人出席。這時她才悟出其中的意義。

拉歐是要讓愛夏親自見證，她的提案無法通過，背後那錯綜複雜的理由。

（……原來異鄉蝗蟲的來襲……）

在帝國宮廷裡，是比貴族的婚姻更不要緊的議案。

坐擁廣大領土的貴族，藉由領地種植的歐阿勒稻獲得收益。不光是農民的稅租，還可以將多餘的歐阿勒米賣到別國，並以這些收益進行各種形式的交易。

市場上有大量的米等穀類的話，價格就會下滑，但歐阿勒米是只有烏瑪帝國及其藩國才能生產的特殊稻米，而且滋味也非其他稻米所能比擬。都說只要吃過一次歐阿勒米，就再也無法被其他稻米給滿足，因此在外國，歐阿勒米也被稱為「米中寶石」，地位不同於其他穀類。歐阿勒米以各種形式為諸侯及帝國帶來富裕。

拉歐向來對諸侯提倡，不應單獨依賴歐阿勒稻，而該培植各種產業，以使產業豐富發展。但挑戰新事物需要費用、勞力與人才，因此只有極少數的貴族願意從長年藉歐阿勒稻輕鬆獲利的模式，轉移到新的模式。

（要是蝗災發生在他們的領地……）

他們一定也會氣急敗壞地向皇帝興師問罪，但發生在遙遠藩國邊境地區的蟲害，現在對他們仍然毫無真實感，事不關己吧。

乍看平息的蝗災又再次大規模爆發一事，應該已經報告上去了，但不知是否因為已經聽說了解決之法，眾貴族看上去完全沒有跟愛夏一行人相同的危機感。

馬萊奧侯的議案終於獲得同意，他向皇帝深深行禮回座，諸侯開始在不至於對皇帝失禮的範圍內動動肩膀、用扇子搧臉。

鏗！木槌聲響起，告知下一位發言。拉歐站了起來。

愛夏緊張萬分，看著拉歐不疾不徐地向皇帝行禮，走上發言台。

「稟告陛下，」拉歐的聲音傳來，「本日臣欲稟告的議案，由於報告昨日才送至手上，因此無法預先上書，望陛下恕罪。」

拉歐首先告罪，皇帝點了點頭。「是怎樣的報告？」

拉歐吸了一口氣，以清亮的聲音回答：

「西坎塔爾爆發的蟲害，已經進入了新的階段。如同前些日子稟報的，一時間本以為已經平息的蟲害，再度爆發，並以更快的速度逐漸擴大。」

應該是被引起了興趣，原本一片懶散的諸侯紛紛轉向拉歐。

拉歐簡要地說明現況。

隨著內容逐漸明朗，懶散從一眾諸侯的表情中消失無蹤。

「拉歐大香使，」拉歐大致說明完畢後，皇帝開口，「再次爆發的原因，確定是貨運馬車？」

「尚未完全確定，但報告中表示，這個可能性極高。」

皇帝皺眉。「之前蟲害長說，由於若蟲的飛行距離不長，只要飛行範圍內沒有『濟世稻』種植地，就會自行死絕。但現在若蟲不是自己飛行，而是混進馬車等移動，所以蟲害再度爆發？是這樣嗎？」

「是的，報告表示這個可能性很大。」

「然後，蟲害現在甚至擴大到東馬立基郡的五處種植地了？」

「陛下，臣斗膽陳述，」拉歐展開手中的文件，「今晨送到的最新報告中表明，蟲害已經跨出東馬立基郡，擴大到撒達馬郡了。」

「什麼？」

「而且在極短的期間內，已經擴散到撒達馬郡幾乎全郡，已經即將越過郡境了。」

皇帝臉上浮現煩躁。「鳩庫奇在做什麼？是燒田速度太慢嗎？」

「恕臣直言，」拉歐稟告，「東西馬立基郡是氏族馬立基的領地。鳩庫奇統一西坎塔爾時，遷走了當地的氏族，另派鳩庫奇的姻親統治，因此才能較早下令燒田，但撒達馬郡是氏族撒達馬的領地。

撒達馬氏族和鳩庫奇的關係有些微妙，而且蟲害擴散的速度如此之快，遲早鄰近的各氏族也會受到影響，因此為了賦稅和補償要如何處理等問題，與各氏族長之間的協調似乎也舉步維艱。」

皇帝發出低吼聲。

「……也就是說，蟲害還要好陣子都不會平息？」

「是的。」拉歐點點頭，看著皇帝稟告，「根據留在當地持續調查的前蟲害長阿莉姬老師表示，蟲害不僅不會平息，甚至有可能爆發性地擴散開來。」

諸侯間一陣譁然。

「從撒達馬郡到東南方，是西坎塔爾最大的種植地帶。如今撒達馬郡已經爆發蟲害，可以想見，蟲害將以驚人的聲勢日漸擴大。跨出西坎塔爾，擴散到東坎塔爾也只是時間的問題。不消多時，蟲害也可能擴及帝國本土。」

大廳的喧譁聲頓時變大。

「什麼？帝國本土？」皇帝的聲調高昂起來。

他望向伊爾・喀敘葛。「富國大臣，你也接到這個通知了嗎？」

伊爾・喀敘葛起身一禮。

「接到了——不過，本件目前僅是前蟲害長阿莉姬老師與香使調查回報的階段，因此目前交給拉歐大香使處理。」

愛夏注視著伊爾，心中低語：

（原來他說話的語氣是這樣的。）

愛夏原本想像，伊爾說話的聲調會是堅硬、強悍的，沒想到他的聲音極為柔和、自在。

——伊爾・喀敘葛把初期應對交給我。

愛夏回想起拉歐的話，仰望著伊爾‧喀敘葛。

馬修為愛夏解釋拉歐這話的意思，說伊爾絕少從一開始就行動。伊爾即使已經掌握情報，也不會匆促行動。他會先觀望拉歐如何應對，再作打算。

皇帝看了伊爾‧喀敘葛片刻，應了聲「這樣」，待他落坐後，再次轉向拉歐。

「那麼，拉歐大香使。」

「是。」

「你想到什麼對策了嗎？」

眾諸侯皆閉口注視拉歐，大廳一片寂靜。

很快地，拉歐的聲音在寂靜中響起：「陛下，我認為應該把包括藩國在內，帝國全境的『濟世稻』暫時全數燒除。」

應該是對聽到的內容無法置信吧，好半晌之間，眾諸侯皆目瞪口呆地仰望拉歐，接著七嘴八舌議論起來，有人失笑，也有人氣憤。

皇帝高高舉起右手，底下的喧鬧如退潮般安靜下來。

「拉歐大香使。」

「是。」

「既然是你的提議，必定是出於深思熟慮，但你不覺得這個做法，有些太過極端嗎？」

拉歐回應：「是，確實是極端之策。但臣敢確信，這才是最好的做法。」

底下再次喧譁起來。

愛夏聽著這些喧譁聲，內心驚訝不已。

請暫時燒掉包括藩國在內、帝國全境的「濟世稻」吧！——當愛夏這麼說的時候，拉歐搖頭說不可能。就算愛夏拚命說明理由，拉歐仍堅持說不可能。

即使是現在，他一定也認為不可能做到；縱然如此，他仍在皇帝和伊爾、眾諸侯面前，把這個做法當成自己的提案——相信該對策絕對必要，據理力爭。

即使是為了讓愛夏接受而這麼做，拉歐依然站在愛夏這邊，挺身捍衛了她。

「確信？」皇帝蹙起眉頭，「精通帝國事務如你，居然說這種極端的做法才是最好的？」

「是的。」拉歐以從容的語氣回答，「臣明白，這個對策執行起來困難重重，但臣依然提出這個做法，是因為臣確信，除非暫時燒除所有『濟世稻』，否則不可能徹底根除我們稱為『天爐蝗蟲』的這種害蟲。」

皇帝皺眉。

「為什麼？只要清出一塊『防火帶』就行了吧？蟲害長說他當初就這麼計畫，朕也覺得這個提案不錯。只要有塊沒有『濟世稻』的地帶，蝗蟲就無法產卵，自然就會死絕了吧。」

「陛下，」拉歐開口，「在蟲害長如此報告的階段，或許還能以這個方法撲滅蟲害，但現今恐有困難。」

「為什麼？」

「因為『天爐蝗蟲』又變異了。」

皇帝挑眉。「變異？」

「是的。變異後的『天爐蝗蟲』產卵數量增加，體型也更龐大，若蟲還可以飛得更遠。」

皇帝大驚失色。「什麼？在這麼短的時間內嗎！」

「是的。陛下，這正是關鍵。這種昆蟲變異速度極快，變異成適應生存形態的速度，快得異常。」

此刻，大廳又陷入一片寂靜。

「蟲害長稟報陛下的時候，若蟲的飛行距離很短，因此即使有少數倖存，只要設『防火帶』，讓若蟲無法飛到『濟世稻』，是有可能平息蟲害的。但如今牠們的飛行距離變長，數量亦增加到先前完全無法比較的地步了。」

皇帝默默看著拉歐。

「再來，要把鑽進種植地聯外道路上的馬車、馬尾、鬃毛、旅人背負的袋子等，被運載到遠方的蝗蟲全部揪出來，實在是異想天開。若是若蟲的壽命延長，也無法確定牠們是否早已鑽進商隊等的貨物裡，進入了帝國本土。」

大廳鴉雀無聲，唯有拉歐的話語迴響著。

「因此臣才會提議，暫時燒掉全部的『濟世稻』，因為這是徹底根絕『天爐蝗蟲』蟲害的唯一方法。」

拉歐說完，大廳中只有風吹動窗玻璃的細微聲響。

忽地，一名諸侯起身。「陛下，請允許臣發言。」

皇帝點點頭，那名諸侯仰望拉歐開口：「拉歐大香使，感謝老師對此一令人擔憂的狀況做出詳細的說明。不過，我依然認為老師所說的計策，還是過於極端。」

「……」

「老師的說明渲染力十足，讓人聽了惶惶不安，但冷靜下來想想，蝗災發生在西坎塔爾——遠離帝國本土的邊境之地。確實以可能性來說，無法斷定蝗蟲不會混進商隊等，進入帝國本土，但前些日子蟲害長的報告提到，從產卵到孵化……呃，要幾天去了？」

「似乎約十天左右。」

「啊，是啊，總之，長達十天。只要嚴命農夫一發現蝗蟲，就檢查是否已經產卵，若已經產卵，再燒掉該處田地，不就行了嗎？」

拉歐看著那名貴族，安靜地問：「烏傑拉大人，假設有幾十隻蝗蟲飛進您領地中那片廣大的種植地，您能立刻發現嗎？」

「……」

「假如蝗蟲大爆發、大批飛來，應該是會發現，但鑽進馬車貨物裡的幾隻蝗蟲悄悄產卵，一隻母蝗蟲就能產下幾百顆蟲卵，那麼孵化後會有什麼後果？由此飛出去的數千隻蝗蟲分散到鄰近種植地繁殖的話，又會有什麼後果？——屆時必須燒毀的種植地，會是多大的面積？」

烏傑拉侯板起臉孔。「這……唔，若是發生這種狀況，或許確實必須燒掉大片田地，但還是比全部燒光要來得好吧？」

「是嗎？請想像一下，往後年復一年，都必須上演相同的情況。像這樣每年燒田造成的損失，以及將一次耕期全數燒毀、徹底根絕蟲害所造成的損失，哪一邊損失更嚴重呢？」

烏傑拉侯沉默下去，他旁邊的馬萊奧侯起身要求發言，粗聲說道：

「拉歐大香使，我認為就算要每年燒田，造成的損失，還是遠比將帝國全境的一次耕期全數燒毀要來得小。

而且你說的狀況，完全只是假設吧？實際上，蝗災目前只限於西坎塔爾地區。要燒田，就把西坎塔爾——唔，如果你想燒的話，把東坎塔爾的『濟世稻』也全部燒掉就行了。再退百步說好了，假如蝗蟲依然頑強地倖存下來，有一些入侵了帝國本土，只要發現就燒田，也不至於得燒了帝國本土全部的種植地吧？」

「……」

「即使只有一次耕期的份，燒掉帝國本土和藩國全部的『濟世稻』，損失不光是歐阿勒米的收穫量減少而已，受牽連的損害將不計其數。我們都已經依據每個耕期的預期產量，完成下一期的交易了。」

馬萊奧侯激動得兩眼充血，幾乎是用吼地說：

「大聲疾呼還未波及本土的危險，煽動我們的不安，要我們同意燒掉全部『濟世稻』，恕我失禮，拉歐大香使，我感覺背後另有意圖。」

拉歐平靜地問：「何謂另有意圖？」

「你想要擺脫歐阿勒稻。」

大廳一陣譁然。馬萊奧侯扯開嗓門吼：「大人從以前就大力提倡，不能僅依賴歐阿勒稻一種作物，應該要開發其他產業。對我們而言，這實在過於缺乏效率，毫不實際，因此甚少人贊同，而你對此感到不滿，想要利用這次蝗災，一口氣推動自己的構想，不是嗎？」

馬萊奧侯橫眉豎目，只差沒伸手指著對方的鼻子。

「燒掉帝國全境的『濟世稻』？想根據你基於假設的提案，燒掉根本沒遭到蟲害的我領地的『濟世稻』？門都沒有！」

愛夏聆聽著眾多贊同的聲音，茫茫然地想起那種異鄉蝗蟲遮雲蔽日的景象。

（……我們會輸。）

我們無法戰勝努力求生、只為了求生而行動的那種昆蟲。

領主們也是為了生存而出聲，為了自己、為了家人、為了領民。

但他們不肯去面對接下來即將要發生的事；儘管心存不安，卻閉上眼睛說服自己相信不可能發生多糟糕的事。

空虛，就像溫水般擴散全身。

遙遠故鄉的情景她仍歷歷在目，西坎塔爾上空的饑雲，此刻應該也正在擴大。她聽見農夫悲痛的哭號聲。

她相信完全依賴歐阿勒稻是危險的，和歐莉耶、馬修、拉歐、塔庫伯伯他們攜手同心，多年來試盡了各種努力。即使如此，努力卻依舊沒有回報。

勉強有成果的，是馬修要求拉歐而實現了增加歐阿勒米的國庫儲備量，因此現在帝國儲備的歐阿勒米及稻種，為過往的數倍之多。只要釋出這些儲米，即使燒光一期的稻作，帝國和藩國都不至於有人餓死吧。

但這是短期的救濟方策。長期來看，要如何擺脫對歐阿勒稻的依賴，依舊毫無頭緒。想種出不受歐阿勒稻影響的穀物，儘管技術逐漸成熟，但根本沒有人想種歐阿勒稻以外的穀物。如今大約螞蟲害再也不是問題，就連歐戈達的山區都沒有人要種約吉麥或約吉蕎麥了。

（……乾脆……）

就這樣袖手旁觀，任由那種異鄉蝗蟲肆虐或許更好。不管再怎麼努力種植歐阿勒稻，最後都要付之一炬的話，屆時這個帝國的人也會改觀吧。

但這樣，我們面對的是再也無法種植歐阿勒稻的未來。而且不是一邊種植歐阿勒稻，一邊轉移到其他產業，而是主要產業將在一夕之間驟然崩潰。

（要是那一天到來……）

帝國撐得住嗎？

就像狼群圍攻衰弱的羊，鄰國一定會趁機攻打過來。

無力籌措戰費的藩國自不必說，帝國諸侯也會趁著還能談到好條件的時候，投奔敵國吧。在這樣的過程中，會有許多人被迫上戰場，在戰火中身亡，或淪為奴隸。

帝國的崩壞，不光是皇帝的權威墜地而已，更意味著生靈塗炭。

（明明看得到這樣的未來，我卻無能為力。）

我只能在這偌大的大廳裡，孤伶伶地站在這群吵吵嚷嚷的帝國政要背後。

想到自己無力而渺小的身影，一個想法忽然貫穿眉心。

（……不對。）

愛夏抬眼，注視著諸侯和皇帝。

（輸的不是我們——是我。）

是放棄責任的我。

愛夏從椅子站了起來。

## 二、發言

皇帝歐德森看見一名姑娘站了起來，手腕上的香使手環熠熠反光。

在一眾七嘴八舌吵鬧的諸侯當中，只有那裡顯得異樣，姑娘看起來就像跑錯了地方。

歐德森舉起右手，眾諸侯一個接著一個閉口，很快地大廳安靜下來。

「……香使，妳想發言嗎？」

歐德森問姑娘，諸侯們大吃一驚，循著歐德森的視線回頭。

姑娘點點頭。「小的惶恐，懇請陛下准許發言。」

聲音雖然微微發抖，但十分清亮。

「妳叫什麼？」

「小的是香君大人的隨身香使，愛夏·洛力奇。拉歐大香使要求我進宮擔任此事的證人，故而前來。」

拉歐的神情略沉，立刻說：

「陛下，她是隨阿莉姬老師一同在當地進行詳細調查的香使。」

「啊，這樣啊，」歐德森點點頭，「妳說吧，說明當地的狀況。」

姑娘深深行禮。「謝陛下。」接著抬頭道：

「在我離開當地前，親眼見到的是遮雲蔽日的天爐蝗蟲大軍。

這種蝗蟲不只歐阿勒稻，還會將所有植物啃食殆盡。我最後看到的種植地，周邊的牧草、田裡的蔬菜，一眨眼都被吃個精光，農夫痛哭流涕。」

姑娘以平淡的口吻繼續說下去：

「方才有位大人提出，發現蝗蟲再燒掉那處種植地就行了，但只要看到當地的狀況，就會明白這是行不通的。就連西坎塔爾這種土地貧瘠、種植地之間距離相對遙遠的地方，那種蝗蟲都能在一眨眼之間擴散，無從遏止。在帝國本土，種植地的間隔比西坎塔爾更近，甚至可以說是彼此接壤，蝗蟲一定會一口氣覆蓋大量的種植地。那種蝗蟲和大約螞不同，不只吃歐阿勒稻，連牧草和蔬菜都會吃得一乾二淨。」

眾諸侯開始吵鬧起來。

「那種蝗蟲無法捕捉殺害，不可能在牠們飛來的途中攔截或撲滅，一旦出現，就束手無策了。我們能做的遏止方法就只有一個：阻止牠們產卵和孵化。」

姑娘的聲音穿越喧鬧聲傳來。

「為了阻止產卵和孵化，只能連同歐阿勒稻一起燒掉，但燒掉種植地的話，不光是米，連稻草都沒了。牧草都被蝗蟲吃光，卻連稻草都沒有的話，家畜就沒有食物了。沒有穀物、沒有蔬菜、也沒有果實——現在西坎塔爾就是處在這樣的狀況裡。」

姑娘的說話方式有一股震懾人心的力量，歐德森專注地聆聽，但當姑娘想要喘口氣時，歐德森看見馬萊奧侯站了起來。

「陛下，請准許臣發言。」

歐德森內心一陣煩躁，他想聽姑娘再多說一些。

但也不能不同意發言，歐德森點了點頭，馬萊奧侯轉向姑娘。

「妳是香使，八成是為了支持拉歐大香使的提案，所以才刻意把狀況說得更淒慘，但那是西坎塔爾的事吧？又不是說一定會波及帝國本土，而且拉歐大香使和妳都忘了一件事。」

姑娘側了側頭。「什麼事？」

馬萊奧侯露出笑容。「剛才我本來想說的，我的領地等地方，再過不久就要進入歐阿勒稻的收成期了。等到收割結束再燒掉的話，不僅可以減少損失，還能形成廣大的『防火帶』，根本不必採取燒掉全部的田這種極端的手段。」

姑娘立刻搖頭。「只利用收成後的農地，無法遏阻。」

馬萊奧侯揚眉。「為什麼？」

姑娘從懷裡取出一疊紙，仰望歐德森。

「起稟陛下，這份報告尚未完成，因此還沒有交給拉歐大香使，懇請陛下過目。」

歐德森點點頭。「好，拿過來。」

姑娘上前，將數張紙交給王座底下候命的侍從。

歐德森著急地從登上階梯靠近的侍從手中接過紙，打開第一頁。那是一份地圖，記載著帝國本土的種植地，並以顏色區分。種植地旁邊註記著數字與箭頭等等。

「……這些顏色……」

歐德森原本要問，忽然悟出了顏色的意義。

「這份地圖，是以顏色來區分收成時期嗎？」

姑娘的表情明亮起來。

「是的，陛下。這是我們香使隨身攜帶的收成期區分地圖。」

「那麼，這些註記呢？」

姑娘解釋：「小的這就說明。如陛下所知，歐阿勒稻的種植時期，依據當地的氣候條件等等，各地不同。為了獲得最多收成，我們香使會詳細規定各地區何時播種、何時收成，讓耕種達到最好的效益。」

歐德森點點頭。「然後呢？」

「方才馬萊奧侯表示，可以利用收成後的農地作為『防火帶』，所以不需要燒掉全部的田，但那種蝗蟲不會那麼剛好，等到種植地收成後才出現。」

聽到這話，馬萊奧侯的臉微微漲紅。

「而且，每個地區的收成時期有落差。即使是比較鄰近的地區，也會由於土地的高低差等等，許多地方是即將收成的種植地與稻穗尚青的種植地交錯在一起；而且歐阿勒稻被調整成最有效率的種植方式，因此一整年隨時都有地方正在種植歐阿勒稻。」

姑娘繼續說下去。

「歐阿勒稻是極為特殊的稻子，無法用其他穀類的狀況來思考。光是在旱地栽種也不會發生連作障礙這一點，就知道它還有太多地方是我們不了解的，而且它耐寒又耐熱，因此和其他穀類不同，一年四季無論何時，都有歐阿勒稻在某些地方生長。唯一只有積雪的季節，許多地方不會種植歐阿勒稻，但就連這樣的季節，不會降雪的地區還是有長滿了大約螞的歐阿勒稻。」

歐德森望向地圖——確實就像姑娘說的。

「註記是我計算了收成時期的差異，以及種植地之間的距離等要素所寫下的。」

歐德森蹙眉。「這有什麼作用？」

「……我原本希望，會不會有哪一塊地區，可以不必燒田。」

歐德森注視著姑娘，嚴肅而隱含些許哀傷的眼神正仰望著自己。

「我也曾經如馬萊奧侯說得那樣，想過即使『天爐蝗蟲』侵入了帝國本土，只要燒掉已經收割完畢的種植地，就能挽救周邊地區；我想過只要在一定期間內禁止馬車、甚至是人的進出，或許就能挽救那些地區。」

歐德森上身前探。「結果呢？」

姑娘搖搖頭。「在當前這個季節，找不到這樣的地區。我套用和阿莉姬老師共同調查所得到的那種蝗蟲的移動距離、擴散速度、產卵及其他生態等要素，綜合估算，但不論任何地區，光是利用收成後的種植地來設『防火帶』，是沒辦法遏阻蝗蟲的。

即使是大雪封閉的季節，有些地方或許沒有那種蝗蟲了，但只要牠們能在別的地方存活下去，就不可能徹底滅絕。很快地牠們又會從各地飛來，吃起雪融後種下的歐阿勒稻。」

大廳一片寂靜。

「而且，距離下雪季節還有很長一段時間，在那之前，『天爐蝗蟲』會輕易擴散到帝國全境。」姑娘說，「這就是我認為必須把種植地全數燒毀的理由。在種植時期不同的種植地混合的狀況下，現在這個季節，已經收割的土地範圍仍不足以大到構成有用的『防火帶』。

若要實現以收割後的土地作為『防火帶』的做法，就必須在足夠遼闊的範圍內，同時種下稻子。但現在已經來不及這麼做了，而且考慮到這麼做的麻煩以及產量的減少，損失不僅和燒掉一期的作物差不了多少，同時也無法徹底撲滅『天爐蝗蟲』。」

姑娘筆直仰望著歐德森，眼睛散發出如黑石般堅硬的光輝。

「若是採用發現蝗蟲後再燒田的方法，每次不光是歐阿勒稻，還會連帶損失周邊的牧草、蔬菜及草木，屆時就必須向外國收購飼料，取代歐阿勒稻草餵養家畜。此外，在不知道何時會爆發蝗災的狀況下，也難以用下一期收穫的歐阿勒稻作為本錢來進行投資。」

馬萊奧侯的臉僵住。

姑娘完全沒有看向周圍的人，只是靜靜地繼續述說。

「應該也有人認為，不應該在這個階段就匆促燒掉全部的田，而該視情況應變。有些人認為，即便最糟糕的情況發生，蝗災擴散全境，在失去收成的意義上和全部燒掉也沒有兩樣，然後只要歐阿勒稻沒了，蝗蟲也會自然消滅。」

姑娘微微搖頭。

「但這兩者並不相等，有一個巨大的不同。

那就是時間——只要有時間，『天爐蝗蟲』不曉得會變異成什麼模樣。牠們配合環境，出現新變異的可能性，並不是零。

『天爐蝗蟲』變異的速度快得可怕。萬一牠們變成不必吃大約螞也能產卵的話，我們就再也沒有方法可以遏阻蝗蟲了。牠們會在這塊土地定居下來，我們永遠都沒辦法再種植歐阿勒稻了。」

不知不覺間，大廳鴉雀無聲。

「但現在還有一絲希望。」姑娘的聲音在寂靜中迴響著，「因為現在那種蝗蟲還有弱點，牠們還必須捕食大約螞才能產卵。只要趁現在，讓大約螞在一段期間內徹底消失，就能消滅那種蝗蟲，而且只要徹底燒光，也能將大約螞一掃而空，永絕後患。」

姑娘筆直注視著歐德森。

「陛下，懇求陛下同意燒掉一期的歐阿勒稻——為了讓我們往後也能繼續種植歐阿勒稻。」

歐德森感到強烈的震驚。

（……這姑娘真了不起。）

在身為皇帝的自己面前發言，那雙漆黑的眼眸卻沒有一絲動搖。

（這姑娘說得應該是對的，燒掉帝國和藩國一期的『濟世稻』，是最好的辦法……可是……）

馬萊奧侯不會退讓吧，歐德森心想，其他貴族也不會退讓吧。他們已經拿下一期的歐阿勒米做了交易，即使只燒掉一期的收穫，他們也會蒙受巨大的損失。

想到這裡時，眼角瞥見馬萊奧侯舉手。

歐德森暗自嘆息，同意發言，馬萊奧侯說：「陛下，請審慎決斷。一切都還只是假設而已。實際發生的事，就只有遠在天邊的西坎塔爾出現蝗災而已。」

眾諸侯靜靜聽著馬萊奧侯的話，臉上充滿迷惘和不安。

「最好的方法，應是將西坎塔爾全境——必要的話，連東坎塔爾的一半地區也燒了，開拓廣大的『防火帶』。同時在關卡嚴格檢查從這些地區進入帝國本土的馬車。只要這麼做，就能防堵蟲害了。」

馬萊奧侯筆直注視著歐德森說。

「若是被煽動性的不安所迷惑，下令燒掉所有歐阿勒稻，會為帝國帶來比蟲害更大的危機——臣乞求陛下，務必冷靜判斷。」

相隔一段距離，愛夏慢慢走在窸窣交談著步出大廳的眾諸侯身後，不知該如何排遣強烈的緊張消失後的疲憊。

皇帝沒有做出結論，議而未決地結束了會議。

夕陽帶紅的光線落在寬闊的走廊上。貴族走在這片光中，悄聲細語斷續傳入耳中。

「……這樣嗎？」

「應該吧。可是……」

在無法構成意義的這些細語中，某個貴族的聲音忽然清晰地傳入耳中，愛夏不禁停下腳步。

「當今的香君大人，力量是否太弱了？」

走在一旁的貴族「噓」一聲制止，壓低聲音說：

「這麼大不敬的話，豈是可以隨便說的！」

被規勸的貴族不滿地皺眉。「不過你不這麼認為嗎？大約螞，還有這次的蝗蟲。從來不曾發生過的禍事，現在卻接連而來……」

愛夏看著搖頭做出驅邪手勢走掉的他們，感到雞皮疙瘩爬滿手臂。

愛夏就這樣怔立在原地，直到遠離的諸侯身影彎過走廊轉角消失。

## 三、未來的推估

「你來了，馬修。」

歐德森出聲，馬修深深行禮。

「陛下。」

「嗯，坐吧。」

馬修再次行禮，拉開椅子坐下來。

在屏退左右、一片安靜的書房裡，只聽聞坐下椅子的細微聲響。

「你從拉歐那裡聽說今天會議的詳情了嗎？」

「是，我聽說陛下保留了決定。」

歐德森望向桌上攤開的文件，嘆了一口氣。

「如果單論要結束蝗災哪個方案比較好，是明擺著的事實。」

回想起會議場面，歐德森浮現淡淡的笑意。

「拉歐帶來的香使，真是個了不得的姑娘。朕好久沒這樣感動了。」

馬修臉上浮現明朗的笑容，歐德森眨了眨眼。

「怎麼？朕說了什麼好笑的話嗎？」

馬修依然笑著，回應：「不是的。陛下，那名香使，愛夏・洛力奇，是我的表妹。」

歐德森瞪大了眼。「表妹？什麼？原來那名香使是你的表妹！」

「是的。」

歐德森微笑，喃喃道：「原來如此。既然是表妹，那姑娘是西坎塔爾人嗎？」

「是的。她十五歲的時候，我把她帶到『黎亞農園』。她不到二十歲就成為香使，現在是香君大人的隨身香使。」

「這樣啊，原來是這樣。」歐德森深深點頭，「確實，她有點像你，也很聰明……」說到一半，歐德森忽然瞇起眼睛。「……可是，這麼一來，那姑娘會要求燒掉帝國全境的歐阿勒稻，而不是只燒掉西坎塔爾，也是出於對故鄉的感情嗎？」

馬修點點頭。「或許也有這樣的感情，但當然不僅止於此。」

「……」

「陛下，燒掉一期全部的歐阿勒稻，其實原本是愛夏提出的方案。」

歐德森揚眉。「什麼？那不是拉歐想到的嗎？」

「是的。拉歐老師一開始就說，這個方案不可能實現。拉歐老師說，這是最好的治本之道，但諸侯絕對不會接受。」

歐德森沉吟。「我就覺得奇怪，拉歐怎麼會提出那樣的方案，這下我懂了。拉歐之所以把它當成自己的方案提出，是顧慮到那姑娘嗎？」

「是的。」

歐德森看著馬修。「那你呢？關於這個做法，你的意見是什麼？」

馬修從放在地上的文件袋裡取出文件。

「在回答陛下這個問題之前，我可以先報告一下西坎塔爾的狀況嗎？」

「嗯。」

馬修把文件在桌上排開來，簡要地說明遭受蟲害的地區損失金額、往後蝗災擴散的預測、鳩庫奇對此的應對，以及預期受災地區的諸氏族的反應等等。

大致聽完後，歐德森感到沉重難當。

「雖然早有預期，但嚴重程度超乎預料呢。」

馬修點點頭。「大約螞也是嚴重的天災，但災情花了相當久的時間才擴散開來，而且也沒有波及牧草和蔬菜，因此能夠做好某種程度的應變準備。但這次的蝗災，災情卻是以當時無法比較的速度迅速擴大。」

馬修指著桌上攤開的三張地圖中，西坎塔爾的各氏族領域圖，說明為何鳩庫奇無法迅速打造「防火帶」。

鳩庫奇掌控西坎塔爾的全氏族，僅短短數年。局勢尚不穩定的西坎塔爾好不容易才剛從大約螞的損害中開始復原，要讓這些氏族答應在蝗蟲到來以前燒掉稻子，打造「防火帶」，實在難如登天。歐德森聽著具體的說明，感到心有戚戚焉。

（這裡也差不了多少。）

歐德森繼承先皇登基，時日尚淺，很難說已經奠定了穩固的權力基礎。若無視諸侯的意向，強硬推動政策，就宛如牽動糾結的千絲萬縷般，將導致各種複雜的問題叢生。

（雖然如果實際遭遇蝗災，應該就會同意燒田了。）

要求燒掉自己領地尚未受害的稻子，設置「防火帶」，以保全其他領主的領地，任何領主都會感到強烈的不滿吧。

彷彿聽見歐德森的心聲，馬修從地圖抬起頭。

「燒掉全部的歐阿勒稻固然是難以執行的方案，但設置『防火帶』，一樣不是件易事。」

「……」

「這與氏族間的關係好壞深切相關。『防火帶』的範圍若不大，藩王也有辦法以補償來說服，但『防火帶』的範圍大到跨越好幾個氏族領地的話，補償金額將十分驚人，而且變成『防火帶』的地區，將無法徵收租稅。」

「……」

「當然，實際遭受蝗災的地區，也必須免除租稅，否則人民無法存活。租稅收入劇減，再加上補償，這將對西坎塔爾造成嚴重的打擊。但若是袖手旁觀，只會讓損害不斷擴大，因此若要設置『防火帶』，就必須及早決斷。」

馬修從懷裡抽出一封信。

「陛下，鳩庫奇向陛下乞援。」

遞過來的信上，以渾雄清晰的字跡，寫著求援的理由和金額。

讀完信後，歐德森才明白馬修為何不是先交出這封信，而是先說明西坎塔爾的現狀。

因為鳩庫奇要求的援助金額令人咋舌，若是在聽到說明之前就看到，歐德森一定會動怒。

但如今歐德森已經了解西坎塔爾的狀況，明白鳩庫奇並非別有居心而獅子大開口，反而是提出了勉強足以支應的金額。

「……光是西坎塔爾，」歐德森低語，「就這個金額的話……」

馬修點點頭。

「若是擴散到東坎塔爾，就需要幾乎同等金額、甚至更多的援助。不僅如此……」

歐德森打斷馬修說到一半的話。「你認為這場蟲害，也會擴散到帝國本土嗎？」

「……」

馬修搖搖頭。「我不知道，我無法對未來鐵口直斷。」

「我能夠做的，只有推估可能發生的未來。」

「推估？」

「是的。若是金援西坎塔爾，將西坎塔爾全土當成『防火帶』，會發生什麼事？還有，若是連東坎塔爾都當成『防火帶』，會怎麼樣？萬一把東西坎塔爾都當成『防火帶』，卻仍無法遏阻蝗災，蔓延到帝國本土的話，會是什麼狀況？

然後，如果不只是藩國，而是把帝國全土的『濟世稻』燒掉一整期，會怎麼樣？」

歐德森瞇起眼睛。「說來聽聽。」

「考慮到『天爐蝗蟲』的擴散速度，即便當下送出援助，燒田也來不及，蝗災不可能在西坎塔爾境內就平息。至少必須燒掉東坎塔爾的一半才行。這種情況，為了籌措援助金額，動用國庫的預備金，就必須減少防衛經費，考慮到辰傑國的動向，這最好避免。如此一來，就必須在東西坎塔爾以外的地區增稅。同時，即使採取這些策略，仍無法保證能夠徹底消滅蝗災。」

「……」

「都做了這些措施，仍無法遏阻蝗災，蝗蟲侵入帝國本土的情況，就如同愛夏預測的，『防火帶』的方法已經不可能防堵，甚至有可能往後都再也不可能種植歐阿勒稻了。」

「……」

「若是燒掉帝國全境的『濟世稻』，這種情況，同樣必須補償藩國與諸侯，同時還必須增稅，增稅額當然遠遠超過其他做法。但若是採用這個方法，或許能夠根絕蝗蟲。」

馬修看著歐德森說。

「陛下，方才陛下問我覺得愛夏的方案怎麼樣，我認為，把目前遭遇蝗災的地區當成『防火帶』的做法，以及燒掉帝國全境的歐阿勒稻的做法，在某一點上大相逕庭，但在另一點上則會面臨相同的問題。」

「……？具體說來聽聽。」

「是。大相逕庭之處，是方法的效果差異。設置局部『防火帶』的做法，可能會出現漏網之魚，留下倖存的蝗蟲繼續繁殖，但燒光全部的歐阿勒稻，就有可能徹底撲滅蝗災。不僅如此，不光是『天爐蝗蟲』，還可以一舉消滅大約螞。

大約螞也是變異出現的昆蟲，因此即使現在大約螞不吃『濟世稻』的穗，也不保證以後不會出現吃稻穗的大約螞。考慮到這一點，不只是蝗蟲，還能一舉撲滅大約螞，具有相當重要的意義。」

「嗯。」

「再來，我說會面臨相同的問題，是無論設置局部『防火帶』——比方說只在東西坎塔爾設置『防火帶』，或是把包括帝國本土在內，全部的『濟世稻』燒毀的情況，都必須在帝國本土尚未發生蟲害的階段，就宣布提高稅收。」

馬修說著，露出苦笑。

「陛下，全數燒毀的情況，貴族當然會對增稅感到不滿，但為了在藩國設置『防火帶』而增稅，貴族也絕對不會欣然接受，因為那是在不清楚自己是否會受害的情況下，為了藩國而增加稅收。」

「……」

「而且只在藩國設『防火帶』，也會讓藩國心生不滿。如同陛下所知，設置『防火帶』這件事，站在他們的立場，形同為了尚未受害的他人，犧牲自我。」

「……」

「陛下，貴族有可能體諒藩國的處境，欣然答應增加稅嗎？——倘若貴族能夠感謝藩國是為了他們而付出犧牲，或許還能接受，支付大量的稅額……」

歐德森也苦笑道：「很難呢。」

馬修點點頭。

沉默籠罩房間，夜風吹動窗戶的聲音喀噠作響。

不久後，馬修開口：「陛下，請教這種問題，實在大不敬……」

「什麼事？說吧。」

馬修點點頭，平靜地問：「陛下希望往後的帝國，會是什麼樣貌呢？」

歐德森皺眉。「這是什麼問題？」

馬修淺淺地微笑。「因為臣認為，這關係到陛下應該採取哪一種對策。兩個對策，在執行上伴隨的困難其實相去不大，但兩者帶來的未來，卻是天差地遠。」

歐德森看著馬修。

「一邊的未來，會讓藩國留下強烈不滿，而且有可能永遠無法栽種歐阿勒稻。」

「……」

「另一邊的未來，能留下繼續栽種歐阿勒稻的可能，但是要迎向這樣的未來，帝國和藩國都必須做出同等的犧牲。」

「……同等的……犧牲……」

「是的。」馬修點點頭，「臣在失去家父後，反覆閱讀家父留下的書籍。那些書籍裡，描寫了這個烏瑪帝國還年輕時的樣貌。」

「……」

「這個國家還年輕的時候——人們在冰凍的大地耕種，勉強存活。這個國家的人為了活下去，彼此扶持，相信只要國家變得富強，不光自己和家人，一同胼手胝足的夥伴也能變得幸福。那個時候，他們每個人應該都清楚看見國家是由自己支撐起來的。」

歐德森聽著馬修的話，回想起兒時嗜讀、有著美麗彩圖的《神國創世紀》，以及少年時期讀過的《香君異傳》。

歐德森喜歡遙想祖先在荒涼的大地播下歐阿勒稻的種子，照料稻子。

「陛下，」馬修說，「在這個已經變得龐大、富強的國家裡，有多少人會去思考自己是如何支撐著怎麼樣的一個國家？而能把包括藩國在內的眾多他人的痛苦，當成自己的痛苦來理解的人，又有多少？」

歐德森看著馬修。

馬修沉靜地說：「我希望把歐阿勒稻一次燒光，卻也認為這應該是不可能的事——支撐著這個國家的人們，並沒有把這個國家的未來放在心上，也不願去拯救應該同為國民同胞的他人的痛苦。在這樣的狀況下，若陛下命令燒光所有歐阿勒稻，諸侯必定會為了自身巨額的損失，對陛下興起強烈的不滿。顯而易見，私下擁戴暫時退出帝位之爭的皇叔的勢力，將會捲土重來。」

馬修的話，也是歐德森心中的顧慮。

應是夜風漸漸止息，不知不覺間，窗框晃動的聲音消失，書房沉浸在夜晚的靜謐中。

「……馬修。」

「是。」

「剛才你說，若採取設置局部『防火帶』的做法，有可能永遠都無法再栽種歐阿勒稻。」

「是。」

「若是全燒了，就有辦法繼續種歐阿勒稻嗎？」

馬修說：「臣不敢保證。」

「為什麼？」

「因為不清楚蟲害究竟是如何爆發的。即使蝗蟲暫時徹底消滅了，也不知道何時又會再度出現……只是，」馬修繼續說下去，「下次和這次不同，我們對蝗蟲的生態已經有些認識了。若是能避免在西坎塔爾的天爐山脈附近地區種植『濟世稻』，並防止大約螞出現，同時振興其他產業，是有可能預防的。」

歐德森看著桌上的地圖，輕聲說：「……這樣啊。」

想法漸漸在腦中成形了。

「馬修。」

「是。」

「大約螞出現時，拉歐對我說過，他說歐阿勒稻是帝國的根基，卻也是致命的弱點。」

歐德森輕笑。

「我覺得他說得太妙了，確實如此——但是要改變依賴歐阿勒稻的狀況，需要漫長的時間。若是歐阿勒稻在短期內一口氣消失，這個國家會像拆掉支柱的建築物，一夕傾頹。」

歐德森望向馬修。

「只要選擇全部燒掉，就能繼續種植歐阿勒稻，撐住帝國。但若是選擇全部燒掉，我的根基就岌岌可危了。」

歐德森帶著那種苦澀的微笑，說：「馬修，你應該已經明白了吧？若要維護我的根基，同時命令燒掉全部的歐阿勒稻，只有一條路可走。」

馬修沒有回答，只是定定回視著歐德森。

歐德森開口：「只要命令不是我下的就行了。」

歐德森收起了笑，嘆了一口氣。

「這個做法很卑鄙，但我還是要命令你——要香君大人敕令燒田。」

## 四、伊爾的密令

尤吉爾跟隨著父親伊爾・喀敘葛，前往皇帝書齋，經過亮著盞盞燈火的寬闊走廊，眼前書齋房門打開。

馬修從裡面走了出來。

「馬修。」父親出聲，馬修也回應：

「兄長大人。」

尤吉爾行禮，馬修也輕輕頷首回禮。

「你是來向陛下報告西坎塔爾的情形嗎？」

父親問，馬修簡短地回答：「是。」

父親又追問：「那，鳩庫奇的要求實現了嗎？」

馬修點點頭。「是，陛下答應援助。」

「這樣，陛下同意那個金額了。」

馬修淡淡地微笑，行了個禮。

兩人就要擦身而過，父親止步回頭看馬修。

「今天我看到你表妹了，真是個了不得的姑娘。」

尤吉爾驚訝地看向父親。

（……原來父親大人也這麼想？）

難得稱讚他人的父親竟會肯定那姑娘，讓尤吉爾總有些欣喜。那姑娘應該是頭一次參加御前會議，卻不卑不亢，神情凜然地陳情，讓尤吉爾念念不忘。

馬修的臉也浮現微笑。「兄長大人這麼想嗎？」

父親點點頭。「嗯。聽說她是香君的隨身香使，有那樣一個姑娘在身邊，香君大人也備感安心吧。」

父親只說了這些，便轉身背對馬修，向書齋的門衛告知自己來訪。

父親一進入書齋，歐德森便抬起頭來。

「陛下。」

父親深深地行了個禮。歐德森輕點了一下頭，以手示意椅子。

父親邊坐下邊說：「聽說陛下同意援助西坎塔爾。」

「是啊。數字驚人，但即便是那個金額，也只能勉強支應吧，往後國庫的開銷大了。」

父親瞄了一眼桌上攤開的地圖。

「陛下，關於往後的事……」

「嗯。」

「陛下打算採用馬修建議的策略嗎？」

歐德森揚起一邊眉毛。

「馬修建議的策略？——你預先聽說馬修要建議哪個策略了嗎？」

「不，沒有。」

「那你怎麼會這麼問？」

「剛才我們在門前擦身而過，我心想，啊，他一定是向陛下進言了，所以想請教陛下，是怎麼個情況。」

歐德森嘆了一口氣。「馬修沒有建議我什麼，他只是說明他認為採用各別的策略時，會有什麼樣的未來。」

「這樣，」父親回應，「那麼，陛下——」

歐德森打斷父親的話，急促地說：「朕選擇燒掉全部的『濟世稻』。」

尤吉爾忍不住瞄了父親一眼，父親默默看著歐德森。

歐德森有些不耐地說：「你反對嗎？」

父親點點頭。「恕臣僭越，臣反對此案。」

「為何？」

「這對陛下造成的傷害太大了。」

歐德森露出苦笑。「這朕明白，所以朕不會親自下令。」

父親蹙眉。「……難不成，陛下對馬修說，要香君大人下令嗎？」

歐德森點點頭。「為了繼續種植歐阿勒稻，又不傷害朕的權力根基，只能讓香君大人站到風口浪尖上了。」

尤吉爾聽著歐德森的話，啞口無言。

（陛下明白這意味著什麼嗎？）

不出所料，父親緩緩地搖頭。

歐德森的臉漲紅了。他橫眉豎目，尖聲說：「怎麼？你為何搖頭？」

父親看著歐德森說：「恕臣斗膽，陛下，這是當前最不能採取的下下之策。」

「怎麼會？香君就是為了這種時候而存在的吧！」

「不，陛下。這種時候，絕不能讓香君出面——不能讓香君擁有指揮帝國的力量。」

歐德森赫然睜大雙眼。

「香君大人是讓人民感受到歐阿勒稻恩惠的神聖存在——是祈禱的對象，而非親自行使權力的存在。這次的狀況，與修定香使諸規定等狀況不同，絕不能讓諸侯認為香君大人能以她的力量指使整個帝國，這會使陛下的存在相形失色。」

「……」

「就和大約螞那時候一樣，待風波平息，民心穩定之後，再讓人民感受到是香君在守護、引導萬民就行了。這才是神明，神明絕對不能成為實際主導國事的存在。」

歐德森的神情變得黯然。「……可是，那樣的話……」

「不能燒掉全部的稻子。」父親安撫地說，「陛下，不必擔心。即使不必燒掉全部的『濟世稻』，只要火速燒掉東西坎塔爾的『濟世稻』，就能遏阻蟲害。」

「……」

「在會議上，雖然臣把發言讓給了拉歐大香使，但富國省也進行了詳細的研究。對吧，尤吉爾？」

父親突然拋來話頭，尤吉爾一陣心驚，但立刻點了點頭。

「是的。這樣做，不管在經濟或政治上，應該才是上策。」

歐德森無法接受的樣子，說：「可是，靠局部地區的『防火帶』，不可能完全抑制蟲害。牠們會藉由馬車等……」

「陛下，」父親語帶嘆息地說，「拉歐大香使和那名香使，都把幾乎不可能的情況，說得彷彿即將發生，但請陛下冷靜下來想一想，『天爐蝗蟲』可不是小蜱蟎，而是有辦法捕食大約螞的大蟲子。只要在幹道設置關卡檢查，幾乎不可能遺漏。即便有少數那麼幾隻闖過了關卡，溜進種植地裡，只要把發生蟲害的地區和周邊燒掉就行了。

西坎塔爾的狀況會那麼糟，是因為農民不知道能否得到補償，導致燒田再三延宕。只要預先定下補償金額，農民也會願意立刻燒田吧。」

父親看著神情陰鬱地沉默下去的歐德森，微微一笑。

「這對陛下來說，或許反倒是個好機會。」

歐德森抬頭，露出訝異的表情。「好機會？」

父親點點頭。「從馬萊奧侯今天的態度，陛下應該也感覺到了，以馬萊奧侯為首的大貴族們，對陛下有所誤解。他們認定陛下還年輕，害怕失去大貴族的支持，所以不敢做出讓他們不悅的命令。」

「……」

「如陛下所知，臣子企盼君主溫厚待己。但對於全然溫厚的君主，卻會輕視。」父親注視著歐德森，繼續說，「陛下，請以富國省的計算結果為名目，命令燒掉東西坎塔爾的『濟世稻』。把伴隨而來的增稅，要諸貴族依據各自領地的歲收負擔。這項命令造成的多餘的損傷，臣會扛起。」

歐德森神色陰沉地低著頭，默默思考著，不久後抬起頭來，說：

「……朕要想一想，你先下去吧。」

父親深深一禮、離開書齋，尤吉爾跟在他身後，腦中思忖著。

（香君大人啊……）

皇帝不太可能是自己想到要依靠香君的。

（是馬修叔叔巧妙地引導陛下做出這樣的結論嗎？）

是有這個可能。

（可是，）

尤吉爾在心中納悶。馬修叔叔會做出這樣的事嗎？

（父親絕對不會同意香君大人出面指手畫腳，馬修叔叔應該非常清楚這件事。）

尤吉爾自小就對貌美溫柔的香君心儀不已。父親否定香君與馬修叔叔兩情相悅的傳聞，但尤吉爾到現在依然相信，那個傳聞恐怕是真的。

（馬修叔叔會讓香君大人暴露在生命危險之中嗎？）

尤吉爾一方面覺得不會，另一方面又覺得無法斷定。如果馬修有自信保護香君，或許會這麼做。

（香君大人只要有那個意願，其實手中握有能掌控這個帝國的權力。以某種意義來說，那權力比皇帝陛下更強大……）

尤吉爾感到一股不安壓迫著胸口。

（倘若一直甘心當個花瓶的她，決心以馬修叔叔或拉歐老師為後盾，站上檯面，這個帝國的權力平衡將出現劇變。）

走出宮殿，冰涼的夜晚空氣籠罩全身。

尤吉爾看見父親對守在轎旁的侍從奧多悄聲細語了什麼。

他看著奧多點頭，感到口中漸漸變得乾渴，不安化成了恐懼。

（父親大人……）

決定動手了。他想。

## 五、歐莉耶的想法

「……陛下這麼說？」拉歐驚訝反問，「陛下要求香君大人下令？」

「是的。」馬修點點頭。

拉歐滿臉驚訝，散發出強烈的氣味，但歐莉耶並沒有吃驚的樣子，馬修也沒有訝異的反應。愛夏感受著三人的氣息，心想：難不成……

（這是馬修大人……）

正當愛夏在心中如此忖度，歐莉耶轉向馬修開口：「謝謝。」

歐莉耶屏退了旁人，因此位於香君宮最深處、歐莉耶寬闊的辦公室裡，現在只有歐莉耶、馬修、拉歐及愛夏四人，即使暖爐裡生了火，仍備感寒冷。

「我相信你一定能順利辦到，但本來還是十分不安。」

拉歐目不轉睛地看著歐莉耶。

「難道，歐莉耶大人，這是……」

「沒錯，是我拜託馬修的。」

拉歐轉向馬修。

「那，是你……是你誘導陛下提出這種要求的？」

馬修沒有回答，但拉歐表情僵硬，語氣嚴峻地質問：

「為什麼？為什麼做出這種事！」

「拉歐老師，」歐莉耶伸手觸碰拉歐的手，拉歐驚訝地看向歐莉耶。「請別動怒。馬修也勸我回心轉意，是我硬要他這麼做的。」

拉歐閉口，看著歐莉耶。

歐莉耶回視他，說：「我再也無法承受了。命令刪除希夏草的規定、祝福『濟世稻』的都是我——開啟大門召來饑雲的人，正是我。然而就連人民陷入痛苦的這一刻，我仍是個無能為力、擺著好看的香君，我實在承受不了了。」

拉歐的表情扭曲。漫長的沉默之後，拉歐說：「我理解您的感受，但是……」

「拉歐老師，」歐莉耶沉穩地說，「對不起。我明白我做的事有何意義，以及它有多危險。但我還是想要這麼做——我想要站上風口浪尖。」

歐莉耶望了過來，愛夏內心一震。

「愛夏。」

「是。」

「在塔庫伯伯的田裡，妳向我描述過自己感受到的氣味的世界，妳還記得嗎？」

愛夏點點頭。

歐莉耶微笑。

「那個時候我心想，香君應該要相信，世界就是這樣的。」

歐莉耶抬起目光，彷彿回想起遙遠的昔日。

「被蚜蟲啃食的草發出氣味，聞到那氣味的瓢蟲知道那裡有蚜蟲而飛來——即使看不見，世上隨時都在上演這樣的事呢。被蟲啃食的草發出氣味，別的昆蟲被那股氣味引誘而來，但也有螞蟻為了保護蚜蟲，攻擊瓢蟲。」

陰暗、寬闊的房間裡，歐莉耶的聲音靜謐地迴響著。

「生物無法選擇生為什麼，也不是帶著想要的能力出生。但生物依然發揮自己的能力，有時幫助他者，有時為害他者。

這樣的關係，就像一面變動不絕的網子覆蓋著這個世界，就連渺小的昆蟲，都各有角色，齊力打造出這面網子。不管再怎麼小的事物，都背負著自己的職責。」歐莉耶露出微笑，「我沒有像妳那樣以氣味知悉萬象的力量，但身為香君，我擁有一種力量。」

愛夏看著歐莉耶，只是聆聽她說話。

「妳說，即使說破了嗓子努力說服，郡裡的官員還是不明白；縱然費盡千言萬語，諸侯也不肯去想像那種威脅。」

「是的。」

歐莉耶眼中浮現強悍的光芒。

「但如果是我的聲音，他們就聽得進去。」

愛夏點點頭——同時感受著歐莉耶貫注在這句話的意念。

歐莉耶將視線移向拉歐。

「當前比什麼都重要的是，盡快燒掉所有的『濟世稻』，而我擁有實現這件事的力量。在這個帝國，擁有這種力量的就只有皇帝和我，若皇帝猶豫著不敢發動，就由我來。」歐莉耶看著拉歐，「我是老師相中，坐上這個位置的。從懵懂無知的十三歲那時候起，漸漸領悟現實，懷抱著空虛，一直活到今天。」

拉歐的眼神動搖了。

「我沒有以氣味知悉萬象的能力，也不必實際引導萬民，就只是當個空洞的飾品活在世上——注定往後也會以這樣的身分，活到這條性命結束為止。」

歐莉耶的眼中浮現淚水。

「即便如此，我依然是香君，背負權威和責任的，真正的香君。請讓我克盡香君的職責吧。」

拉歐開口：「……歐莉耶大人，必須贖罪的人是我。這次的災害也是……」他的聲音微微顫抖著，「這麼多年以來，我一直懷抱著對您的虧欠。如果可以……如果可以，我真想實現您的願望。我也會不惜餘力，去平息隨之而來的權力衝突——可是……」

拉歐閉上眼睛，接著睜開來。

「伊爾不會容許的，他應該已經在說服陛下了。」

歐莉耶以指頭揩去淚水，微笑說：「我想也是。所以我已經先下手為強了。」

「咦？」

歐莉耶問馬修：「有進展了嗎？」

馬修點點頭。

「通過的回報已經從各地傳來，所有的人應該都會依照預定抵達。

最遠的是鳩庫奇，但他是能以驚人速度長程移動的坎塔爾騎馬民族，連帝國的急使也難望其項背，他應該也能趕上。」

拉歐的眉毛挑起。

「鳩庫奇？——你到底做了什麼?!」

馬修鎮定地說：「我們向各藩王宣達香君的敕令了。諭知所有的藩王，若希望蟲害平息，就親自拜謁香君宮。」

「……什麼！」

「老師，沒有事先和您商量就行事，我很抱歉。但若是在行事之前和老師討論，老師一定會想方設法說服我們打消念頭。」

拉歐微微張口，消化馬修的話。

馬修瞄了愛夏一眼。「之所以也沒有告訴妳，是因為妳想要出席會議，我認為不能讓妳暴露出任何一點蛛絲馬跡。」

馬修只對愛夏說了這些，再次轉向拉歐。

「香君大人聽到愛夏傳來的報告後，立刻對我說，若指望真正的治本之道，就非這麼做不可。沒空等待會議裁決了，必須當機立斷。

我身為藩國視察官，也認為確實如此。」

「……」

「即使燒掉藩國的『濟世稻』，只要帝國本土的『濟世稻』還在，蝗災就不可能撲滅，而只要蝗災未息，人們就不可能再次種植『濟世稻』。即便這次能得到補償，前景依舊不安。也許歐戈達的島嶼地區將成為唯一能夠種植的地區，但島嶼地區的收穫量，無法供應全歐戈達人民糊口。」

馬修的眼中浮現憤怒的神色。

「沒有一位藩王相信帝國貴族會願意為了他們燒掉領地內的『濟世稻』。他們滿懷疑心與憤怒，並帶著一縷希望，正兼程趕來帝都。」

馬修看向拉歐。

「伊爾會說服陛下吧。但即使陛下幡然變卦，即將發生的事，也只有香君才能擺平了。」

## 六、幻想

蟲鳴聲不絕於耳。

愛夏聽著各處草叢傳來的幽微蟲鳴，在黑夜裡慢慢走著。心緒不寧的夜晚，愛夏經常像這樣在香君宮的庭園漫步。香君宮庭園的氣味和故鄉的森林十分相似，嗅著那氣味，起伏不定的心就會稍微緩和下來。

香君宮後方傳來馬修的氣味。馬修沒有和拉歐一起回去，應該和愛夏一樣，在這座庭園聞著故鄉的氣味。

拐過香君宮轉角，她看見馬修抱膝坐在圍繞著香君宮的沙地上。

馬修應該也發現愛夏了，卻沒有望向這裡，繼續仰望著香君宮的窗戶。

歐莉耶似乎還沒睡，房間窗戶透出燈光。

愛夏走到馬修旁邊，馬修仰望著窗戶問：「……睡不著嗎？」

愛夏點點頭。

她在馬修旁邊坐下來。夜間的低溫讓身體變冷，能輕易感覺到他的體溫。

片刻間，愛夏只是坐在馬修旁邊，仰望著歐莉耶的房間窗戶。馬修身體散發出來的氣味很安詳。

聞著那氣息，愛夏忽然想問他一件事；她一直想問，卻一直錯過機會。

「馬修大人。」

「嗯？」

「馬修大人在塔庫伯伯的山莊時，說你一直希望世上真的有我這樣的人，還說這就是你救我一命的真正理由。」

馬修將視線從窗戶移開，轉向愛夏。

「為什麼呢？你救我，是希望我做什麼嗎？」

「……」

「那個時候，我以為是為了讓我找到能在歐阿勒稻影響下種植穀物的方法，但回想當時的對話，我漸漸覺得似乎不只如此。」

馬修沉默著。

愛夏看著馬修，下定決心說出口：

「其實，你是希望我來當香君對吧？——為了解救歐莉耶大人。」

馬修的眼睛浮現笑意。

馬修轉頭仰望窗戶，沉默了半晌，接著低聲說：「我在十五歲左右來到帝都，短短幾年內，人生便有了重大的轉變。我遇到歐莉耶，然後父親失蹤……」

窗戶透出的燈火光線，微微照亮了馬修的臉。

「我一直相信，沒有任何辦法能把歐莉耶從這座石頭牢籠裡帶出來，但當我得知，我母親是伯公從異鄉帶來的女孩，而除了我母親之外還有另一名女孩，我彷彿看見一絲希望——如果那個女孩就如同我母親，和什麼人結婚並生下孩子的話……然後那孩子是個女孩，擁有比我更出色的嗅覺的話……」

馬修的眼睛依然泛著笑意，是落寞的笑。

「我明白這縷希望比蜘蛛絲更渺茫，卻不由自主地想去尋找。倘若世上有真正的香君，或許就能把歐莉耶放出牢籠。把她從香君這個虛假的身分，還有從這座冰冷的石頭牢籠裡解救出來，從空虛的人生中把她救出來。」

「找到妳的時候——」馬修說，「我寫信給拉歐老師，說我找到真正的香君了。我想到的劇本是，讓妳和歐莉耶見面，如果彼此都能接受的話，就讓歐莉耶裝出經常身體不適的樣子，同時安排某些引人矚目的事蹟，向世人宣揚妳的能力，打造出因為歐莉耶病弱，力量轉移到妳身上的印象，最後讓妳成為香君。」

愛夏看著馬修的側臉，問：「……那，為什麼……為什麼你沒有這麼做？」

馬修的笑意更深了。「因為歐莉耶拒絕了。」

「歐莉耶大人拒絕了？」

「嗯，她說絕對不行。我在山莊被歐莉耶給狠狠訓了一頓。」

「為什麼歐莉耶大人……」

「她說有兩個理由。」

「兩個理由？」

「嗯。第一個理由是，她不想把妳關在這座牢籠裡。即便妳擁有真正的香君的力量，一旦成為香君，就必須夾在權力鬥爭之間，痛苦不堪。不能戀愛，也不能擁有家人，必須在孤獨的牢籠裡終老一生。歐莉耶說，如果是為了讓自己逃出牢籠，而把妳推入這樣的深淵，她會痛苦一輩子。」

「……」

「另一個理由則是妳的為人。歐莉耶說，如果妳成為香君，絕對無法忍受假扮神明。妳會覺得自己不是神，卻要假冒神意，向人民宣達，這一定會讓妳痛苦萬分。」

愛夏出不了聲，只能望著馬修的側臉。

原來在山莊一起生活的那段日子，歐莉耶已經把她看得如此透澈，並為她設想。

「……歐莉耶大人太了不起了。」愛夏聲音沙啞地說，「確實，我一定會無法忍受。那種生活也是，但最重要的是，明明不是神，卻要假冒神明，我不想要這樣。」

「……」

「坦白說，由歐莉耶大人下令燒掉所有的『濟世稻』，來平息蟲害，這件事也讓我有些芥蒂。歐莉耶大人的想法我完全理解，而且這樣可以拯救許多人，我覺得應該這麼做，但利用帝國為了方便而打造出來的神明，利用這虛假的權威讓人們服從，這實在……」

馬修默默聽著，輕聲自語：「虛假的權威嗎？」

他繼續說：「我也認為以虛假的權威訛騙世人，是卑鄙的行徑。但受騙的一方，是全然無辜的嗎？」

「……咦？」

「妳不是帝國出生的，我也不是。或許是因為這樣，我第一次拜謁皇帝時，雖然緊張，卻沒有想要五體投地的敬畏之感。當時我望著聖顏，心裡想的是：統治這個大帝國的，就是這樣一個老人嗎？」馬修苦笑。「不過，當我不小心差點觸犯禁忌，被祖父狠瞪時，卻會全身冒出冷汗來，不由自主地渾身顫抖。」

馬修用手掬起沙子，再讓沙粒落下。

「權威就是這麼一回事吧，是透過彼此的關係打造出來的幻想。雖然是幻想，可一旦滲透到骨子裡，身心就會反射性地做出反應，而且如果許多人同時存有相同的幻想，就會變成現實的力量。」

馬修拍掉沾在手上的沙子。

「人活在幻想的網羅裡。應該也有許多人內心已經發現，權威就是一種幻想。然而面對皇帝，身體就會顫抖，面對香君，就會跪地祈禱。」

馬修看著還亮著燈的窗戶說：

「我不認為每一個跪地祈求香君垂憐的人，都全心全意相信香君就是活神。雖然不是全心全意相信，卻也不是完全不信。我認為，他們內心其實隱藏著想要受騙的心情；因為只要繼續受騙，就可以把責任丟給香君——各種責任都是。」

馬修的身體滲透出憤怒的氣息。

「當遇到天災時，人會尋找遷怒的對象；發生自己無能為力的事情時，會希望有人負起責任。因為只要能相信『就是他導致災害發生的』，自己就能撇清責任了。」

——當今的香君大人，力量是否太弱了？

會議後，在走廊聽到的對話聲在耳邊響起。

「像這樣逃避責任的人，難道就不卑鄙嗎？不努力思考為何天災會發生、要怎麼做才能自救救人，也不奮力求生，只想把責任賴給神明，妳覺得這些人就不卑鄙嗎？」

「……」

「支配者會讓服從者只能仰賴自己存活。他們以溫情包裝，讓服從者永遠像個嬰兒，必須依靠父母才能存活。那麼，服從者會不會反抗支配者這樣的作為？意外地並不會。因為依靠父母、讓父母保護反而更輕鬆，帝國就是像這樣維持的。」

馬修嘆了口氣。

「前來向香君求助的藩王，主動讓自己變成投靠父母的無力幼兒。無論香君是不是神，他們認為只要香君能扮演好他們希望的角色就夠了。權威這回事，原本就是雙方聯手打造出來的，和真假無關。」

愛夏定定地注視著黑暗，開口：

「……即使如此，我還是不希望香君變成支配者的工具，我覺得不可以這麼做。是真心相信、或一心只想相信，這些另當別論，藩王和諸侯希望香君從災害中解救人民，而皇帝陛下及喀敘葛家把人們如此冀盼的心願當成支配的工具——穩定帝國的工具來利用……可是，」愛夏看著馬修，「被這兩者以各自的意圖拱上神位的香君，其實是不存在的幻想。」

「……」

「如果香君宮裡沒有香君大人，我應該就不會這樣耿耿於懷；如果人們只是困頓的時候才向諸神祈禱，那就無關緊要。」

夜風撫過臉頰。

「可是，香君宮裡有香君大人，香君大人會說話。而香君大人作為支配者的傀儡，會說出對支配者有利的話——我覺得這是很可怕的事。」

愛夏頓了一下，又說：「以氣味知悉萬象，這是不可能的事。也許初代香君的力量是我望塵莫及的，但我還是不認為能夠單靠氣味，就掌握萬象。香君一定也有許多不明白的事，然而卻連不明白的事，都要裝成明白的樣子，用神明這樣的幻想，去掩飾這樣的虛偽。這種狀況一直持續到今天，我覺得這才是非常可怕的事。」

馬修沉默片刻，接著說：「我也覺得很可怕。

這個帝國建立在幻想之上。獨一無二的穀物所帶來的夢想，一直以來實在太過順遂地讓統治維持下去，因此我們都無法跳脫出來，陷入了作繭自縛的陷阱當中。」

馬修的聲音很陰沉。

「這個國家陷在這個陷阱裡，漸漸長得太龐大了。依賴唯一一種穀物的方法太脆弱，卻囊括了大到難以統治的領土，和過多的集團。但即使明白這些，要是貿然摧毀陷阱，一切都會分崩離析，才令人投鼠忌器。」

馬修一停止說話，蟲鳴聲又回來了。

愛夏傾聽那幽微的聲音片刻，感受著夜晚的草木氣味。

「……即使不去破壞，」愛夏喃喃道，「或許瓦解的那天也會到來。」

「……」

「未來會發生什麼事，沒有人知道。縱然克服了現在發生的蝗災，或許接下來也會出現歐阿勒稻的疾病。」

愛夏轉向馬修說：「香君和歐阿勒稻很相似。香君不是神，卻要假裝是神民；歐阿勒稻不是神授，卻被視為天賜之稻。」

「……」

「我們一直努力想擺脫依賴歐阿勒稻的危險呢，可是卻遲遲無法扭轉狀況——因為歐阿勒稻所帶來的美夢實在太有吸引力，抓住我們的陷阱也太過強大了。」

「馬修大人，」愛夏說，「如果加強形塑香君的幻想，陷阱的力量也會變強。除非驅逐歐阿勒稻所帶來的美夢，否則一定無法改變依賴歐阿勒稻的生活方式。」

馬修忽然微笑，愛夏吃了一驚。「我說了什麼奇怪的話嗎？」

馬修搖搖頭。「沒事，只是覺得妳跟歐莉耶實在太像了。」

「咦？」

「歐莉耶也說，對於由她出面解決這次的事，她也感到遲疑。」馬修帶著微笑說，「她說這樣會加強香君這個幻想，讓人們更加依賴香君。但她還是認為應該這麼做，是因為她認為如果要破壞香君這個制度，首先必須擁有破壞它的力量才行。她說，要是繼續當個無力的傀儡，就什麼都沒辦法做，所以必須站上檯面才行。」

愛夏忍不住張嘴，怔忡地看著馬修。

她沒想到那個溫柔嫻雅、彷彿一碰就碎的歐莉耶，內在居然有著能立下如此決心的堅毅，讓她驚訝。

「愛夏，」馬修靜靜地說，「妳可以保護歐莉耶嗎？」

「咦？」

「歐莉耶以香君的身分站上檯面，意味著要打造出對抗皇帝與喀敘葛家權力的新勢力。伊爾絕對不會坐視這種事發生。」

冰冷的夜風撫過後頸。

「我會盡力照著歐莉耶的期望行事，但我沒辦法隨時守在歐莉耶身邊，所以飲食不用說，可以請妳留心她身邊的一切，保護好她嗎？」

愛夏看著馬修，點了點頭。

# 七、毒

「我是很感激，可是每天這樣從早到晚陪在我身邊，妳一定很累吧。」

聽到歐莉耶這麼說，愛夏笑道：「不會。可以和歐莉耶大人相處這麼久，我很開心。雖然我是香君大人的隨身香使，但出外的工作更多，一直沒能陪在大人身邊。」

歐莉耶也笑了。「這樣嗎？其實我也很開心。」

就在兩人相視而笑時，傳來侍女要求入室的聲音。

「進來吧。」歐莉耶出聲，三名侍女走了進來。

每到晚上這個時間，這三人就會前來進行各種就寢準備。整理好床鋪，更換蠟燭，撤下兩人吃過的水果，重新沏茶。接著很快地，會有別的侍女過來，協助歐莉耶漱洗，換上睡衣。

愛夏看著侍女撤下僅殘留一些汁水的水果盤，感到情緒稍微輕鬆了些。

倘若伊爾想要加害歐莉耶，應該會採取下毒的手段。

他不能用派人攻擊這種害意顯而易見的手法，而且必須讓香君是因病仙逝，因此不太可能是其他手法。

所以愛夏從起床到就寢，都陪在歐莉耶身邊，歐莉耶吃下的飲食不必說，連她會碰到的物品都格外留意。從化妝品到衣物，愛夏嗅聞一切物品的氣味，確定沒有問題。

但許多毒物是沒有氣味的，因此愛夏頻繁在香君宮內走動，努力嗅聞那些處理歐莉耶隨身物品的人的氣味。

愛夏的祖父雖然遭到廢黜，但畢竟曾是一國之君，她身為王家之女，自小就學習毒物的知識長大。母親一樣樣仔細教導她各種形態的毒物，像是摻在食物裡的毒、摻進布料裡讓皮膚吸收的毒。

雖然許多毒物都沒有氣味，但母親說嗅聞氣味仍有極大的幫助。

——即使毒物本身沒有氣味，有時仍會留下下毒的人的氣味。

雖然不會直接碰觸，但在把可以觸摸的毒摻進食物時，為了避免下毒的動作太招搖，有些人會用指頭捏起灑進去。這種時候，食物裡就會摻進那個人的氣味。

即使收買廚師下毒，除非是平日裡就習於下毒的人，否則一定會緊張。

要是妳，應該也聞得出手汗的氣味。

母親這麼說，也教導她人的心理活動跟氣味的關係。

——行動時存心害人的人，氣味意外地聞得出來。

雖然也有些人打從心底喜歡害人，對害人感到興奮，或是以暗殺為業，十分冷靜，但各別都還是會散發出具有特徵的氣味。

妳可以多多留意這些細節。要是妳，應該聞得出不同。

小時候，愛夏也曾因為聽到血腥的毒殺情節而失眠，但現在她對於自小被灌輸這些知識，十分感激。

侍女開始從盒子裡取出臥室香爐用的香，這時愛夏起身走到侍女旁邊，拿起了香。

「怎麼了？」歐莉耶問。

愛夏回答：「這香的種類和先前使用的似乎不同。」

「哦，」歐莉耶微笑，「是我拜託的。不同的香味可以改變心情，所以我都請人每隔幾天，變換不同種類的香。」

「啊，原來是這樣。」愛夏放鬆下來。

一臉吃驚停止動作的侍女問：「請問，小的可以更換嗎？」

「嗯，換吧。」

歐莉耶回答。侍女行了個禮，捧著香進入臥室了。

歐莉耶看著侍女們忙碌的樣子，即使假裝平靜，她的側臉仍有著藏不住的不安。

侍女們完成工作離開後，愛夏開口：「歐莉耶大人，請忍耐到明天就行了。您一定很不安，但我會全力保護您，請安心吧。」

歐莉耶微笑。「是啊。只要我走出檯面，伊爾也無法使用暗殺的手段了吧——雖然會展開另一種形式的對抗。」

愛夏點點頭。

「是啊。我想大人好陣子都無法安寧了，不過，也許反而會比現在更輕鬆。」

歐莉耶稍微揚起眉毛。「是嗎？」

「是的——小時候，教育我的老臣烏洽伊常說，停滯會導致心病。戰爭很可怕，但一旦開戰，就能立下覺悟，全力以赴贏得勝利；但處在無法開戰、也無法退讓的膠著狀態，究竟該怎麼辦呢？這樣的煩惱和眼前渾沌不明的狀況只會磨耗身心，讓人極度疲憊。」

「……啊，確實是如此。」

歐莉耶點點頭。

「我一直……真的長久以來，都活在一灘死水當中。跟這樣的生活相比，接下來的日子更有夢想多了——這個夢想，或許能改變許多事。」

歐莉耶嘆了一口氣，繼續說：「有祈禱的對象，這件事本身我並沒有覺得不好，畢竟這世界很殘酷，會發生任憑人再怎麼努力都是枉然的天災。」她頓了一下，「喏，妳還記得嗎？我們第一次在塔庫伯伯的山莊一起生活時，不是看到雪歐米樹嗎？」

「我記得。」幽淡的碎陽在眼前浮現，細瘦的雪歐米樹雖然生了病，卻在周圍植物的支持下存活下來。

歐莉耶應該也想起來了。她露出遙望的眼神，以平靜的聲音說：「雖然看不見，但那棵樹在許多事物的支持下活了下來。我也想要像那樣，讓人們感受到雖然看不見，但有什麼在支持著他們——我想要成為這樣的存在。」

聽到這話，愛夏忽然想起了另一棵樹。

佇立在陽光裡的雪歐米樹。儘管沐浴著燦爛艷陽，卻不健康而孤單。

「……歐莉耶大人，」對歐莉耶的憐恤湧上心頭，愛夏忍不住伸手握住歐莉耶白皙的手。「我們一起尋找那條路吧。我會陪您一起走，讓您成為這樣的存在。」

歐莉耶的眼中泛起淚水。「謝謝妳，愛夏。」

歐莉耶回握愛夏的手，沙啞地說——我們一起走吧。

愛夏確定歐莉耶進入陰暗的臥室後，出去走廊，回到分配給自己的隔壁房間，換上睡衣，鑽進床上。

明明累了，睡意卻遲遲沒有來訪。不知是否自己過度緊張，歐莉耶臥室飄來的氣味，讓她莫名憂心。

（歐莉耶大人喜歡這種香嗎？）

應該是那種新的香的氣味吧。雖然是第一次聞到，但聞著聞著，胸口開始不舒服，愛夏坐起身來。瞬間，她一陣眩暈。感覺床鋪從地面整個被抬起來，她連忙抓住床架。

房間在旋轉，她甚至覺得呼吸不過來。本以為一陣子就會平靜了，眩暈卻久久不散。

她聽到某處傳來重物落地、撞在地上的聲音。

歐莉耶的房間有什麼掉下來了。想到這裡，強烈的不安湧上心頭。

（……難道！）

愛夏起身，宛如行走在驚濤駭浪的船裡，不斷碰撞牆壁和椅子，往歐莉耶的房間走去。一打開歐莉耶房間的門，令人厭惡的氣味一下子變濃了。

愛夏反射性地褪下睡衣，綁在臉上覆住口鼻。

臥室門微微敞開，裡面透出燈光。愛夏衝進臥室，看見倒臥在床下的歐莉耶。

愛夏蹲下來，手伸進歐莉耶的兩脇，把她從臥室拖出去。

天旋地轉，陣陣欲嘔，但她咬緊牙關忍耐，把歐莉耶脫力的身體拖出走廊。

「來人啊！」她叫喊，卻難以發聲。

愛夏把歐莉耶的身體拖過漫長的走廊，一面大喊，一面朝階梯前進。

好不容易來到階梯附近，侍女和衛士終於趕來了。

「怎麼了！」來人驚聲問道，愛夏聲音沙啞地回答：

「快叫醫術師，大人吸到毒煙了！叫醫術師，快！」

歐莉耶一動不動，把手靠近鼻子，也感覺不到呼吸。

愛夏強忍欲嘔的感覺，鬆開歐莉耶的衣襟，口對口拚命吹氣，接著雙手交疊按壓胸口。

以前曾學過可以對溺水、失去呼吸的人施以這種動作，愛夏不斷持續進行，直到醫術師前來。然而當醫術師現身時，宛如厚重的簾幕落下一般，愛夏眼前一黑，便不省人事。

光芒從黑暗中浮升，隱隱能視物時，劇烈的頭痛席捲而來。

愛夏好不容易把頭伸出床外，嘔吐出來。她大吐特吐，就好像要把身體裡面的東西全部擠出來。

侍女們趕來，俐落地清理穢物，愛夏滿懷歉疚，卻連道歉聲都發不出來，只能抱著頭呻吟。

醫術師的聲音傳來，杯緣被抵到唇上。

「喝吧。別急，慢慢喝，別嗆著了。」

愛夏依言辛苦萬分地喝下那杯苦澀的湯藥，片刻後又再次昏厥過去。

終於醒來之後，頭痛變成了悶重的痛，嘔吐感也消失了。

愛夏揉了揉被淚水黏住的眼皮，矇矇矓矓地看見人臉。

「……馬修大人……」愛夏輕聲說。

馬修鬆了口氣。

「能出聲了嗎？太好了。氣色比剛才好些了。抱歉，愛夏，我太對不起妳了。」

聽到這話，種種情景頓時重回心中，愛夏睜大雙眼。

「歐莉耶大人！——歐莉耶大人呢？」

愛夏掙扎著想要起身，馬修制止她，但愛夏推開他的手坐起來。

「歐莉耶大人呢？」

「沒事，保住一命了。她現在服了藥睡了。」

（大人還活著！）

愛夏看著馬修，開始顫抖，淚水奪眶而出。

「都、都是我害的。」

隨著安心湧起，後悔扎進心頭。愛夏不住發抖，放聲大哭起來，即使想要克制，也完全無法自已。

「……都是、我的錯。我、沒發現、香……」

她感覺到馬修觸碰她的肩膀。

「不是妳的錯。忘了提醒妳毒有可能摻在香裡，是我的責任。」

愛夏搖頭。「我早就知道，我知道怎麼在香裡下毒，卻……」淚水再次湧出，「卻覺得不會有事！」

當時——愛夏回想。

她會允許侍女把新的香放進香爐裡，是因為侍女的氣味沒有任何不自然的地方。

「……是我的錯。是我太傲慢，害得歐莉耶大人遇到這種事。」

愛夏握緊被子。她留心沒有氣味的毒，更相信自己能夠嗅出下毒者的害意。然而摻進香裡的毒，只要加熱，就會釋放出帶有毒性的煙霧。

——毒本身沒有味道，但摻進毒藥，香的分量就會改變，要是妳，即使香還沒有點燃，應該也會發現和平時使用的香不一樣。

愛夏回想起母親如此教導的聲音，咬住下唇。

分量改變這種微妙的差異，必須要知道下毒前原本的香是什麼氣味，才有辦法分辨。

然而當時她卻同意了使用自己不認得的香。

明明不該使用新的香，她卻沒想到這麼理所當然的事。

自己的嗅覺過人，如果經手的人和香的氣味都沒有異常，那應該就沒問題了——這樣的自信，差點害死了歐莉耶。

「我也疏忽了。」馬修的聲音傳來，「明明只是忍耐個幾天的事。要做到滴水不漏，就不該讓歐莉耶用香爐，蠟燭也是，應該繼續用已經燒到一半的。」馬修的聲音異樣地平坦，是她從未聽過的音色。「過度自信就會招來疏忽——連這麼簡單的事我都沒想到，疏於警戒，是我的錯。」

隔壁房間傳來醫術師和拉歐的氣味，還有侍女們驚慌地在走廊來去的腳步聲。

愛夏抱著頭，逕自感受圍繞著自己的氣味和聲響。

歐莉耶吸到的毒氣，量比自己多太多了。就連在隔壁房間的自己都難受成這樣了，歐莉耶不曉得有多痛苦。

想到這裡，強烈的憤怒從心底滾滾湧出。

「……那名侍女怎麼了？」她嘶啞地問。

馬修回答：「昨晚就消失了。」

愛夏皺眉。

「消失了？……可是，那名侍女完全感覺不到緊張或害意，所以我也才會疏忽。」

「應該是喬裝得很好吧。」

愛夏搖頭。「氣味不會撒謊。不管再怎麼冷靜的人，只要懷著某些意圖行動，即便再怎麼細微，氣味還是會出現變化，我本應該會對她起疑才對。」

「那麼，也許她什麼都不知情。有人拿給她那種香，叫她使用，後來她就被某人帶走，或擄走了吧。」

如果是這樣，那名侍女實在太可憐了。

「請把她找出來。」

「我們在找了，但應該找不到。」

「但還是為了她的安危，找找看吧。」

馬修點點頭。「我也不打算見死不救。」

馬修不再說話後，周圍的聲響又回來了。

醫術師和某人交談著經過走廊，身體散發出湯藥的氣味。是剛才被餵下的湯藥。

待醫術師等人經過房間，沒有他人的聲息後，愛夏開口：

「有沒有什麼方法，可以揭露伊爾．喀敘葛的罪行？」

看到馬修眼中浮現的表情，愛夏不安起來。

「愛夏，」馬修壓低聲音說，「伊爾的罪行無法追究。」

「……咦？」

「因為沒有必須追究的罪——香君大人是活神，不是人的惡意能傷害得了的。」

馬修眼中的黑暗宛如無底深淵。

「絕不能讓世人知道，新喀敘葛家的當家試圖弒殺香君。如果被世人得知，把香君奉為神明是帝國的謊言——欺騙人民的事實，就會以最糟糕的形式暴露出來。」

愛夏張口無言，唯能失神般望著馬修。

## 八、香君令

「什麼！香君大人她……？」

皇帝歐德森從椅子上站起來。

「是的，凌晨時分接到的消息，幸好據說性命無虞。」

尤吉爾懷著複雜的思緒，看著父親裝出擔心香君的表情。

歐德森的眼睛倏地浮現懷疑的神色。

「……伊爾。」

「是。」

「你……」說到一半，歐德森應該是想到旁邊還有侍從，吩咐他們退下。

待左右離開房間，門也關上之後，歐德森沉聲問：「是你幹的嗎？」

「是。」父親直接承認了，又補了句，「這是為了保護陛下。」

歐德森坐回椅子，右手按住了額頭。

「……你居然……」他呻吟般說，「用不著這麼做，我也打算採用你的提案，為何你要……」

「因為沒有時間了。」父親就像要蓋過歐德森的聲音，細聲說，「前些日子臣謁見陛下，得知陛下要求香君大人發出敕命，才恍然大悟，原來是為了這個目的。」

「……？」

「陛下，諸藩王正在前來帝都的路上，應該就快抵達帝都了。」

歐德森的臉上浮現驚愕。「什麼？」

「應該是不願招來懷疑，以為他們要造反，每位藩王都極為謹慎，隱密行動，因此陛下還沒有接到消息，但我收到諸藩王離開藩都的情報。」

「……！既然你接到這樣的消息，為什麼當時不告訴我？」

「因為臣尚不明白他們的意圖。臣打算先刺探他們的行動，待查明意圖後再稟告陛下。」

歐德森神色陰鬱地思考，接著問：「你認為是馬修煽動的。」

「是的。煽動窮途末路的諸藩王，以香君的力量拯救他們。臣認為馬修構思了這樣的計畫。」

歐德森的臉上浮現苦惱的神色，但很快地，他的肩膀放鬆下來。

尤吉爾看見父親露出微笑。

「陛下理解了嗎？」父親說，歐德森微微點頭。

「請陛下寬心。」父親柔聲說，「香君大人病重，對陛下來說，將是最大的轉機。只要廣為宣傳，三番兩次的蟲害並非歐阿勒稻有問題，而是因為香君大人病重，神力衰微，就可以找個適當的時機，另立新的香君。

儘管會伴隨著某種程度的創傷，但只要昭示陛下想到了各方都更容易接受的解決之道，就能更進一步鞏固陛下的力量。這下……」

這時，門外傳來鐘聲。

歐德森望向尤吉爾，尤吉爾行了個禮，過去開門。

侍從身後站著三名大貴族。

聽到他們的來意，尤吉爾回到房間裡。

「陛下，馬萊奧侯、伊西里侯、阿拉塞侯求見陛下。」

歐德森詢問般看向伊爾。

伊爾點點頭，歐德森說：「好，讓他們進來。」

尤吉爾開門，馬萊奧侯領頭，三名大貴族入內後，跪下來深深行禮。

「平身。」

歐德森出聲，三名大貴族起身，再次欠身行禮。

「你們會一早就來找朕，真難得。怎麼了？」

歐德森問，馬萊奧侯回答：「陛下，請原諒臣等在這種時刻拜謁。臣等有務必稟明陛下的下情，因此不顧冒昧，前來打擾。」

馬萊奧侯先這麼開場，接著滔滔不絕地說了起來。他從三人領地的經濟狀況說起，細陳若是能順利收成，可以上繳多少稅額，若粒米無收，又將會如何。

「雖是私事，不過就如同前些日子稟報陛下的，小犬婚事在即，這一期的收成量，比其他時期更加重要。伊西里侯和阿拉塞侯亦有各自的苦衷。若是未能知悉陛下對前些日子的蟲害意向如何，實在是寢食俱廢、坐立難安啊……」

馬萊奧侯恬不知恥地訴說著利己的言詞，態度傲慢得無以復加，但這樣的態度背後，也看得出他已走投無路。

（他——他們——打從心底恐懼陛下會下令燒掉歐阿勒稻。）

尤吉爾看著三名大貴族，如此心想。

（在這樣的恐懼催逼之下，他們真的寢食難安。）

聽完馬萊奧侯的陳情，歐德森冷笑。

「明天就是會議了，你是連一天都等不了嗎？」

馬萊奧侯惶恐地行禮。「是，臣惶恐，但若是能夠，望陛下……」

這時，三下激烈的鐘聲蓋過馬萊奧侯的話——是緊急傳令的鐘聲。

歐德森瞥了伊爾一眼，接著對門外說「進來」。

傳令入內，跪在地上深深一禮。

「陛下，香君宮傳來通知，表示十萬火急。」

尤吉爾看見父親冷冷地笑了。

「諸藩王抵達香君宮了嗎？」歐德森問，傳令驚訝地揚眉。

「是。」

「香君宮要求朕出面應對嗎？」

聽到歐德森的話，傳令的表情轉為困惑。

「……不，小的惶恐，並非如此。」

傳令以清晰的聲音報告通知的內容。

## 九、香君的力量

「風香塔」有一座向外伸展的寬闊露台。

傳說在過去，初代香君會在危難之際，步出露台，以祂的話語引導人民。但後來這樣的儀式成為絕響，香君只有在新年的黎明，向前來新年參賀的皇帝及諸侯祝福時才站在露台上。

歐莉耶從陰暗的塔內看著露台被陽光照得一片燦白，細聲問：「……皇帝，呢？」

「還沒有到——不過應該就快駕到了。」

愛夏在歐莉耶耳畔回答，歐莉耶點了點頭。

歐莉耶的臉毫無血色。宛如白瓷般的那張臉上，布滿細小的汗珠。

「……馬修，去迎接，藩王們了嗎……？」

愛夏回答歐莉耶的問題：

「是的。剛才出去迎接了，應該已經把他們帶到底下的廣場了。」

歐莉耶虛弱地微笑，點了點頭。

歐莉耶醒來後，說要依照當初的計畫向皇帝和諸藩王宣達。不只是拉歐，愛夏當然也設法勸阻。

醫術師說雖然保住了一命，但如果太勉強自己，還是有危險——即使如此勸說，歐莉耶依然堅持己見，不肯退讓。

歐莉耶掀動著暗沉的嘴唇細語：「……想到自己這一生空虛無為，比死亡本身更讓我害怕。不要讓我經歷這樣的事。」

尤吉爾看著隨皇帝前行的父親背影，穿過如深邃森林的庭園，來到香君宮的廣場，感受著強烈的緊張。

因為廣場擠滿了人，人數遠遠超乎想像。

不光諸藩王都到齊了，連貴族們也在。不只是先前來到宮殿的馬萊奧侯，為了參加會議而停留在帝都的貴族們也都收到召集令了吧。

還有眾香使。米季瑪和歐拉姆也在，此刻人在帝都的香使都被召集過來了；還有蟲害長、菜師、農人等等。不只是「黎亞農園」的人，還有「洛亞工房」的成員。

眾藩王都聚在一處。

因為不允許武裝，各藩王的護衛皆手無寸鐵，但每一名護衛看起來都是以一當十的勇士，全部警覺地保衛著各自的藩王。

歐戈達不止藩王，連藩王母彌莉亞都到場了。

（現在這個地方，）

尤吉爾感到雞皮疙瘩爬滿全身。

（皇帝陛下和貴族們，還有藩國國主，都齊聚一堂。）

這種事從來沒有發生過。不可能有這種事，況且聚集的場所不是皇宮，而是香君宮。

近衛兵揚聲宣告：「肅靜！皇帝陛下駕到！」

廣場眾人沒有露出驚訝的模樣，各自在沙地跪下低頭。

（看來馬修叔叔早就告知眾人皇帝陛下會駕到了。）

尤吉爾看著隨眾藩王跪在沙地上深深行禮的叔叔，暗忖。

（馬修叔叔不是站在這邊……）

而是站在藩王那裡。他全身都傳達出這樣的意志。

——天地生異變。皇帝並富國大臣，及現居宮中諸貴族，即刻參謁香君宮，
　接香君懿旨。

當聽到來自香君宮的這段傳令，那種衝擊至今仍在胸口激盪。

至今為止，香君從未對皇帝下達這樣的命令；香君並非對皇帝下令的存在。

但香君是神——這個國家的守護神。若香君做出這樣的命令，任何人都不可能違抗。

尤吉爾有股奇妙的感覺，彷彿眼前發生的事並非現實。

「平身。」歐德森出聲，人們站了起來。尤吉爾也跟著起身。

與眾藩王一同起身的馬修叔叔，臉上的表情是尤吉爾從未見過的。

（叔叔已經看破了什麼。）

至於是看破了什麼——尤吉爾害怕去想。

拉歐大香使上前行禮，引導皇帝和貴族前往廣場中央。

父親和馬萊奧侯等諸侯隨皇帝前進。來到露台正下方時，一道清澄的鈴聲從天而降。

鈴聲綿綿不絕地傾注，宛如從天而降的金色甘霖，廣場上眾人同時仰望露台。

很快地，一名清瘦的女子，在一名姑娘陪伴下現身了。

露台極高，女子的五官勉強可辨，但仍看得出現身的女子臉色異樣蒼白。

女子高高舉起右手。

套在那纖細手腕上的香君手鐲反射著陽光，隨著手的震顫微微搖晃。

人們同時在沙地上跪倒，深深俯首——連皇帝也不例外。

尤吉爾斜視皇帝，急促地喘著氣。

皇帝正跪地行禮。此刻自己真的親眼目睹了這一幕——想到這裡，尤吉爾更覺得自己如置身於奇妙的夢境。

鈴聲再次從天而降，要眾人平身。

眾人都起身後，聲音自高處降下來。

「……受歐阿勒稻恩惠滋養的吾等子民。」

聲音細若游絲，然而話聲卻貫穿寂靜，聽得一清二楚。

「危難之時來臨了。」

香君背對藍天，迎著陽光，聲音迴響四方。

「爾等往後，可亦冀望與歐阿勒稻共存共榮？」

人們都期待有人會回答，神情緊張地彼此窺望。

眾藩王都在關注皇帝的反應，但鳩庫奇一看到皇帝表情複雜地垂眼低視，沒有要回答的樣子，立刻高舉右手。

「香君大人，慈悲為懷的女神！在下西坎塔爾藩王鳩庫奇，往後也要和歐阿勒稻共存共榮！」

此話一出，其他藩王也都陸續發出同意的聲音。

「往後也要和歐阿勒稻共存共榮！」

廣場被聲音籠罩，香君再次高舉右手。

眾人見狀，聲音如退潮般安靜下來。

寂靜再次造訪，香君的聲音響起：

「正值危難的西坎塔爾藩王鳩庫奇，來得好。」她的聲音無比慈愛，「對汝，吾必須提出艱難一問。汝願意為了往後與歐阿勒稻共存共榮，燒掉現在所有『濟世稻』嗎？」

鳩庫奇的臉僵住了。他尚未開口，香君的聲音繼續傳來：

「若帝國補償一切損失，汝願意燒田嗎？」

鳩庫奇張口又閉上，尋思片刻，毅然決然地開口：「辦不到。」

群眾一陣譁然。鳩庫奇以渾厚的嗓音繼續說：

「在下鳩庫奇身為藩王，為了藩國子民的未來，向香君大人稟報。因為縱然今年能得到足夠的補償，光靠這些，仍無法保全人民的未來。」

鳩庫奇的聲音在廣場迴響。

「那種蝗蟲太可怕了，一眨眼就擴散開來，連以為不可能受害的地方，也突然被大舉攻占。很快地，不光是西坎塔爾，連東坎塔爾都傳出災情，早晚歐戈達和里格達爾也會淪陷。即便燒光西坎塔爾的田，蝗災也不會平息。只要還有一株『濟世稻』存在，那種蝗蟲就會不斷地繁衍下去。」

馬萊奧侯作勢要舉手，但鳩庫奇不理他，逕自說下去：「這不光是我們東西坎塔爾的問題，那種蝗蟲很快就會攻入帝國本土了。光是燒掉藩國的『濟世稻』，不可能撲滅蝗災。只要有少數幾隻倖存下來，就永遠不可能再次種植歐阿勒稻。」

鳩庫奇不理會舉手的馬萊奧侯，仰望露台說：

「如果要燒田，不同時一口氣燒掉全部的『濟世稻』，就是做白工。」

馬萊奧侯無法打斷藩王的發言，僵著臉看著鳩庫奇。

尤吉爾見狀心想：

（……原來這就是目的？）

一陣灼熱湧上心頭。

（召集藩王，就是為了這個目的嗎？）

藩國首長與帝國貴族，從來沒有機會直接碰面。

（而且在這裡……）

不管是藩王、貴族，甚至連皇帝，在香君之前，都是平等的「子民」。

在只有皇帝和貴族出席的會議，比起僅是屬國國主的藩王，皇帝更必須賣帝國政要的貴族們面子，但香君是神明——沒必要區別藩王與貴族。

歐莉耶的身體微微顫抖著。

愛夏攙扶著她纖細的身體，感覺到歐莉耶已經快撐不下去了。

連她能發出傳到廣場的聲音，愛夏都感到不可置信。歐莉耶的身體狀況，應該連站著都極為勉強。

然而歐莉耶卻沒有下令燒掉全部的「濟世稻」。

明明只要一句話，下令燒掉全部的「濟世稻」就行了，歐莉耶卻沒有這麼做。到底是為了什麼，歐莉耶要如此磨耗自己的生命？——想到這裡，淚水湧上眼眶，愛夏無法正視歐莉耶的側臉。

（……歐莉耶大人安排了這個機會。）

不是以神的身分下令，而是安排了一個在神明面前人人平等的機會。她設法讓人們交流唯有在此處才能傳達的話。

「馬萊奧侯，」歐莉耶絞盡全身的力氣出聲，「若汝也有話，說吧。」

一聽到香君允許，馬萊奧侯漲紅了臉，開始滔滔不絕：

「小人要代帝國貴族申辯！燒掉全部的稻子，是愚劣之策。若是這麼做，諸侯會蒙受巨大的損失，上繳帝國的賦稅也會大減。這也形同置救濟藩國的財政基礎於險境啊！」

貴族間傳出同意之聲，眾藩王不服輸地發出抨擊。

即使歐莉耶高舉右手，喧譁之聲仍遲遲不休，但漸漸地終於安靜下來。

歐莉耶看向皇帝，出聲：「……皇帝歐德森。」

愛夏感覺手中攙扶的歐莉耶，身體用力地繃緊。

在藩王全數到齊的這場合，若問肩負人民利益的歐德森打算怎麼做，他應該會將國防視為第一優先，做出回答。

藩國是與敵國相鄰的帝國領土最前線，貴族也清楚這一點；然而貴族也明白，現在眾藩王都在場看著，皇帝無法做出只顧及貴族利益的發言。

為了不讓帝國陷入動盪，皇帝必須表達他重視諸藩國，以博取藩王的信賴，因此他非得命令帝國諸侯也扛起同等的損失。

歐莉耶在馬修的協助下安排了這個機會，讓皇帝能夠親口下令燒掉全部的「濟世稻」，讓藩王感受到他們亦同等地被視為帝國子民，受到保護。

（再一句話就好。）

愛夏滿心祈禱。

（再一句話，歐莉耶的願望就能實現了。）

這時，歐莉耶的身體開始劇烈抖動。她雙膝猛地一軟，全身重量壓在愛夏的臂膀上。

兩人差點一起倒下，愛夏拚命撐住，重新扶好歐莉耶，在她的耳畔細語：「還好嗎？」

歐莉耶點點頭，擠出全身的力氣，再說了一次：「皇帝歐德森。」

然而那聲音明顯發抖、沙啞。

歐德森一臉困惑，等待歐莉耶說下去。

「……汝……」

歐莉耶出聲時，站在皇帝旁邊的伊爾．喀敘葛高舉右手。

「恕臣惶恐，臣剛才就很擔心，難不成香君大人玉體有恙？」

人們驚恐地看向伊爾，接著仰望露台。

「即便為神靈降生，大人畢竟是肉體凡胎。」

伊爾以從容不迫、卻清晰可聞的聲音說：

「大約螞出現時，富國省便有人擔心香君大人貴體是否安好。歐阿勒稻出現蟲害，是前所未見之事。有人擔心，前所未見之事竟接踵而來，難不成是因為香君大人貴體有異？」

愛夏看著頭靠在自己肩上的歐莉耶，聽著伊爾的話。

那張臉血色全無，眼睛只能睜開一條縫，歐莉耶還是拚命想要抬起頭。

「大約螞，還有這次的蝗蟲，災變接二連三，是否肇因於香君大人貴體違和？臣亦懷抱著這樣的不安，現在拜見大人玉容，聞大人玉聲，這樣的憂心更是強烈了。」

歐莉耶開口，卻發不了聲。

「香君大人若貴體虛弱，也難以聽取神靈御聲吧。臣萬分惶恐，但在這樣的狀態下發出的玉言，只會讓人民迷惑，不知是否真能視為香君大人的玉音？」

歐莉耶已經幾乎要昏厥過去了。但她還是咬緊牙關，勉強直起頭來。

看著陽光底下那張白皙的臉龐上晶亮的汗珠，愛夏唐突地想起了青色的花。被士兵追趕、攀崖而上時，在崖上看到的青色小花，那朵小花受到強風蹂躪，幾乎要被扯斷，卻仍堅韌地擺盪著。

瞬間，愛夏的心鎮定下來了。

「……歐莉耶大人，」愛夏悄聲對歐莉耶細語，「接下來可以交給我嗎？」

歐莉耶表情苦悶，嘴唇掀動。雖然聽不到聲音，但不必聽見，愛夏也明白歐莉耶是在擔心她。

愛夏微笑。

「歐莉耶大人，我不是一個人，我有歐莉耶大人陪著我。我們一起的話，即便是這座香君宮，應該也不再是孤獨的牢籠了。我們一起前進吧！」

歐莉耶微睜的眼中湧出淚水，橫溢而出，接著，她的身體徹底脫了力。

愛夏輕輕讓歐莉耶躺臥在露台上，要隨侍的侍女們把她送到屋內讓醫術師診治。接著從歐莉耶細瘦的手腕摘下香君的手鐲，戴到自己的右手上。

看到侍女們送走歐莉耶，愛夏背對那裡，仰望天空片刻。白雲悠悠飄過藍天。

愛夏吸了一口氣，在露台邊緣站定，俯視廣場。

# 十、兩位香君

廣場吵吵嚷嚷亂成一片。

看到香君忽然消失，尤吉爾忍不住差點失聲驚呼。

（香君大人果然玉體違和。）

一股強烈的憤怒湧上心頭，壓過大逆不道的感受——是對父親的憤怒。

（他到底用了什麼藥？）

若只是暫時讓身體不適的藥物還好，否則——正當尤吉爾想到這裡，發現露台邊緣出現一個人影，他瞇起眼。

（那是……）

是那位香使——尤吉爾心想。

（愛夏‧洛力奇，馬修叔叔的表妹。）

距離太遠了，不是看得很真切，但應該就是她。

從下方吹向塔上的風，吹動著香使的頭髮。

「香君大人怎麼了？」

父親出聲詢問，香使開口了。她以極清亮的聲音說：

「放肆，富國大臣伊爾‧喀敘葛。」

父親揚眉。「什麼？妳——」

愛夏打斷說到一半的父親：「退下。」

接著她高舉右手，那隻手上戴著香君的手鐲。

愛夏的聲音響徹廣場：「現在站在你們面前的，就是香君。」

沉默籠罩了廣場。

接著喧譁聲爆發開來，有人不知所措，也有人啞然失笑。

愛夏的聲音宛如利鞭一般，劈開這些騷動：

「伊爾．喀敘葛！保護好陛下。血臭蜘蛛正要爬進陛下的長靴。雖然血臭蜘蛛的毒不會致人於死，但被咬到可有得疼了。」

歐德森吃了一驚，俯視自己的長靴。尤吉爾見父親皺眉，走近皇帝，也忍不住跑到皇帝身邊。

「……啊！」

皇帝的長靴邊緣有東西在蠕動，是黑蜘蛛小小的腳尖。

歐德森應該也看到了，他忍不住驚叫一聲，抬起一腳就要脫鞋。

尤吉爾扶住失去平衡而踉蹌的歐德森，父親幫忙扯下長靴，把蜘蛛拍下來踩扁。鮮血般的腥臭味瀰漫開來，尤吉爾的臉都歪了。

拉歐大香使走過來。「陛下，要不要緊？有沒有被咬到？」

歐德森一臉茫然地搖頭。

「……沒有，沒被咬到……」歐德森喃喃說著，仰望露台。

草原居民中，有些人視力好得難以置信，但仍不可能從那樣的高處，看見黑色長靴邊緣僅露出一點腳尖的黑色小蜘蛛。

「馬萊奧侯！」

愛夏的聲音再次降臨。

「小心你右邊那只袖子。你過來這裡的路上拍掉了蛾對吧？袖子上沾了香毒蛾的鱗粉。要是袖子碰到臉，臉會腫起來的。」

馬萊奧侯連忙檢查自己的袖子，臉上頓時一陣驚愕。

一旁的伊西里侯看到馬萊奧侯的袖子，同樣一臉驚訝。眾人見狀，紛紛喧鬧起來，廣場陷入大混亂。

愛夏的聲音響徹全場，就像要劈開這片騷亂：

「肅靜！」聲音嘹亮無比，「你們會混亂是當然的，但現在先安靜下來。」

眾人停止說話，待廣場恢復安靜後，愛夏開口：「富國大臣，方才你說大約螞出現時，富國省內傳出擔憂香君健康的聲音，猜測香君可能有異變。」

尤吉爾望向父親。父親沒有回答愛夏的問題，而是若有所思地仰望著露台。愛夏也不在乎父親沒有回答，繼續說下去：

「香君確實出現了異變。但並非大約螞出現之時，而是更早以前。」

直盯著愛夏的父親開口了：「我不知道妳要說什麼，總之摘下香君的手鐲！區區香使，竟敢大膽冒名香君，罪該萬死——」

另一道聲音蓋過了父親的聲音：「罪該萬死的人是我。」

眾人驚訝地望向出聲的人。

拉歐大香使跪倒在皇帝身前，深深磕頭。

「陛下，請原諒臣。臣早知香君的神靈亦降駕於另一人，卻隱瞞未報。」

皇帝歐德森眨著眼，看著拉歐。「……你知道，卻沒有說？」

拉歐抬頭。「是的。」

歐德森以手扶額，說：「等等……先慢著……」接著他目不轉睛地盯著拉歐，「也就是說，你說上面那名香使，真的是香君？香君有兩位？」

拉歐點點頭。

「是的。臣明白，這教人一時難以置信，但上頭那位，就是另一位香君大人。」

眾人又開始喧譁。

歐德森抬起右手，制止噪音。他的臉色蒼白緊繃，只有眼睛充血赤紅。

「如果這是真的，」皇帝的聲音微微顫抖，「為什麼瞞著朕？為什麼不稟報朕！」

拉歐再次伏首。「望陛下恕罪，臣實在是害怕啊！」

拉歐的聲音在寂靜無聲的廣場中響起。

「臣是在接獲大約螞出現的消息時，得知還有另一位香君大人的。」

歐德森皺起眉頭。「大約螞……？」

「是的。當時大約螞尚未肆虐，才剛發現蟲卵而已。」

拉歐說到這裡頓了一下，望向伊爾。

「伊爾大人也記得吧？就在同一時刻，馬修從母親的故鄉把他的表妹帶來了帝都。」

尤吉爾望向父親。

（沒錯，愛夏．洛力奇來到帝都，確實是那個時期。）

然而父親沒有應話，只是盯著拉歐。

拉歐不理會，視線回到皇帝身上繼續說：

「我就是在當時，得知了香君大人的神靈附身在馬修的表妹身上。但臣沒有稟報陛下，刻意隱瞞此事，將她送入『黎亞農園』看守。」

歐德森默默聽著。

「陛下，臣是害怕了。自開國以來，從來沒有香君大人的神靈寄宿在兩人身上這種事。而如此奇異之事，竟發生在僅記載於《香君異傳》中的大約螞出現之際，有什麼無法想像的異變正在發生……」拉歐繼續說著，「若是公開此事，百姓一定也會像臣一樣，惶惶無主。臣以為，此事若有意義，神意必定會有明朗的一天。在那之前，必須保密才行。」

皇帝微微蹙眉，瞇著眼睛盯著拉歐。

拉歐迎著那視線，以嚴肅的眼神回望皇帝。

「可是，陛下，臣大錯特錯。如今回想，神意早已擺在眼前。第二位香君大人，就是因為前所未見的大禍臨頭，才會降臨——是為了拯救蒼生啊！」

拉歐說完後，隱約傳來風吹動遠方樹葉的沙沙聲。

一道聲音打破了這片寂靜：「……拉歐大香使。」

尤吉爾驚訝地仰望父親。父親瞪著拉歐，一字一句地說：

「恕我得罪，這種話，豈是可以隨便胡說的？」父親冷眼質疑，「大香使從方才便說香君大人的神靈寄宿在那名香使身上，但有何證據？該不會要說剛才那些耍雜技般的瞎矇瞎中，就是證據吧？」

拉歐揚眉。

「這話就奇怪了，實在不敢相信是出自最清楚『尋靈儀式』的大人之口。」拉歐的聲音裡摻雜著堅硬的音色。「我是身負尋找香君大人再世任務的大香使。事實上，找到當今香君歐莉耶大人的也是我。大人這是在指控，身負此職的我會誤判香君大人的神靈寄宿在何人身上嗎？」

「若有冒犯，還請包涵，大香使，但香君大人應該會在十三歲時再世。」

尤吉爾默默觀察父親眼中浮現的情緒，那是父親難得一見、真心怒火中燒時的表情。

「香君大人還在世，卻突然出現另一名香君大人？只憑大人的話，就要我們相信如此離譜的事？」

「那麼，請大人說說，要怎麼做你才會相信？要現在當場舉行『尋靈儀式』嗎？」

「荒唐……」尤吉爾看見父親臉上浮現苦笑。「既然香君大人離席了，先解散才是正理吧？至於冒名香君的香使該如何懲罰，再慢慢……」

這時，露台上傳來愛夏的聲音：

「伊爾．喀敘葛，你可真是個風流雅士。」聲音隱隱含笑，「你腰帶裡夾了一枚花瓣。歐希可的花差不多開始謝了，是經過樹下時飄進去的吧。」

尤吉爾目睹眾人的視線同時集中在父親的腰帶上。父親面露侮蔑，仰望露台，就要伸手拂腰帶，但旁邊伸來一隻手，制止了他——是皇帝。

「……陛下。」

尤吉爾看見父親以眼神制止皇帝。

原以為皇帝會悟出父親的意思而放手，沒想到他握著父親的手，說：

「伊爾，翻出你的腰帶內側。」

父親看著皇帝，片刻間沒有動彈，一會兒後，他稍微翻開了腰帶。

尤吉爾看見了。皇帝伸手，捏起了什麼。

皇帝的指尖，捏著一枚散發芬芳的歐希可胭紅花瓣。

## 十一、愛夏．喀蘭

歐德森茫然注視自己指尖捏起的，如絹般絲滑的花瓣。

——香君宮裡的歐莉耶不是神，只是個美人。

他耳邊響起父親這麼說的聲音，眼前浮現父親冷笑的面容。

立太子儀式結束的那天夜晚，父親把激動未平、雙頰火燙的自己帶進書齋，說要告訴他帝國的祕密。

——世上沒有什麼以氣味知悉萬象的香君。除了初代香君以外，後來的香君都是假的。只不過是歷代皇帝和喀敘葛家當家聯手打造出來的、漂亮的花瓶罷了。

聽到這話時的衝擊，歐德森到現在都記得一清二楚。

就彷彿在噴泉裡看似寶石般璀璨的白石，拿到陽光底下一看，卻是乾燥、窮酸、褪了色的普通石頭。那種悵然，與即將步入往後殺伐世界的悚然，這兩種情緒揉雜在一起，充斥全身。

歐德森不知該如何解讀自己指頭捏起的這片花瓣，他輕輕放手，任由花瓣飄落沙地。

花瓣落地時，聲音從天而降。

「伊爾・喀敘葛，」聲音沉穩，和先前有些不同。「我明白你無法置信的感受。我自己對於自稱香君，也感到遲疑，也無法相信自己就是神。」

人們仰望露台，只是靜靜聆聽著。

「過去的歷代香君，一定也都經歷過這樣的感受。因為直到十三歲都過著平凡人生活的姑娘，某天被宣告妳就是神，被帶到這座香君宮，變成人們祈禱的對象。」

站在露台上的姑娘，髮絲在風中飄揚。

「但我自從懂事以來，就對於自己不同於常人而感到不知所措。對我而言，氣味比話語更具說服力。我不斷聽到氣味之聲，而且氣味的聲音不像人說話的聲音，沒有片刻稍停。若不斷地聽到這聲音，就是香君的證據，那麼我應該就是香君。」

以平淡的聲調述說的話語，隨著徐徐清風擴散在廣場。

「香君大人倒下時，我立刻出面自稱香君，一定讓許多人感到猜疑。但我並非憑空冒出來的。我從一出生，就一直在氣味之聲的環繞下長大。

也有人知道，我從以前就是這樣的。比方說，西坎塔爾藩王，鳩庫奇。」

突然被指名，鳩庫奇一臉疑惑地仰望露台。

「你是草原子民，視力應該很好。你認得我嗎？」

鳩庫奇蹙起濃眉，凝目細看了站在露台的姑娘片刻，很快地，驚愕充斥那張臉。

「妳……難道是那時候……」鳩庫奇瞪大了雙眼，「這不可能……怎麼會……」

露台傳來柔和的聲音：「你想到的那個人就是我。你還記得我的名字嗎？」

眾人的視線聚集而來，鳩庫奇說：

「……愛夏．喀蘭？難道妳是愛夏．喀蘭？」鳩庫奇滿臉混亂，大喊，「不可能！愛夏．喀蘭已經死了，我摸過遺體，親自確定過了，臉頰都冷得像冰一樣了！」

鳩庫奇旁邊護衛的士兵們也臉色大變。

「喂，你們！」鳩庫奇回望他們，「你們也都看到了吧？不，不只是看到，你們應該把那兩個孩子埋了……」

護衛士兵們點頭如搗蒜。「……我、我們埋了，確實埋好了。就埋在尤、尤吉樹下，還怕他們冷，用毛毯包起來才埋了。」

皇帝歐德森不耐煩地問：「這到底是在說什麼？」

鳩庫奇轉向歐德森，稟告：「陛下，站在那裡的，是不應該存在的人。」

「什麼叫不應該存在？」

「不可能存在——因為我已經把那姑娘處死了。」

廣場沉寂了片刻，接著喧嚷一口氣爆發開來。

「安靜！安靜下來！」

歐德森舉起右手制止眾人，轉向鳩庫奇。「把她處死了？」

「是的。愛夏．喀蘭是被逐下藩王位的喀蘭孫女。」

應該是說著說著稍微冷靜下來了，鳩庫奇清了清喉嚨，繼續說下去。

「當時我尚未完全平定西坎塔爾，我擔憂反叛氏族擁戴喀蘭王的孫子和孫女，便將他倆處死了。」

歐德森喃喃了一聲「啊」。

「……我想起來了。當時朕還是皇太子，從馬修那裡聽到這件事。」

瞬間，鳩庫奇的眉毛跳了起來。「對，沒錯，馬修！」

鳩庫奇回頭，找到人群中的馬修。「你，就是你建議的！說用毒……」

鳩庫奇說到一半噤了聲，臉上露出醒悟什麼的神色。

馬修慢慢地走上前來。

「藩王大人，很抱歉，」他說，「我用了凍草，調整了分量。」

鳩庫奇嘴巴微張，看著馬修，接著說：「為什麼……為什麼要矇騙我？」

馬修看著鳩庫奇，說：「大人還記得吧？當時愛夏在大帳篷裡對你說了什麼。」

鳩庫奇的眼睛亮了起來。「……啊，對啊，那時候……」

馬修點點頭。「沒錯，我就是在當時發現的。」

馬修仰望露台說：「姑娘被拖到大人面前，卻告訴想要處死她的你，說你被人下了毒。說你身上有冥草的味道。」

馬修仰望著愛夏，繼續說：

「當時大人問我，說冥草應該沒有味道，為什麼那姑娘會那樣說？」

鳩庫奇一臉茫然地看著馬修。

「那時候我和大人交談，內心想著無論如何，都必須把愛夏從你手中救出來。絕對不能讓你把這個，能從你汗水中聞出本該沒有味道的冥草氣味的姑娘給處死。」

風又變強了些，樹葉摩擦的沙沙聲傳來。

「馬修，」歐德森出聲，「那麼，你說她是你的表妹，這是假的嗎？」

馬修看著歐德森，搖了搖頭。「不，陛下，這是真的。不過我是在鳩庫奇的帳篷遇到愛夏以後，才知道這件事。」

「什麼？究竟是怎麼回事？」

馬修的臉上有著遲疑。

「要解釋這件事，就必須從與神鄉歐阿勒馬孜拉有關的事說起，說來話長。眾位已經站了這麼久，一定也有人累了，要在這裡說明這件事——」

歐德森打斷說：「不，現在就說。」

儘管感覺到伊爾正在看自己，歐德森卻催促馬修。

「現在就說——這反而才是最應該在這時候說出來的事吧。」歐德森聽著自己這麼說的聲音，感覺自己的內在有什麼改變了。有什麼正靜靜地在轉變。

馬修點了點頭，開口：「那麼，若要講述這件事，有個比我更適合的人選。能請陛下同意他謁見嗎？」

歐德森點點頭，於是馬修對站在拉歐大香使旁的米季瑪說：「把他帶來吧。」

米季瑪向眾藩王告罪，穿過人群間，走到立於眾人後方的老人身邊，執起他的手將他領過來。

是一名清瘦老人，一頭花白的長髮紮在後頸。

歐德森聽見倒抽一口氣的聲音，望向旁邊的伊爾。

伊爾張大了眼看著老人。總是沉著冷靜的那張臉，現在卻因強烈的驚愕而扭曲。

突然一聲大喊傳來，歐德森嚇了一跳，轉向聲音的方向。

拉歐大香使的雙眼和嘴巴張得老大，全身顫抖。

「……悠馬？」他的口中發出沙啞的聲音，「悠馬、是悠馬嗎？」

馬修執起老人的手，將他引至歐德森面前，沉靜地說：

「陛下，家父悠馬・喀敘葛謁見陛下。」

## 十二、帕里夏早已滅絕

愛夏從露台探出身體。

雖然她事前已經聽馬修說過，要把悠馬帶來說明異鄉蝗蟲，但當時完全沒料到會如此峰迴路轉。

馬修的父親當時躺在祈禱所的床上，幾乎連眼睛都沒睜開過，現在竟由米季瑪和馬修攙扶著兩側，站在皇帝面前。雖然現在已能抬頭挺胸站立，與當時判若兩人，但他身上傳來的氣味裡，仍依稀摻雜著那種異鄉的氣味。

「……拜見皇帝陛下。」悠馬的聲音傳來，「我想陛下應該不記得我了……」

皇帝回答：「不，朕記得你。雖然一時想不起來，但看著你的臉，朕想起來了。啊，悠馬，沒錯，你是悠馬．喀敘葛！

小時候我總是很期待你來到宮殿。你說的天爐山脈的山鄉種種趣味橫生，你送給我的禮物，我也都很珍惜。」

悠馬微笑。「原來陛下還記得我，感謝陛下。久疏問候了。」

皇帝伸手，觸碰悠馬的手。

「沒錯，你離開太久了！聽說你在天爐山脈的山裡下落不明，當時我還擔心得哭了。一直以來你都跑去哪裡了！」

悠馬注視著皇帝，沉默片刻後開口：「到底身在何處，我自己也說不清楚。只要試著回想，就像夢境的碎片般，有各種風景和場景在腦中閃現，卻毫無脈絡，難以捕捉。只是讓人無比地懷念——就連現在想起，也懷念得令人顫抖，而且恐懼……」

悠馬嘆了一口氣繼續。

「十五年——沒想到居然已經過了十五年。我身在夢境的期間，妻子和父母都已離世，滄海桑田，人事全非……」

悠馬閉口，低頭好半晌，接著抬頭娓娓道來。

他說，他和岳父一起進入深山尋找岳父的哥哥，被一片迷霧所包圍。兩人身陷迷霧，徬徨之間，突然走出一片廣大的荒野。而遠方，是不可能存在於山間的壯麗街景。

「那裡是哪裡？」歐德森探出身體問，「剛才馬修說和神鄉歐阿勒馬孜拉有關，你誤闖的地方，就是神鄉歐阿勒馬孜拉嗎？」

悠馬露出一絲苦笑，搖了搖頭。「不知道。」悠馬又嘆了一口氣，「我長年尋尋覓覓，一心想找到歐阿勒馬孜拉。坦白說，我很想相信那裡就是神鄉，但若問我有什麼證據能如此斷定嗎？我也只能搖頭。」

悠馬以徐緩的口吻說了起來：

「在內人的故鄉大崩溪谷，流傳著神祕的傳說。偶爾會有人宛如被吸入山中，消失不見，有時過了十年以上，又在風大的日子歸來。歸來的人穿著陌生的衣物，鬍子剃得很乾淨，卻一頭蓬髮，好一段時間都忘了怎麼說話，失魂落魄。即使後來終於能夠說話了，也經常在山裡遊蕩，彷彿在尋找著什麼，就像在尋找失去的什麼，或想要回去某處。」

樹葉摩擦聲中，只有悠馬的聲音迴響著。

「然後，據說歸來的人，」悠馬看著皇帝說，「不是獨自歸來，而是帶著幼兒——童女回來。」

歐德森漲紅了臉，幾乎嗆咳起來說：「那、那是皇祖阿萊爾……」

「是的。感覺就是在說陛下的祖先，皇祖阿萊爾，和我們的祖先阿彌爾，將初代香君大人從神鄉歐阿勒馬孜拉帶回來的事蹟。

我在拜訪大崩溪谷時得知了這個傳說，相信神門山尤吉拉就在那塊土地的某處，所以我不斷地尋找。就在那時，我認識了在那裡生活的『幽谷之民』的姑娘，與她締結了婚姻。」

悠馬喘了一口氣。

「那名姑娘——我的妻子，是我岳父的哥哥在山裡失蹤十幾年，再次歸來時一起帶回來的女童。」歐德森只是茫然地看著悠馬。「我岳父的哥哥帶回了兩名女童。一個成了我的妻子，另一個很早就被岳父送去了遠方，後來成為當時西坎塔爾藩王喀蘭的兒媳。」

悠馬抬起頭來。愛夏第一次明確地與悠馬對望了。他的眼神靜謐，很像馬修。

「如果塔上的姑娘就是愛夏．喀蘭，那麼她確實相當於小犬馬修的表妹。只是不知道我岳父的哥哥帶回來的兩名女童是不是姊妹，因此不知道有無血緣關係。」

悠馬將目光移回皇帝身上。

「陛下，內人的嗅覺極為特殊，遠遠超乎常人。我還在山路上，她就已經能聞到我的味道，開始煮飯。當我打開家門時，飯菜已經差不多可以上桌了。」悠馬微笑道，「小犬馬修的嗅覺也出類拔萃，但遠遠不及內人。」

悠馬再次抬頭仰望愛夏。

「聽到那姑娘剛才說她活在氣味的世界裡，我彷彿聽到妻子在說話。雖然表面堅強，完全看不出來，但內人……」悠馬頓住，吸了一口氣，啞著嗓子說，「內人活在孤寂的世界裡——沒有人聽得到相同語言的孤寂世界裡。」

風吹來雲朵，遮蔽陽光，很快又轉亮了。

「悠馬，」拉歐從一旁開口，「你之前所在的那個地方——住在那裡的人，每一個都像你的妻子或愛——香君大人那樣，活在氣味的世界裡嗎？」

悠馬看著拉歐，沉默半晌。

「不知道。」他說，「那裡應該有人。我覺得應該有人。每當我試著想起，就感受到無以復加的懷念、嚮往到心底都痛起來了……可是，我連一張面孔都回想不起來。」

「聽說你沒有帶女童回來，理由也不清楚嗎？」

悠馬的面容扭曲。「不知道。」

拉歐伸手抓住悠馬的肩膀。「就沒辦法想起什麼嗎？比方說……對，你是怎麼回來的？連這都想不起來嗎？」

登時，悠馬變得面無人色。

「……帕里夏、庫里、苟、哈那、歐阿勒……」

悠馬口中喃喃自語，開始劇烈地顫抖起來。

「歐里、利拉馬、帕里夏……」

悠馬雙手掩面，膝蓋一軟，整個人往前倒去，被馬修扶住了。

「父親大人，沒事吧？」

馬修問，悠馬也沒有回答。只有掩面的手之間傳出粗重的喘息聲。

一會兒後，呼吸聲逐漸平順，悠馬慢慢地放下雙手。

「父親大人。」

悠馬看向兒子，彷彿這才聽見馬修的聲音。

「……我剛剛怎麼了？」

「父親大人一邊發抖，一邊說出從來沒聽過的語言。」

悠馬蹙眉。「我說了什麼？你記得嗎？」

「我不知道正不正確，聽起來像是：帕里夏、庫里、荀、哈那、歐阿勒、歐里、利拉馬、帕里夏。」

悠馬抹去額頭的汗，喃喃地說：

「這樣啊……歐阿勒在呼喚帕里夏，但帕里夏早已滅絕了。」

悠馬一字一頓地說道，嘆了口長長的氣。接著他望向拉歐。

「有人對我說，歐阿勒在呼喚帕里夏，道路開啟了，但帕里夏早已滅絕了。這應該是我在那裡聽到的最後一句話。」

悠馬仍在微微顫抖。

「我記得的，只有強風颳起來，乘著那風，數量駭人的西薩在天上亂飛，像濁流一樣包圍了我，把我推了出去。」

拉歐皺眉。「西薩？」

「對，西薩——可怕的蝗蟲，西薩。」

悠馬緩緩地撫摸自己的手臂。

「……也就是說，」拉歐說，「那些蝗蟲，是從你之前所在的地方飛來的？」

悠馬點點頭。「沒錯。」

「那是怎樣的蝗蟲？為什麼會說它可怕？」

悠馬默默地思考，很快便搖了搖頭。「不知道。有什麼東西閃現眼前，我可以形容，但想要牢牢地抓住，它就會消失。」

悠馬表情扭曲，再次雙手掩面。

愛夏聽著悠馬的話，想到一件事，感到心跳加速。

（……歐阿勒在呼喚帕里夏。可是，帕里夏早已滅絕了。）

假設歐阿勒稻在呼喚的是帕里夏，而帕里夏已經滅絕的話……

「悠馬大人！」

愛夏從露台探出身體呼喚，悠馬慢吞吞地放下雙手，抬起頭來。

「您剛才說，歐阿勒在呼喚帕里夏。」

悠馬點點頭。

「帕里夏是不是一種蟲，或是一種鳥？會吃可怕的蝗蟲西薩。」

瞬間，悠馬的眼睛亮了起來。

「……對，沒錯，帕里夏是一種蟲。很大，會發出七彩光芒，會捕食西薩。」

愛夏恍然大悟。

（果然是這樣！）

她一直百思不得其解，為何「濟世稻」會喚來啃食自己的生物？為何那種蝗蟲飛來後，「濟世稻」仍不斷地呼喚？

（『濟世稻』並不是在呼喚異鄉蝗蟲。）

遭到大約螞蠶食的歐阿勒稻，預期到西薩會大舉進攻，因此呼叫著西薩的天敵。

（可是帕里夏卻沒有來……）

愛夏問悠馬：「帕里夏發生了什麼事？」

悠馬的臉色一沉。「……不知道。」

拉歐摟住悠馬的肩膀。

「休息一下吧，你的臉色很差——陛下，請允許悠馬在御前坐下。」

皇帝點點頭。「嗯，賜坐吧。」

悠馬坐到沙地上，額頭抵在膝上，似在恢復血氣。皇帝看著他那模樣，接著仰望露台。

「妳——您知道帕里夏這種蟲嗎？」

愛夏搖頭。「不——但我覺得帕里夏是一種蟲，因為這樣就說得通了。」

愛夏對站在馬修斜後方的彌莉亞出聲：

「歐戈達藩王母彌莉亞，妳還記得嗎？當我看到『濟世稻』的時候，臉色發白。」

彌莉亞點點頭。「我記得，香君大人，我記得很清楚。」彌莉亞眼睛發亮，面露笑意，「我記得您可以閉著眼睛走路，還有進入種植『濟世稻』的圍欄裡時，您臉色蒼白到幾乎要昏過去。」

彌莉亞說得一副「我從一開始就發現了」的樣子。

愛夏對她微笑，將目光轉回皇帝身上。

「拜訪吉拉穆島時，我聽到了氣味的呼喚——『濟世稻』在呼喚什麼。那聲聲呼喚痛切無比，幾乎撕心裂肺。我從未在其他歐阿勒稻身上聽到這樣的氣味吶喊。而且，不知為何，我覺得這呼喚極其可怕。」

皇帝默默聆聽著。

「歐戈達藩王母向我展示『濟世稻』時，我驚覺了一件事。

不顧肥料『絕對下限』而種出來的那種歐阿勒稻，比一般的歐阿勒稻更接近野生歐阿勒稻，而且即使受到大約螞啃食，也能生長無礙。活生生地遭到大約螞啃食的那種歐阿勒稻，散發出強烈的氣味，拚命地在呼喚什麼。

它們吶喊著：快來！快來！快來！」

愛夏感到雞皮疙瘩爬滿手臂。光是回想起那聲音，心底仍感到駭懼不已。

「人陷入危機時，就會高聲求救，植物也是一樣，遭到蟲蛀等傷害，就會發出氣味求救。比方說，被蚜蟲攻擊的植物，會散發氣味，引來瓢蟲；站在瓢蟲的角度，牠飛來並不是為了救助植物，只是要捕食蚜蟲，但以結果來說，依然救了植物。」

皇帝的眼中浮現理解的神色。「……也就是說，『濟世稻』也是在呼喚大約螞的天敵？回應那聲音，捕食大約螞的西薩打開神鄉之門飛來了？」

愛夏搖搖頭。

「起初我也這麼想。但異鄉蝗蟲——西薩飛來，開始捕食大約螞後，『濟世稻』依然沒有停止呼喚。」

「……」

「如果『濟世稻』是在呼喚西薩，為何還要繼續發出氣味的呼喚？而且最重要的是，它怎麼會喚來吃掉自己的蟲？我一直覺得不對、不合理。如今聽到悠馬大人的一席話，我才發現理由。」

皇帝的眼睛發出光芒。「……原來如此。」

他看看悠馬，接著視線回到愛夏身上，說：「原來是這樣！歐阿勒在呼喚帕里夏，就是這個意思嗎！『濟世稻』是在呼喚西薩的天敵，而不是西薩嗎！」

愛夏點點頭。「我認為就是這樣。」

皇帝紅潤的臉仰望愛夏，接著說：「可是，帕里夏沒有飛來。」

「沒錯。」

皇帝嘆息地說：「……因為帕里夏已經滅絕了，是嗎？」

皇帝臉上浮現愁容。「能夠抑制『天爐蝗蟲』的天敵已經不存在了——也就是說，這場蝗災不可能自然平息。」

皇帝低頭，抹去額頭浮現的汗水，深深嘆了一口氣。

接著他再次仰望愛夏，聲音有些沙啞地問：

「我們救贖的道路在何方？」

## 十三、一棵樹

拉歐扶著悠馬微微顫抖的肩膀，聽著愛夏與皇帝的對話。他懷著複雜的思緒，看著年輕皇帝眼中浮現祈求的神色。

（……歐莉耶大人……）

她努力安排這樣的機會。

不是以神諭威懾，而是讓皇帝能夠展現出他一視同仁地重視貴族和藩王的態度，將他們都視為自己要保護的子民，並下達敕令。

拉歐知道，歐莉耶打從心底厭惡帝國把香君當成支配的工具，讓人民把香君視為神明崇拜的做法。在危機當前的現在，若是否定香君是神，人們就再也聽不進香君的話；但若是以神的身分下令，又會強化虛假的權威支配。

為了走在這中間纖細的鋼索上，不落入任何一方，歐莉耶選擇了「安排機會」這條路。她想要打造一條路，讓人們不是依賴神明，而是藉由她安排的這個「機會」，重新確認自己的立場，依自己的意志選擇未來。

若是她沒有在途中倒下，這個「機會」已經實現了。而歐莉耶的願望應該已經實現了。

（但既然事已至此……）

拉歐正暗自忖度，這時他看見伊爾單膝跪地。

「香君大人，」平靜但清楚的聲音在廣場響起，伊爾仰望著愛夏說，「請原諒我的昏昧不明。我實在太冥頑不靈了，相信香君大人只能依靠轉世再臨的成見，阻礙了我承認香君大人。但，現在我清楚地明白此刻發生了什麼事。」

皇帝驚訝地看向伊爾，廣場的眾人也同時注視著他。

伊爾一臉肅穆，專注地仰望著愛夏，繼續說：「在前所未見的危難之際，香君大人再次自神鄉歐阿勒馬孜拉降臨我們身邊。」伊爾閉上眼，又很快地張開，手抵在胸口。「世上有如此多的國家，但再也沒有哪個國家如我大烏瑪般幸運，蒙受活神眷顧。」

伊爾的眼中閃動著淚光。

他以雙掌覆臉，接著朝向愛夏，深深垂頭禮拜。

皇帝見狀，也在沙地跪下來，並像伊爾一樣雙掌覆臉，朝愛夏禮拜。

如同漣漪擴散般，人們陸續在沙地跪下來。藩王和貴族，所有的人都跪在沙地上，深深低頭。

「香君大人！」伊爾抬頭呼喚，「請引導我們！」

尾音還沒有消失，眾人已經紛紛高喊：「香君大人，請引導我們！」

拉歐聽著呼告聲，悄悄閉上眼睛。

（……還是只有這條路了。）

歐莉耶倒下，愛夏現身時，歐莉耶原本想要走的那條纖細的鋼索——人們依自己的意志，負起責任，選擇未來的道路——已經垮了。

愛夏的力量是絕對的。目睹她的力量，就連皇帝，都禁不住期待起超越凡人智慧的奇蹟。而在場的人，現在也都被這股期待所淹沒。

伊爾敏感地察覺人們這樣的心思，火速轉換了方向。

只要追隨受到活神香君庇蔭的這個國家，即使面臨危難，也能得救——讓藩王與貴族都如此相信，來穩定帝國的權力。伊爾判斷，不能錯失實現這件事的絕佳機會。

（這下，香君再也不只是好看的花瓶了。）

現在香君得到了完全不同於過往的力量。

（……可是……）

這並不是歐莉耶期望的道路。

拉歐仰望露台，思緒複雜地注視著站在那裡的姑娘。

愛夏聽著整座廣場沸騰的呼聲，情不自禁地陷入戰慄。

為了讓眾人承認她是香君，她使用了嗅覺，但在說話時格外小心，盡量表現得像一個普通的姑娘。向鳩庫奇抛出話題，也是希望他回想起來，兩人最初見面時，他也只把愛夏當成一個平凡的小姑娘。

愛夏完全沒有自己是神的感覺，因此她相信，看到她的人，不會只因為她的嗅覺比常人更出色，就把她當成神。

她想得太簡單了嗎？

人們散發出來的氣味——期待神明指引、全心依賴的氣味——乘著風，如大浪般襲來。面對這滔天駭浪，孤獨佇立的自己是如此渺小，讓愛夏害怕。

（……歐莉耶大人……）

她總是體會著這樣的感受吧。

人們的祈禱是誠摯的，他們真心希望有人來拯救。

既然宣告自己是香君，就必須一肩扛起這些祈求，非實現這些祈求不可。非拯救眾生不可。

她的膝蓋無法克制地顫抖。愛夏沒辦法正視跪地的人們，只能仰望天空。

晴空萬里，一片蔚藍。

藍天一直延伸到遙遠的彼方，一望無際。淡雲徐徐地隨風流動。

午後陽光的照耀下，愛夏注視著藍天，心緒稍微定了下來。

忽地，雪歐米樹細瘦的身姿浮現心中，歐莉耶的聲音響起：

——雖然看不見，但那棵樹在許多事物的支持下活了下來。

我也想要像那樣，讓人們感受到雖然看不見，但有什麼在支持著他們。

我想要成為這樣的存在……

（……看不見的事物……）

支持著一棵樹。

想到這裡，一個想法驀地清晰浮現心中。

（我必須以毫無矯飾的自己，站立在天地人面前。）

必須向人們揭示，她是與人們相互扶持而立的一棵樹，而不是獨自撐起萬民的光。

她唯有懷著這樣的決心，走下去。

愛夏深深吸氣，俯視廣場。

「……我的母親出生的地方，」

露台傳來聲音，打破漫長的沉默。拉歐滿懷緊張聆聽著。

「是不是神鄉歐阿勒馬孜拉，我不得而知。但和我母親一樣來自異鄉的初代香君，是懷著怎樣的想法過完一生，我從以前就經常思考。」

愛夏的聲音並不激動，宛如水向外流去一般，靜靜擴散開來。

「成為香使時，我學到香君大人是如何看世界的。

大雨可能會造成山崩，導致人們喪生；但完全不下雨，作物和草木就無法生長。生物都希望一切恰到好處，但神明並不是這樣打造世界的。

生物之間的關係也是同樣的道理。人不想要的蟲子，對於吃那種蟲維生的鳥來說，卻是不可或缺的糧食；同時若是沒有鳥，蟲就會過度增加，讓草木難以成長。香君藉由風所知悉的萬象就是如此——充斥著並非完全對人有益的事物，而是流轉不息的一切。」

一陣風吹來，吹動愛夏的髮絲。

「我看到的，也確實是這樣的世界。若是只看對人有益的一面，萬象就會扭曲，到頭來也會為害到人自己，世界就是這樣運轉。」

拉歐注視著愛夏的身影沐浴在午後陽光中。

「因此我能夠做的，只有傳達，傳達我透過氣味所得知的事。

氣味確實會告訴我許多事，像是歐阿勒稻會改變土壤的氣味。土壤中有許許多多極為細小的生物，各別散發出獨特的氣味。形形色色的氣味渾然一體，形塑出土壤的氣味，但是在種植歐阿勒稻的地方，土壤的氣味會改變。種下歐阿勒稻，其他穀類就無法生長，就是這個緣故吧。

同時，也有生物敏感地察覺被歐阿勒稻改變的獨特土壤氣味，得知歐阿勒稻在哪裡。那種可怕的蝗蟲西薩，應該不光能聞到歐阿勒稻的氣味，也能聞到被歐阿勒稻改變的土壤氣味。牠們可以追蹤馬車車輪、人們的鞋子、馬蹄上的泥土氣味。」

人們一心一意專注聆聽愛夏說話。

「西薩是可怕的昆蟲，壽命卻很短暫。牠們為了維繫自己的生命，來到了不同於故鄉的另一個世界……牠們也在拚命求生。為了活下去，牠們已經讓身體變得能產下更多的卵、飛得更遠。

現在西薩還是短命的蟲，必須捕食歐阿勒稻上的大約蝸才能產卵，因此只要燒掉有大約螞的歐阿勒稻，應該就能消滅西薩。但西薩是以生命在求生存，因此只要有幾隻倖存下來，牠們為了繁衍，不知道往後還會出現怎樣的變異——我們與牠們之間，現在是賭上了彼此的性命在競爭。」

拉歐看見愛夏轉向皇帝。「皇帝歐德森。」

聽到愛夏的呼喚，歐德森一臉緊張地回應「是」。

「你問我，我們救贖的道路在何方，但你應該已經知道答案了。」

「……」

「西薩是怎樣的生物、和歐阿勒稻是什麼樣的關係，我把我所知道的一切都告訴你了。」

歐德森尋思著，靜靜聆聽愛夏的話。

愛夏平靜地詢問：「皇帝歐德森，我以香君的身分問你——為了平等地保護這個國家的每一位子民，你要選擇哪一條路？」

# 終章　香君之道

和煦的春陽照亮乾燥的白色山路，以及路旁的花草。
歐莉耶停下腳步，愛夏反射性地伸手扶住她的手肘。
「還好嗎？」
歐莉耶微笑。「我沒事。」
「真的嗎？要不要在這裡休息一下？」
歐莉耶搖搖頭。「真的，我沒事。就快到了吧？」
「嗯，再一下就到了，可是……」
「那，我們走吧。」
歐莉耶慢慢地邁開步伐。
「……好像在做夢一樣。」歐莉耶以臉龐承接著春光，「我居然能像這樣走到這裡來。」
歐莉耶休養了一段極長的時間，才終於又能走路了。
即使能走，她仍飽受暈眩、耳鳴、嘔吐感等各種症狀所擾。距離被下毒都過了五年，這些症狀到現在依然沒有完全消失。
但歐莉耶仍然一點一滴、確實地在康復，現在已經恢復了昔日的美麗。

（……甚至比以前更美了。）

愛夏看著春光中的那張側臉心想。

「不曉得馬修已經到『祈禱之岸』了嗎？」

馬修一路保護著歐莉耶一邊帶路，不久前說要先去通知對方抵達的消息，把歐莉耶託給愛夏，跑上山路了。

「嗯，馬修大人的腳程那麼快，搞不好在我們抵達『祈禱之岸』前，他就先折回來接我們了。」

兩人說著，慢慢往前走。

以前來的時候山谷一片乾涸，這個時節卻流著雪水，因此馬修帶兩人走另一條路來到這裡。考慮到歐莉耶的身體狀況，馬修應該挑了容易攀登的路線，雖然路程比上次更遠，走起來卻輕鬆許多。

不久，兩人來到平緩的山路終點。眼前遼闊的景色，讓歐莉耶停下腳步，屏住呼吸。

愛夏也好一陣子對那片景致看得入迷。

第一次來訪時窪地只生著一片草，現在湛著清澈的水，成了一座美麗的池塘。

窪地底部的洞穴周邊被水覆蓋，倒映著天空，閃閃發亮。

春風撫過水面，漣漪反射著碎光流過，許多蜻蜓震動著透明的翅膀錯落飛行，就像在和漣漪嬉戲。

青香草開花了。

池塘周邊的窪地開滿嬌美的青色花朵，就好像為池塘戴了一頂花冠。被清爽的香氣環繞，愛夏忍不住笑逐顏開。

「是青香草呢。」歐莉耶說，愛夏點點頭。

草原另一頭矗立著幾座白山，坐落在柔軟的陽光中。

歐莉耶因耀眼的陽光而瞇起眼睛，看著那些山說：

「那些山的其中一座，就是『神門山尤吉拉』嗎？」

愛夏也看著白色群山，嘆了一口氣。「應該是。如果那時候不是追蹤西薩的去向，而是回溯牠們的來處，或許就能知道哪座山是尤吉拉，還有異鄉的入口在哪了……」

歐莉耶轉向愛夏。「妳很想去嗎？」

愛夏無奈一笑。「一半一半。雖然想去，但也覺得不用去。」

愛夏現在仍想看看，母親出生的地方是什麼樣子。但是對於當時決定追蹤西薩去向，而不是前往異鄉，她沒有後悔。

「那座石屋就是祈禱所，對吧？」歐莉耶問，愛夏點點頭。

「嗯，旁邊的小屋應該是悠馬大人的家。」

愛夏才剛說完，那棟小屋的門便打開，馬修走了出來。馬修立刻發現兩人，快步走近。

馬修的父親悠馬沒有回去帝都，也沒有住在阿札勒鄉，而是在鄉人協助下，在「祈禱之岸」旁邊蓋了棟小屋，在那裡生活。

知道這件事以後，歐莉耶就一直想要拜訪「祈禱之岸」，但休養了很長的時間，體力才恢復到能夠登山。

即使如此，就在這一刻，歐莉耶終於以自己的雙腳成功實現了心願。

「還好嗎？」馬修靠近，以探詢的眼神看歐莉耶。

歐莉耶微笑。「我很好——公公在家嗎？」

「嗯，他說他覺得我們差不多快到了，今天沒出去逍遙。」

悠馬的住家很小，但十分牢固。

馬修在敞開的門口招呼，屋內傳來悠馬起身的聲響。

悠馬站在小起居間的餐桌旁，漾起微笑。

比起在香君宮的庭園看到時，白髮更多了，但曬黑的臉看起來比當時更健朗。

悠馬身上有青香草的氣味，是懷裡放著青香草吧。

（……悠馬大人……）

也成了利塔蘭嗎？

正當愛夏這麼想，歐莉耶行禮說「打擾了」，愛夏也連忙行禮。

悠馬微笑。「哪裡哪裡，一點都不打擾，我等得望眼欲穿呢。你們平安到達，真是太好了。來，先洗洗腳吧。」

兩人以涼水洗腳，用手巾抹去臉上和脖子的汗水後，進入起居室。

窗戶全部敞開著，因此屋內涼爽，充滿春風的氣息。

悠馬應該是接到馬修的通知而預先做好了準備，餐桌上鋪排著以冰涼的井水稀釋的果汁和糕點。

「上來這兒很辛苦吧？先潤潤喉，然後去休息一下，裡面的臥室都整理好了。那些說不完的話，等休息後再說吧。」

愛夏依言喝了口冰涼的果汁，火熱疲倦的身體頓時一片沁涼，彷彿重新活了過來。悠馬貼心地安排好讓她們先休息，真是令人感激。雖然沒有表現出來，但歐莉耶應該累壞了。

吃過加了許多芳香樹果的甜糕點，喝完冰涼的果汁後，兩人感謝悠馬的體貼，進入裡面的臥室褪下衣物。

應該很早就預備好了，臥室裡擺了讓歐莉耶和愛夏休息的簡單床架，上面鋪著塞滿乾草的被子。兩人鑽進散發陽光氣味的被子裡，一眨眼就睡著了。

醒來的時候，窗外的天空已經染上淡淡的紅。

炊煮的香味飄來，依稀可以聽到馬修和悠馬交談的聲音。

愛夏正欲起身去幫忙，歐莉耶開口：「我們再躺一下吧，他們父子難得相處。」

歐莉耶說得沒錯。愛夏心想，又再次躺回枕上。

沒多久，隔壁房間傳來碗盤碰撞等聲響，不久後，馬修輕聲來叫人：

「……妳們醒了嗎？晚飯準備好了。」

兩人再次穿好衣物開門，餐桌上擺滿了兩個男人精心烹製的料理。

有「幽谷之民」只在特別場合才會製作的燒鴨──將熟成的鴨肉用拌入香料的穀醬醃

漬後燒烤的鴨肉料理——還有山菜、薄餅等等，散發出令人垂涎的香氣。

「男人煮的東西比較粗，不過還是可以入口吧。來，吃吧。」

悠馬勸菜，愛夏和歐莉耶開心地開動。

焦脆的燒鴨香氣撲鼻，咬下一口，複雜的美味擴散在唇齒間；以薄餅包起來食用，更教人一口接一口，欲罷不能。

歐莉耶吃著，咯咯一笑。

「怎麼了？」悠馬問。

歐莉耶掩口說：「來到這裡以後，也沒好好打招呼，就吃東西睡覺，醒了又吃，想到就忍不住想笑……」

「啊，」悠馬也笑了，「的確。不過對我而言，看到妳吃得津津有味的模樣，比千百句寒暄更讓人開心。經歷那麼多磨難，現在變得這麼健康，真是太好了。」

用完晚飯，收拾完畢後，歐莉耶說想出去外面走一走。

「晚霞倒映在池塘裡，很美。愛夏要不要也一起去走走？」

愛夏笑著搖搖頭。「我就不打擾了，請您和夫君去散步吧。」

「……又說這種話。」

歐莉耶輕捶了愛夏的肩膀一下，結果還是和馬修一起去散步了。

看見兩人走出屋外，慢慢經過傍晚的草地，悠馬搬來兩張椅子，並排放在玄關旁。

「要不要坐？」

悠馬催促，愛夏本來想點頭，忽然想到什麼一般，說：「請等一下，我立刻回來。」

她跑進屋裡，抱來兩條膝毯和披肩。

「啊，謝謝。」悠馬開心地接下膝毯和披肩。

雖然已近初夏，但傍晚時分還是頗感寒冷。兩人裹著溫暖的毛毯，沉默片刻，就只是沉浸在美麗的向晚中。

晚風吹來時，悠馬開口：「……您讓他們兩個得到了幸福，」悠馬的目光追隨著邊走邊說話的一雙人影，「但您自己不覺得艱難嗎？」

愛夏微笑，搖了搖頭。「倒也還好。」

悠馬揚眉。「噢？是嗎？」

「嗯。」愛夏看著歐莉耶纖細的身影說，「因為對我而言，香君宮並不是牢籠。」

這五年間，許多事物改變了。

那天，皇帝歐德森下令燒掉全國的「濟世稻」，成功將西薩蝗災斬草除根，但此舉對帝國造成重創，不穩定的時局持續了很久。

尤其是靠近大崩溪谷的地區、無法種植歐阿勒稻的西坎塔爾，以西馬立基郡為中心，發生多起叛亂。辰傑國抓住這個良機，頻繁接觸鳩庫奇，策動其倒戈，使帝國一度面臨戰亂危局，但鳩庫奇終究沒有叛變。

讓鳩庫奇繼續留在帝國的，是大幅度的減稅措施，以及新的經濟振興策略。皇帝免除西坎塔爾與他國貿易獲利的賦稅，並補助經費修整幹道，使其能透過貿易獲得充足的收益。

燒田的農地，過了一段時間後再次重下歐阿勒稻，帝國經濟緩慢步上復甦的軌道，但歐德森對於過度依賴歐阿勒稻的危險深有感觸，命令富國省趁著經濟穩定的期間，模索歐阿勒稻以外的富國政策。

以此為契機，國家開始積極推動經濟復興政策，範圍也遍及藩國，讓各地的特產品有效流通帝國全境，活化藩國及帝國雙方的生產和消費，同時嘗試加深彼此之間的合作。

在這樣的局勢中，拉歐和愛夏共同著手改革歐阿勒稻的農業政策。

首先，為了嚴格遵守「絕對下限」，他們把富含鹽分的約奇草剔除，用具有相同抑制效果的尤馬草取代，並對肥料進行細微的改良，使歐阿勒稻不必減少肥料量，也能在海邊栽種；同時，讓全境的稻子從「濟世稻」改回傳統的歐阿勒稻。

此外，也恢復了預防大約螞出現的香使諸規定。

儘管這兩項措施會造成歐阿勒米減產，但減產的部分將以其他的富國政策來彌補，並確實從各農村獲取回報的資訊，構思出掌握全境氣候及蟲類出現時的應對方法，付諸實行。

不僅如此，還設立了讓皇帝、富國省及香君宮能直抒胸臆的場合，試圖摸索出能穩定經濟，同時讓歐阿勒稻與其他穀物共存的未來。

歐阿勒稻雖然仍是支撐帝國及藩國人口的主要作物，但人們現在終於認識到不能單靠歐阿勒稻，也必須開拓其他的道路了。

帝國開始轉變的此一時期，香君宮也出現了重大的變化——歐莉耶以疾病為由，退下了香君之位。

歐莉耶甚至無法起身，但仍不願讓愛夏一個人扛起重擔，原本拒絕退位。但在和愛夏談過之後，歐莉耶發現為了改變香君的樣貌，自己退位比較好，因此決心離開香君宮。

在所有「濟世稻」被烈火吞噬之中，香君因病退位，新香君上位，這件事一眨眼便傳遍全帝國。

本以為不可動搖的事物被火焰吞噬、黑煙覆蓋整個帝國，而這期間，歐阿勒稻的守護神香君病衰。接著，當焦土再次冒出歐阿勒稻的新芽時，新的香君上位了——人們如此理解香君的更迭，感覺到新時代的來臨。

離開香君宮時，歐莉耶悄聲對愛夏說：

「……我是第一個，不是躺在棺材裡被抬出去的香君呢。」

這時歐莉耶甚至還無法自己行走，臉色也很糟糕，憔悴無比，但愛夏到現在依然不時想起當時她眼中浮現的歡快神色。

退位後的歐莉耶，其下落被嚴格保密。離開香君宮的歐莉耶被祕密送到尤吉山莊，在塔庫等人的保護下休養。終於能夠起身走動時，她在知道內情的人們祝福下，和馬修舉行了簡單的婚禮。

歐莉耶對於自己能獲得幸福，愛夏卻被囚禁在冰冷的牢籠一事深感自責，但愛夏並未乖乖被關在香君宮裡。

「聽說人們都稱您是『行旅香君』。」

悠馬說，愛夏羞紅了臉。

「不只『青稻之風』的時期，不分季節，您會巡訪帝國版圖全域，甚至到歐戈達的島嶼地區，而且也不以薄紗掩蓋玉顏，還會踩進泥田裡。」

悠馬柔聲問：「您是想要改變香君的樣貌吧。」

愛夏看著悠馬說：「是我運氣好。」

「運氣好？」

「是的。我在整個帝國遭遇西薩蝗災的時期成為了香君，所以得到了必須改良土壤這個沒有人能反對的、冠冕堂皇的名分。」

從辰傑國與西坎塔爾的狀況仍不穩定的時期，愛夏就多次離開香君宮，前往西馬立基郡，進行土壤改良。

許多人制止認為太危險，但愛夏仍執意要去西坎塔爾，因為她認為即使燒掉「濟世稻」，若放任土壤維持著已經改變的現狀不管，依然太危險了。

萬一跟異鄉之間的通道還開著，又有西薩飛來的話，悲劇有可能再次上演。愛夏這番警告無法忽視，而且若是為了保護香君，也能在不刺激鳩庫奇的情況下，將帝國軍精銳派遣至西馬立基郡，因此伊爾也沒有反對，反而支持愛夏的行動。

愛夏提供充足的酬金，要西馬立基郡的農夫幫忙，反覆改良土壤，直到被「濟世稻」改變的土壤氣味徹底消失。

一段時間後，原以為再也長不出作物的土地上，結出約吉麥金色的麥穗。面對此情此景，農夫們滿臉笑容，歡呼不已。

聆聽著這片過去曾因飢餓而哭泣的土地，如今發出了歡呼聲，愛夏回想起祖父，同時她也打從心底感謝歐莉耶、馬修、拉歐及塔庫等人，讓她有機會能聽到這些歡呼，感受如此的喜悅。

在西馬立基郡的工作告一段落後，愛夏也沒有停留在香君宮，而是四處行旅各地。她和香使、菜師、農人以及當地人，一同調查歐阿勒稻與其他植物的關係，持續記錄。

「……原來如此。」悠馬說，「您親自前往西坎塔爾進行土壤改良，讓廣大世人認識到，香君也是會做這種事的。親自踏入泥田，和農夫交談——看到這樣的您，人民就能自然地發現，香君也是人。」

愛夏說：「是啊。我和歐莉耶大人反覆討論過好多次，到底要怎麼做，才能打破圍繞著香君的幻想？香君的神性，與對歐阿勒稻強烈的依賴綁在一起。若要擺脫對歐阿勒稻這種穀物過度依賴的危險，就必須把香君的幻想也一併打破。但要是太輕率地破壞，也可能危及這個國家……」

悠馬點點頭。「沒錯，妳必須走在險阻的小徑之上。」

祈禱所走出幾名年輕人。

他們朝這裡欠了欠身，慢慢跨出腳步。眾人走在池畔的草地上，唱著傍晚祈禱的詠歌。

愛夏聽著乘著向晚涼風傳來的詠歌，嘆了一口氣。

「那條小徑在哪裡？真的有這條路嗎？我一邊走著，總是迷惘不已。因為我就像引誘飛蛾的燈火，不管表現得再怎麼平凡普通，還是無可避免會引來人們的幻想。只要我是我，人們渴望神明拯救眾生的心就不會改變吧。別說小徑了，或許我走的是一條死路。」

愛夏淡淡一笑。

「但我還是無法不做我自己。我能做到的，只有用毫不誇飾、原原本本的自己去面對人們。」

「……所以您才會四處旅行。」

「是的。」點頭之後，愛夏說，「我會旅行，還有別的理由。」

「別的理由？」

「我想要把我知道的事傳遞給更多的人——讓人們可以靠自己做出判斷。可以去想像自己的行動會帶來什麼樣的結果。」

「……」

「西薩出現的時候，席達拉種植地的農夫如果知道西薩的可怕，或許狀況會截然不同。或許就有人會想，必須在這裡遏止蝗災，免得繼續擴散到其他的種植地。燒田是非常痛苦的決定，應該是因為這樣他們才沒有這麼做，但如果能夠想像不燒田會有什麼後果，也許就能狠下心來……」

愛夏看著暮色中的草地說：「只要有知識，即使是邊境的農夫，可能也有辦法自行拯救自己的未來——可是，」愛夏的表情倏地扭曲，「我的存在卻阻礙了這樣的可能性。我的存在會讓人們認為，既然有個能知悉萬象的神明，交給神明去安排就好了、聽從神明的旨意就好了。別說萬象了，明明我這個香君還有太多不知道的事。」

愛夏嘆了一口氣，搖了搖頭。「香君的存在，對於帝國支配人民或許很方便，但這是非常危險、非常可怕的事——許多人盲目聽從一個人的聲音，這樣很危險，也很可怕。」

悠馬默默思考片刻，開口：「……我也一直在思考一樣的事，所以很清楚妳的憂心。但經驗到西薩蝗災，我反而深深體會到妳口中的一個人的聲音，能夠發揮莫大的力量。世上有形形色色的人，許多人絕對不願意退讓自身利益；要是尊重這些人的意見，情況應該已經慘不忍睹了。」

愛夏點點頭。「任何一條路，都有各自的難處呢。」

愛夏嘆了口氣，仰望暮色中的天空。

「即便如此，我還是想要找到一條，不把香君奉為神明的道路。如果不在這時候做出改變，一定又會再次上演相同的悲劇……

這場大禍的記憶，遲早也會隨著時間風化。只要帝國照現狀利用香君和歐阿勒稻擴大勢力，或許又會有人試著增產，也可能有人為了擺脫隸屬的枷鎖，想要得知『萌芽的祕密』。」

愛夏一邊思考，一邊慢慢說著。

「歐阿勒稻非常可怕，有許多我們還不明白的地方，不是可以隨意種植的。『萌芽的祕密』固然是隸屬的枷鎖，卻也是保護人們的堡壘。如果不知道這種稻子的可怕之處就任意種植，不知道它會出現怎樣的變化，原以為可以擺脫隸屬，或許反而會帶來災禍……」

愛夏轉向悠馬。

「所以，我想趁現在盡量調查歐阿勒稻。我要把只有我才能注意到的事、從氣味得知的事，盡可能詳盡、全面地記錄下來，讓更多人知道。

要傳遞什麼、怎麼傳達，必須謹慎思考跟進行，但為了思考這些問題，首先必須更進一步了解歐阿勒稻才行。

幸好，富國大臣的長子尤吉爾·喀敘葛大人積極協助我。這項工作不只是香使和『黎亞農園』的菜師、農人，新喀敘葛家的『洛亞工房』的師父們也有一起幫忙。」

「……這樣啊。」

「我認為，這條隔開人與人外之物分界的小徑，最終必須彼此融合，讓限界消融於無形——不是神，而是人；人藉著自己的智慧，找出道路。我想要讓人們走向這樣的境地，因此我想要找到類似法則般的東西，這樣一來，即使不必依靠氣味，只要有線索，任何人都可以做出相同的類推思考。」

愛夏的表情稍微扭曲。

「可是，其實我非常害怕。我剩下的時間，有辦法實現這些嗎……？」

悠馬的眼睛微微睜大。「您認為自己的壽命可能不長嗎？」

愛夏仰望著向晚的天空說：

「想到家母過世的年齡，我剩下的時間，可能連十年都不到。」

悠馬沉默片刻，看著愛夏，接著開口：「聽起來或許像是安慰，但我認為您應該會活得比令堂、比內人更久。」

「……」

「您應該是想，來自異鄉的人——包括初代香君在內——都十分短命，因此自己應該也命不久矣。」

「對。」

悠馬搖搖頭。「我不這麼認為，因為您和她們有著極大的差異。」

「……咦？」

「您想想看，初代香君有留下子孫嗎？」

愛夏赫然瞠目。

「沒有吧。不光是初代香君，阿札勒流傳的、來自異鄉的女童們，也都沒有留下子孫——除了令堂和內人。」

悠馬慢慢地說：「我在想，那塊土地可能發生了某些重大的變故。」

說到這裡，悠馬停頓，忽然按住胸口。

那張臉痛苦地扭曲，愛夏吃了一驚，觸碰悠馬的肩膀。「您還好嗎？」

悠馬輕輕地推回愛夏的手。「我沒事。只是一想到那裡，這裡就難受得緊……」悠馬撫摸胸口，露出苦笑。

「如今我完全明白，為何利塔蘭要徬徨、為何要在懷裡放著青香草了。因為只要想到那個地方，胸口就宛如被烈火焚燒般痛苦。」悠馬低聲說，「明明就連在渴望什麼都不清楚，卻覺得就是該回去什麼地方，無比冀望能夠回去；卻又不知道該怎麼回去，只能承受著思鄉之苦……」

悠馬按住胸口的手使勁。

「但只要碰到青香草，不知為何，那種痛就會緩和一些——是因為這種花也是來自那裡吧。雖然對我而言，它是什麼氣味都沒有的普通的花。」

悠馬閉上眼睛，低頭半晌，片刻後睜開眼睛，看著草地開始落入夜色中，和草地上綻放的青香草。

「內人說很香，說是一股令人心頭舒暢的清爽香味。」

——……所以妳身上才會有青香草的香味。

母親遙遠的回憶掠過心頭，愛夏低下頭去。

「我的母親，」她說，「也聞得到青香草的香味。」

說到這裡，愛夏忽然想起一件事，抬頭看悠馬。

「悠馬大人，我一直想要在見面時請教您，家母為何會被送到遠離大崩溪谷的藩都，最後和我父親在一起？您知道理由嗎？」

「……噢。」悠馬想了一下，開口，「因為阿札勒的長老，也就是我的岳父，馬修的祖父，和您的祖父是至交。」

「咦！」

「我知道這件事時，西坎塔爾的情勢十分微妙，因此我甚至沒有寫在手記上，免得因為任何差錯而被人知道……」悠馬說，「里格達爾成為藩國，東坎塔爾也想要歸順帝國時，我想岳父害怕西坎塔爾也被納入帝國版圖，開始種植歐阿勒稻，所以去見了喀蘭王。因為岳父是唯一一個知道在遙遠的過去，在此地發生了什麼災禍的人。」

「您說的災禍，就是《香君異傳》裡提到的那場饑雲吧？」

「對——但岳父沒有對我說過這件事，我只是從岳父提過的話中，從字裡行間推測出來的，所以就請姑且聽之吧。」

「好的。」

「饑雲的事，若是跟這次的西薩來襲情況相同，那就表示皇祖在大崩溪谷種植歐阿勒稻時，也出現過大約螞。」悠馬說著，看向愛夏，「您說您在吉拉穆島上看過在海風中也能存活的稻子。」

「是的。野生的歐阿勒稻似乎能抵禦海風。只要減少肥料的量，讓歐阿勒稻接近野生，存活力就會變強。因為『濟世稻』不僅不怕海風，就算遭到大約螞啃食也能存活，強韌無比。」

悠馬點點頭。「這樣。但這樣的強韌，也是雙面刃。換作是抵擋不了大約螞的歐阿勒稻，在喚來西薩之前就會先枯萎了，但被大約螞啃食仍能活下去的『濟世稻』卻屹立不搖，結果就引來了西薩。」

悠馬望向白山的方向，繼續說：「我推測，初代香君等人在這塊土地栽種的歐阿勒稻，也比我們現在種植的歐阿勒稻更接近野生。

在大崩溪谷，雖然能種麥子，稻子卻無法成長，因為土壤不適合。要在長不出稻子的土地嘗試種稻，應該會希望讓歐阿勒稻更強壯，才能活下去。

如同初代香君等人的期待，歐阿勒稻在這塊土地也存活下來了。它就是這麼強悍。但也因為這樣的強悍，導致跟神鄉之間的通道開啟，西薩飛來了。」

愛夏回想起第一次來到這裡時的景象，忍不住抱住自己的雙臂。

「……可是，為什麼……」愛夏喃喃說，「初代香君應該也有歐阿勒稻的知識，怎麼會犯下這樣的疏失？」

悠馬嘆了一口氣。「她來到這裡的時候，才十三歲而已啊。」

「……啊……」

沒錯，她還只是個十三歲的小姑娘而已。

（她一定惶惶不安。）

想到一個女孩年僅十三歲就來到異鄉，必須在此地活下去，愛夏低下頭。

悠馬以沉穩的語氣繼續說下去。

「而且，即便有知識，這也是在第一次造訪的土地種植歐阿勒，或許出現了意想不到的變化。大約螞、西薩、帕里夏，還有歐阿勒，它們的關係，在那塊土地或許又是不同的樣貌。」

悠馬看著白色的群山說：「總之，阿札勒的人民一定飽嘗駭人災禍的折磨。那個時候或許還有帕里夏回應歐阿勒稻的呼喚飛來，吃掉了西薩，但在災害平息以前，不光是稻田，山野一定也慘遭西薩蹂躪，一片狼藉吧。

然後當西薩的大禍平息後，阿札勒的人民應該是分成了兩派——一派把歐阿勒稻視為汙穢的稻子，決定永世不再種植；一派則不放棄種植歐阿勒稻，相信若在遠離神鄉之處，即使栽種歐阿勒稻也不會引來西薩，並賭上這個可能性。」

「……」

「想要繼續種植歐阿勒稻的那群人，帶著歐阿勒稻離開了故鄉。與他們一同啟程的初代香君，一定絞盡腦汁思考，要怎麼做才能讓歐阿勒稻不再招來災禍吧？

當時她知道的，是在大崩溪谷種植的話會很危險。因此她才會把大崩溪谷使用的肥料量定為禁忌吧。讓人們使用更多的肥料來抑制歐阿勒稻，萬一出現大約螞，歐阿勒稻也會抵禦不住大約螞而枯萎，不至於引來西薩。」

「……也就是『絕對下限』呢。」

「沒錯。」

悠馬忽然浮現苦笑。

「無論任何情況，只要肥料比這個量更少，歐阿勒稻就不再是恩惠，而是災禍。傳說香君曾經如此說過，因此人們一直相信，『絕對下限』是去除歐阿勒稻毒性的界限。由於這個誤解，即使在以擴大生產為目標的時代，也只有這項規則沒有被打破……」

悠馬嘆氣。

「但即使遵守『絕對下限』種植，阿馬亞濕地依然出現了大約蝸。」

「所以才又設下規則，當約蝸大量出現時，要加入希夏草，更進一步抑制。」

悠馬點點頭，緩慢地撫摸自己的臉，接著眼神陰鬱地看著山脈，沉靜地說：「如果初代香君的話被記錄下來，我們的生活或許就不會是今天這個樣子。但初代香君的話已經失傳了。離開大崩溪谷，遷徙到遙遠之地的人們的末裔，開始利用歐阿勒稻絕大的威力，來擴大版圖。」

「……也就是烏瑪帝國的創始呢。」

「是的。」

「然後，留在故鄉的人們，則是把種植歐阿勒稻視為禁忌。」

「對。」

「可是，為什麼他們不把禁忌的理由——那場災禍，流傳給後世呢？要是這麼做的話……」

悠馬微笑。「因為『只要談論就會出現』啊。」

愛夏頓時了悟，她想起馬修以前說過的話。

「這樣啊，所以才……」

「是的。他們一定是害怕談論災禍，會導致災禍再次降臨。但他們沒有忘記，只是把它作為只有阿札勒的長老才能傳承的故事，世代口耳相傳。」

「……所以您的岳父才會那麼害怕呢。害怕萬一西坎塔爾成了烏瑪帝國的藩國，這塊土地又會再次栽種歐阿勒稻。」

愛夏說著，猜出了這件事的後續，驚愕不已。

「那麼，我祖父之所以沒有接納歐阿勒稻，是因為……！」

悠馬點點頭。「這也僅僅是推測，但應該是被我岳父說服了吧。」

愛夏無語地看著悠馬。

「岳父對我說過，他見過喀蘭王。那時我問岳父，為何阿札勒的鄉民如此敬愛喀蘭王，岳父說，因為喀蘭王是個了不起的人。說在與他見面的過程中，對他萌生出無比的敬愛。」

「……所以，您的岳父才會把我母親……」

「應該是。」悠馬露出注視著遙遠過去的眼神。「我和內子結為連理時，岳父說，我女兒有過人的天賦，如果你只吃妻子做的飯菜，永遠不必擔心中毒。」

聽到這話，母親的臉浮現眼前，並聽見她的聲音。

——這是凍草，懂嗎？

母親說著，輕輕讓她嗅聞凍草氣味時的手指氣味在鼻腔裡復甦，愛夏忍不住閉上眼睛。

母親熟知人心存害意時的氣味，並把這些教給了她……

愛夏看見了過去——比自己出生更早以前的種種。一股灼熱在心頭擴散開來。

「……您的岳父，是為了保護我祖父，才把我母親……」

「對。我認為他把令堂派到喀蘭王身邊，就是為了從熱切希望引進歐阿勒稻的氏族中，保護他免於反抗與陰謀。」

那是怎樣的一段人生？愛夏想。母親的人生，是怎樣的一生？

從異鄉被帶來，在大崩溪谷成長，小小年紀就被送到喀蘭王身邊，然後與父親結縭。

祖父在拒絕歐阿勒稻而遭到眾多氏族怨恨，導致無數人民挨餓，終於被逐下王位。在他身邊的母親，是懷著怎樣的想法過完這一生？

（如果母親還在世的話……）

好想聽她親口說——說說她是懷著怎樣的想法，過完這輩子。

淚水滑過臉頰，愛夏忍不住雙手掩面。

（母親也是……）

活在無人能理解的氣味世界裡，懷抱著孤獨，但還是支持著祖父、父親跟一雙孩子。

一隻手搭到背上。愛夏低著頭，感受那隻手的溫度。

「……令堂度過了艱辛的人生呢。」悠馬的聲音傳來，「但如果她人在天上，看到妳的成就，一定會感到欣慰。」

一段時間沒聽見的詠歌又再次傳來，應該是繞著草地吟唱向晚祈禱的年輕人們靠近了。歌聲乘著傍晚的風遠去，那是人這種渺小的生物，向浩瀚的天地祈求健康平安的祈願之聲。

悠馬聽著那歌聲，低聲道：「若是知道這裡發生的事，岳父也會很開心吧——傳承的故事總算有了貢獻。」

愛夏深深吁了一口氣，輕輕放下掩面的手，抬頭說：「……謝謝您。」

向晚的風沁涼地撫過淚濕的臉頰。

天空已經化為靛藍的傍晚闇色，但底部還帶著紅暈，淺淺地染紅了白色山脈。

「……為什麼，」愛夏嘀咕，「家母她們會離開故鄉呢？為何會離開故鄉，在遙遠的異鄉生活呢？」

悠馬看著白色群山說：「也許她們是『種子』吧。」

「種子？」

「是呀。草木為了留下自己的子孫，會把種子送到盡可能遙遠的地方。」悠馬嘆氣，「我不確定我是真的聽到，或者是做夢，但總覺得有人對我這麼說過——從異鄉飛來的鳥兒啊，請把種子送到遠方吧！雖然因為某些理由，我沒有帶著女童回來……」

悠馬將手按在胸口，緩緩撫摸胸膛。

「我應該記得在那裡的一切，只是那段記憶潛入內在很深的暗處，即便想要回想，也回想不起來。偶爾——真的是很偶爾地，會有風景或景象閃現眼前、聽見聲音，但那也都像是夢中的記憶，想去捕捉就會溜走。」

悠馬再度嘆氣。

「即便如此，倘若我這種宛如妄想的念頭，就是在那塊土地見聞到的記憶碎片，那麼，那裡應該有什麼正逐漸步上滅絕，因此每當跟這裡的通道打開時，他們就會把女童送到這裡來——為了維繫命脈。」

「……」

「就如同花草枯萎前會讓種子飛向遠方，每當通道開啟，那裡的人就往這裡送出種子——但這些種子遲遲沒有發芽生根。」

悠馬慢慢地轉頭看向愛夏。

「您和您的弟弟，還有馬修，或許是第一批在此地萌芽的生命，是那裡的生命與這裡的生命結合而生的新生命。」

太陽西下，四周已落入深藍的夜色，風也變冷了，但悠馬散發出來的柔和香氣，讓愛夏想起過去讓自己躺在泉水旁，輕輕安撫自己的老人，還有他手的溫度。

「很多年來，我一直害怕人們對歐阿勒稻過度依賴。」悠馬望著沉入夜色的群山說，「我身為新喀敘葛家的嫡子，卻無法融入那種生活，逃避似地關在圖書寮裡。在那裡的倉庫我找到《香君異傳》和《旅記》，感應到上面所描寫的無聲之聲——感應到祖先們儘管知道如果繼續種植歐阿勒稻，或許將發生災禍，卻無法顯靈勸戒而苦惱。」

「……」

「人們絲毫沒有想過有一天歐阿勒稻可能會消失，但要是這塊土地再次發生祖先所經歷過的饑雲，帝國將會如何？一想到這，我驚悸萬分。沒有人想過，已經壯大到完全不是祖先在世時能夠比較的這個國家，屆時將會如何。這讓我無比恐懼。」

悠馬的側臉沉入黑暗，已經化為一團朦朧。

「所以我開始尋找神鄉歐阿勒馬孜拉。因為我相信，只要能找到神鄉、查出歐阿勒稻這東西是來自什麼樣的地方、是怎樣的稻子，或許就能說動皇帝陛下或父親。」

說到這裡，悠馬打住，注視著變成深藍色的山脈，片刻後又再次開口：

「在奇妙的機緣巧合下，我去到了神鄉歐阿勒馬孜拉，在那裡生活了許久。從那裡歸來後的現在，我的心已經不再對歐阿勒稻感到忌諱了——歐阿勒稻也是一種生命，是從那塊土地釋放出來的生命。我覺得初代香君帶到這塊土地、在這裡延續下去的歐阿勒稻，已經是這塊土地的生命了。」

悠馬慢慢轉頭看向愛夏。

「過度依賴一種稻作，當然必須避免，但現在的我們該做的，應該不是排除歐阿勒稻，而是與它共存吧。

初代香君也曾經摸索這條路，調製出特殊的肥料，讓歐阿勒稻能夠與這塊土地的穀類共存——但當時跟現在，不管是國家規模還是所有的一切，都已是天差地遠，與歐阿勒稻共存的形式，也非改變不可。」

悠馬說著，露出微笑。

「找出新的共存之道，就是這個時代的您這位香君的任務吧。」

愛夏點點頭，望向落入夜色的池塘與山脈。

在過去，一名姑娘從那裡來到此地。

她身負維繫生命的使命，帶著歐阿勒稻來到這裡，在這裡生活，離世。

她帶來的歐阿勒稻在這塊土地上扎根，強壯地活下去，逐漸改變了人們的生活。

獲得歐阿勒稻後，這塊土地的人們興旺繁衍，孜孜矻矻地營生。

（……生物……）

多麼地強大啊！愛夏心想。

不知不覺間，詠歌歇止。年輕人只是靜靜地在夜色中漫步。

山脈、池塘還有人都化入深藍色的黑暗裡，模糊難辨，但各別的氣味反而變得更為清晰，彼此呼應、競爭、相互支持。

充斥著天地的龐大生命，各自綻放氣味，回應彼此。

（可是……）

沒有人回應我的氣味呼喚，飛來找我。

一想到這裡，愛夏忽然感到強烈的孤獨。

淚水盈眶，愛夏嘆了口氣，仰望天空。

傍晚天空的高遠之處，一顆小星星孤伶伶地閃爍著。

注視著那顆星星，寂寞深處悄悄浮現一股清澈的思緒。

（……我……）

身為一位聆聽者就可以了。

向晚的風中，聽得到無數的氣味之聲。

那些是安歇在人群之中時，被遺忘的聲音。

當她獨自走出人群，遠離人聲，周遭只剩下草木之聲的喁喁細語時，這個無邊的世界便會顯現出來。愛夏唯有浸淫其中、不斷地聆聽。

（初代香君和母親她們，）

也都活在這樣的孤獨裡。

她們被送到這個軟弱無法倖存的殘酷世界，活在無人能理解的孤獨之中，卻反而把這份孤獨轉化為力量，支持他人，拚命地活下去。因為有她們，才有現在的自己。

這條遙遠的旅途雖然曲折，愛夏卻感覺眼前好像有一條燦爛光輝的白色道路鋪展開來。

（我也要走上那條路。）

那條預示著孤獨的路。

只要生命存在的一天，就會綻放芬芳，與眾多氣味交融。

與眾多生命彼此扶持。

歐莉耶和馬修離開池畔，走了過來。歐莉耶今天好好地披著外衣，但可能還是有些冷，正摩挲著手臂。馬修脫下身上的衣物，為歐莉耶披上。

這時一股溫暖的氣味輕柔地飄來，愛夏微微一笑。

（全書完）

# 後記
# 《香君》的漫漫旅途

長久以來，我總想寫一部關於植物的故事，就這樣一直放在心上。

不過，具體想寫什麼卻未曾浮現腦海，讓我感到納悶不解，漸漸地我才發現原因：啊，是因為植物「太安靜」了。

植物既不會像王獸(註)一樣飛翔，也不會像飛鹿一樣躍動，更不會為劇情步上旅途，所以完全無法刺激我動筆。

就這樣過了好長一段時間，機緣巧合下，我連續讀到了幾本書。

首先是羅伯・唐恩（Rob Dunn）的《永不過季》（*Never Out of Season: How Having the Food We Want When We Want It Threatens Our Food Supply and Our Future*），這本書精采紛呈，帶給我許多刺激。我們習以為常食用的香蕉，背後竟隱藏著歷史、不久可見的未來，以及糧食帶來的危機，讓我驚訝不已。

在我思考人類與植物的關係之際，也對植物與昆蟲的共演化感到好奇，開始涉獵共演

註：編按：出自作者另一部作品《獸之奏者》，王獸有著銀白色羽毛、能夠在天空翱翔，是有如神獸一般的存在，更是該作品中王國的象徵。

化及生物網路的相關書籍。這時我遇到了高林純示的《昆蟲與草木的網路》（虫と草木のネットワーク），這本書也非常有趣，令人拍案叫絕。

植物與昆蟲若是被人類等外力所傷害，就會散發氣味；當其他植物察覺這些氣味，便會做出反應。我從以前就對這樣的現象感到好奇，但讀到這些書籍，才了解到植物原來竟是如此活潑，會巧妙地進行各式各樣的溝通交流，讓我既驚奇又興奮。

隨後，我讀到藤井義晴的《化感作用》（アレロパシー），更是驚訝極了。這本書的有趣程度又更勝一籌。化感作用（Allelopathy），指的是植物釋放出來的物質，對其他植物、昆蟲、微生物、小動物，甚至是人類，造成某些影響的現象。得知原來植物之間的關係也如此錯綜複雜，人類亦牽涉其中，我雀躍不已。

在閱讀這些書籍的過程中，我對植物用來溝通的手段——「氣味」十分好奇，便找到由松井健二、高林純示、東原和成三人編著的《連繫生物的「氣味」——生態系揮發性化合物群》（生きものたちをつなぐ「かおり」：エコロジカルボラタイルズ）這本書。閱讀過程中，故事的種子就在我心中萌芽了。

植物利用化學物質，與周圍的各種生物交流著。我本以為植物是「安靜的存在」，其實只不過是因為我感覺不到而已，如果我能理解植物散發出來的氣味是什麼意思，一定就能「聽見」它們眾聲喧譁的對話——想到這裡，我忽然看見一名少女打開高聳的石塔窗戶，迎著陽光和風，感受那些氣味的模樣，《香君》這個書名也自然而然地浮現腦海。

如果有名少女可以感受到他人無法感知的氣味對話，她的世界絕對是無比地豐饒，卻也極端地孤獨吧。這樣的想法在我心中萌芽，這個故事也揭開了序幕。

我從二〇一九年開始動筆，寫作過程卻跌跌撞撞。由於家父年事已高，體弱多病，我必須思考該怎麼讓他度過剩下的日子才是好的，便被迫不斷做出醫療選擇，就這樣持續了好長一段時間。

接著又碰到新冠肺炎肆虐全球。家父因衰老而離世，我卻只能目送他離開，而無法像為母親送終時那樣緊緊地擁抱他。

即便如此，家人、祕書們、作家好友荻原規子、佐藤多佳子等人還是支持著我度過這段艱難的時期。我花了三年時間，終於完成了草稿。

我把草稿交給說定「我一定會給您一篇故事」以後，等了我超過二十年（！）的文藝春秋編輯，然而開心也只有一晃眼的工夫，接下來便是樂在其中又艱苦萬分的修潤工作。

《香君》這部故事，需要我的專業以外許多領域的知識，因此我希望在它面世之前，內容經過仔細驗證，便求教了各領域的專家。

與眾多專家學者的視訊會議有趣極了，感覺光是這段過程，就能剪輯成一部紀錄片，同時也讓我大受震撼，有了許多光是閱讀書籍不會發現的領悟。

首先，我透過視訊求教氣候學者三上岳彥，與自然地理學者漆原和子兩位老師。兩位詳細地指點學識淺薄的我沒注意到以及認知錯誤的細節，讓我得以完成大崩溪谷的描寫。

接著，我向動筆前為我帶來莫大刺激的眾書籍作者求救。嗅覺專家東原和成、藤井義晴、高林純示這三位老師，分別細心地指導我關於氣味、化感作用，以及植物和昆蟲的交流互動。

每位老師都學識淵博，犀利地指出了許多我沒注意到的細節。這部故事，可以說是多虧了這五位專家的協助，才能有現在的面貌。

其實，我原本也想向以《獨行蝗蟲群聚時：沙漠飛蝗的多表現性與大爆發》（孤独なバッタが群れるとき　サバクトビバッタの相変異と大発生）等著作享譽各界的前野・烏魯德・浩太郎（前野ウルド浩太郎）求教，但西薩和西坎塔爾蝗災的蝗蟲都不是真實存在的昆蟲，我心想不好為此占用老師忙碌的時間，因而作罷。

當然，《香君》是虛構故事，從主角愛夏的能力開始，歐阿勒稻、大約螞、西薩、雪歐米樹等等，書中登場的植物和昆蟲等，幾乎都是我想像出來的產物，因此它們的能力與生態，都異於現實的生物。

除了這些虛構生物以外的生物，也有可能因為我的理解不足或誤解而有了錯誤的描寫，若有這樣的情形，責任全在我身上。

即便如此，這部作品依然充滿了我對這個充斥著植物、昆蟲與微生物對話的世界，以及我們聽不見的「氣味之聲」的感情。

如果有讀者對生態系這方面的樣貌感到好奇，請務必閱讀我讀後深受感動的一眾老師的著作，保證會被生物豐饒的世界深深吸引。

三上岳彥、漆原和子、東原和成、藤井義晴、高林純示，謝謝各位老師在百忙之中，懇切地傳授我自身的專業知識。多虧各位老師傑出的研究，我才能走到這一步。在此致上真誠的感謝。

另外，我也在此由衷感謝以令人驚艷的、靈動美麗的畫作妝點本書的 mia、設計師大久保明子。

傾注心血進行編輯工作的武田昇、製作地圖的齊藤有紀子、耐心等候我多年的花田朋子；以及因為長年往來，雖然並非直接責編，但組成「香君團隊」協助我的山本浩貴、瀨尾泰信、篠原一郎、吉田尚子；在我艱難的時期以視訊支持我的萩原規子、佐藤多佳子，還有總是不分公私全方位支持我的祕書們（加藤晶子、福田春子、前田さおり）；還有舍弟洋一郎。謹藉此篇幅，表達我發自內心的感謝。

多虧各位協助，《香君》才能順利面市，感激不盡。

令和四年（二〇二二）二月　寫於日吉本町

上橋菜穗子

# 參考書目

這裡謹介紹部分在動筆寫作本書前讀到，深為感動的作品。如果有機會，非常推薦各位一讀。順序依作者名日本五十音順，省略叢書名及出版年分等。

井濃内順著『匂いと昆虫の巧みな世界――匂いに支配されている昆虫の不思議――』フレグランスジャーナル社
江刺洋司著『植物の生と死』平凡社
大串隆之・近藤倫生・難波利幸編『生物間ネットワークを紐とく』京都大学学術出版会
桐谷圭治著『昆虫と気象』成山堂書店
『「ただの虫」を無視しない農業――生物多様性管理――』築地書館
小山重郎著『害虫はなぜ生まれたのか――農薬以前から有機農業まで――』東海大学出版会
『昆虫と害虫――害虫防除の歴史と社会――』築地書館
斉藤和季著『植物はなぜ薬を作るのか』（文春新書）文藝春秋
熊田幸久、萱原正嗣著『植物の体の中では何が起こっているのか――動かない植物が生きていくためのしくみ――』ベレ出版
種生物学会編『共進化の生態学――生物間相互作用が織りなす多様性――』文一総合出版

『種間関係の生物学──共生・寄生・捕食の新しい姿──』文一総合出版
高林純示著『虫と草木のネットワーク』東方出版
高林純示・西田律夫・山岡亮平著
『共進化の謎に迫る──化学の目で見る生態系──』平凡社
デイビッド・モントゴメリー著　片岡夏実訳
『土、牛・微生物──文明の衰退を食い止める土の話──』築地書館
『土の文明史』築地書館
藤井義晴著『アレロパシー──多感物質の作用と利用──』農山漁村文化協会
『植物たちの生き残り大作戦』新星出版社
『植物たちの静かな戦い──化学物質があやつる生存競争──』化学同人
藤原辰史著『稲の大東亜共栄圏──帝国日本の〈緑の革命〉──』吉川弘文館
ペーター・ヴォールレーベン著　長谷川圭訳
『樹木たちの知られざる生活──森林管理官が聴いた森の声──』（ハヤカワ文庫NF）早川書房
前野ウルド浩太郎著『孤独なバッタが群れるとき──サバクトビバッタの相変異と大発生──』東海大学出版部
『バッタを倒しにアフリカへ』（光文社新書）光文社
松井健二・高林純示・東原和成編著
『生きものたちをつなぐ「かおり」──エコロジカルボラタイルズ──』フレグランスジャーナル社
ロブ・ダン著　高橋洋訳
『世界からバナナがなくなるまえに──食糧危機に立ち向かう科学者たち──』青土社

# 中日名詞對照表

## 人物

尤吉爾・喀敘葛　ユギル＝カシュガ
伊西里侯　イシリ侯
伊萊娜　イライナ
伊爾・喀敘葛　イール＝カシュガ
托亞魯　トアル
米季瑪・奧爾喀敘葛　ミジマ＝オルカシュガ
奇塔爾　チタル
拉戈蘭　ラガーラン
拉利哈　ラリーハ
拉歐・喀敘葛（拉歐老師）　ラーオ＝カシュガ
（ラーオ師）
拉穆蘭　ラムラン
拉諾修・喀敘葛　ラノーシュ＝カシュガ
阿拉塞侯　アラセ侯
阿哥亞　アグア
阿莉姬　アリキ
阿萊爾　アライル
阿彌爾・喀敘葛　アミル＝カシュガ
哈爾敦・洛伊・拉馬爾　ハルドゥーン＝ロイ
＝ラマル
約修　ヨシュ
庫莉納　クリナ
烏努恩　ウーヌン
烏來利　ウライリ
烏洽伊　ウチャイ
烏傑拉侯　ウゼラ侯
馬其亞・喀敘葛　マキヤ＝カシュガ
馬拉哥亞　マラグア
馬修・喀敘葛　マシュウ＝カシュガ
馬萊奧侯　マライオ侯
馬達爾　マダル
悠馬・喀敘葛　ユーマ＝カシュガ
莫拉多　モラド
喀蘭王　ケルアーン王
猶吉　ユギ
萊娜　ライナ
塔庫　タク
奧多　オド

愛夏・洛力奇　アイシャ＝ロリキ
愛夏・喀蘭　アイシャ＝ケルアーン
鳩庫奇　ヂュークチ
瑪拉　マアラ
瑪琪雅　マキヤ
赫拉姆老師　ホラム師
歐伊拉　オイラ
歐拉姆　オラム
歐洛奇・穆阿　オロキ＝ムア
歐莉耶　オリエ
歐爾蘭　オルラン
歐德森　オードセン
穆茲赫　ムズホ
彌洽・喀蘭　ミルチャ＝ケルアーン
彌莉亞・歐戈達　ミリア＝オゴダ

**植物**

尤卡吉花　ユカギの花
尤吉樹　ユギの木
尤馬草　ユマクサ
仙座紅（花）　仙座紅
卡奇那　カッチナ
伊奇草　イチクサ
托姆其　トムチ
托撒拉　トッサラ
艾那拉樹　アイナラの木
西奇迷　ヒキミ
西爾馬草　シルマクサ
希夏草　シシャ草
那普　ナプ
奇阿撒樹　チアサの木
波可　ポコ
青香草　青香草
約吉麥　ヨギ麦
約吉蕎麥　ヨギ蕎麦
約奇草　ヨチクサ
冥草　冥草
凍草　凍草（ヒリン）
馬奇花　マキの花
淚花　涙ノ花
雪歐米樹　雪オミの木
喀夫爾（樹）　カフル

菈杞　ラッキ
撒拉雅樹　サラヤの木
歐希可（花）　オシク
歐奇諾草　オキノクサ
歐拉吉爾　オラギル
歐阿勒稻　オアレ稲
歐夏奇的果實　オシャキの実
歐席庫的花　オシクの花
濟世稻　救いの稲
羅蜜果　ロミの実

**動物**
大約螞　オオヨマ
天爐蝗蟲　天炉のバッタ
血臭蜘蛛　血臭蜘蛛（チラキア）
西薩　ヒシャ
赤毒蛾　赤毒蛾（リチヤガ）
帕里夏　パリシャ
阿爾夏伊鳥　アルシャイの鳥
約螞　ヨマ
香毒蛾　香毒蛾（ハルチヤガ）
斑蛾　斑蛾（ムチヤリ）

**地名／國家**
大崩溪谷　大崩渓谷（トオウラ・イラ）
天爐山脈　天炉山脈
尤他山地　ユタ山地
尤吉山莊　ユギノ山荘
尤吉拉　ユギラ
尤馬奇平原　ユマキの原
牙卡　ヤカ
卡西馬地區　カシマ地域
伊阿馬大河　イアマ大河
吉拉穆島　ギラム島
吉哈那種植地　ギハナ栽培地
托多馬平原　トドマの野
托馬里山地　トマリ山地
托馬里種植地　トマリ栽培地
米修拉山丘　ミシュラの丘
米席亞山丘　ミーシアの丘
西坎塔爾藩國　西カンタル藩王国
西馬立基郡　西マリキ郡

利奇達村　リキダ村
辰傑國　辰傑国
里格達爾藩國　リグダール藩王国
奇拉馬種植地　チラマ栽培地
屈達河　チダ河
屈達種植地　チダ栽培地
拉帕地方　ラパ地方
拉馬爾　ラマル
東坎塔爾藩國　東カンタル藩王国
東馬立基郡　東マリキ郡
長嶺山脈　長嶺山脈
阿加波伊　アガボイ
阿吉拉村　アギラ村
阿利阿那島　アリアナ島
阿索羅街　アショロ通り
阿馬亞濕地　アマヤ湿地
青之溪谷　青ノ沢
青香草泉　青香草の泉
洛亞工房　ローアの工房
洛奇塞山　ロキセ山

祈禱之岸　祈りの岸辺
約格塞那　ヨゴセナ
風香塔　風香ノ塔
席馬撒拉種植地　シマサラ栽培地
席達拉種植地　シダラ栽培地
庫吉村　クジ村
烏瑪帝國　ウマール帝国
神鄉歐阿勒馬孜拉　神郷オアレマヅラ
納吉島　ナギ島
馬扎力亞王國　マザリア王国
馬古里山丘　マグリの丘
馬烏里山丘　マーウリの丘
雪歐米森林　雪オミの森
提拉　ティラ
雅拉村　ヤラ村
溫暖的窪地（里洽伊）温い窪地（リイ・チャイ）
瑪納斯大河　マナスの大河
撒達馬郡　サダマ郡
歐戈谷　オゴ谷
歐戈達山脈　オゴダ山脈
歐戈達海域　オゴダル海域

歐戈達藩國　オゴダ藩王国
歐拉尼村　オラニ村
諸神之口　神々の口
黎亞農園　リアの菜園
優伊諾平原　ユイノ平野
彌加蘭島　ミガラン島
彌涅利種植地　ミネリ栽培地
朧谷　朧谷（ホウ・イラ）

**著作**
《香君正史》　『香君正史』
《香君異傳》　『香君異伝』
《旅記》　『旅記』
《神國創世紀》　『神国創世記』
《庶民記》　『庶民記』

**其他**
千騎長　千騎長
口傳人　語り部
山民　山地民
五峰軍　五峰軍

仙逝　神去り
再臨　再来
利塔蘭　リタラン
快耳　早耳
赤寶酒　赤宝酒（チエカ）
里馬氏族　リマ氏族
奇普　チプ
披夏　ピシャ
披夏糕　ピシャル
拉奇　ラチ＝藩
阿札勒（族）　アザレ一族
青稻之風　青稲ノ風
幽谷之民　幽谷ノ民（マキシ）
洛伊（族）　ロイ
祈願鴿　祈願の鳩
送魂儀式　魂送りの儀
馬其希語　マキシ語
馬塔爾　マタル
鳥糞石　鳥糞石（チチヤ）
善者　善き者

尋靈儀式　御霊探し
菜師　菜師
萌芽的祕密　芽生えの秘密
視察官　視察官
達多烏拉　ダドウラ
漏稻　零れオアレ
歐戈達曉光　オゴダの暁
靜謐之道　静かな道
蟲倉　虫ノ倉
醫術師　医術師

國家圖書館出版品預行編目資料

香君．下：漫漫長路 / 上橋菜穗子著；王華懋譯. -- 初版. -- 臺北市：春光出版, 城邦文化事業股份有限公司出版：英屬蓋曼群島商家庭傳媒股份有限公司城邦分公司發行, 2024.05
面； 公分
譯自：香君. 下, 遥かな道

ISBN 978-626-7282-68-7 (平裝)

861.57 113004989

# 香君．下：漫漫長路

原著書名／香君 下 遥かな道
作　　者／上橋菜穗子
譯　　者／王華懋
企劃選書人／何寧
責任編輯／何寧

版權行政暨數位業務專員／陳玉鈴
資深版權專員／許儀盈
行銷企劃主任／陳姿億
業務協理／范光杰
總　編　輯／王雪莉
發　行　人／何飛鵬
法律顧問／元禾法律事務所　王子文律師
出　　版／春光出版
台北市 115 台北市南港區昆陽街 16 號 4 樓
電話：（02）2500-7008　傳真：（02）2502-7676
部落格：http://stareast.pixnet.net/blog　E-mail：stareast_service@cite.com.tw
發　　行／英屬蓋曼群島商家庭傳媒股份有限公司城邦分公司
台北市115台北市南港區昆陽街 16 號 8 樓
書虫客服服務專線：（02）2500-7718 /（02）2500-7719
24小時傳真服務：（02）2500-1990 /（02）2500-1991
服務時間：週一至週五上午9:30～12:00，下午13:30～17:00
郵撥帳號：19863813　戶名：書虫股份有限公司
讀者服務信箱E-mail: service@readingclub.com.tw
歡迎光臨城邦讀書花園　網址：www.cite.com.tw
香港發行所／城邦（香港）出版集團有限公司
香港九龍土瓜灣土瓜灣道86號順聯工業大廈6樓A室
電話：（852）2508-6231　　傳真：（852）2578-9337
E-mail : hkcite@biznetvigator.com
馬新發行所／城邦（馬新）出版集團　Cite（M）Sdn. Bhd
41, Jalan Radin Anum, Bandar Baru Sri Petaling,
57000 Kuala Lumpur, Malaysia.
Tel:（603）90578822 Fax:（603）90576622　E-mail:cite@cite.com.my

封面設計／木木 Lin
內頁排版／芯澤有限公司
印　　刷／高典印刷有限公司

■ 2024 年 5 月 30 日初版一刷
Printed in Taiwan

售價／450元

城邦讀書花園
www.cite.com.tw


ISBN 978-626-7282-68-7

| 廣 告 回 函 |
|---|
| 北區郵政管理登記證 |
| 臺北廣字第000791號 |
| 郵資已付，免貼郵票 |

台北市 115 台北市南港區昆陽街 16 號 8 樓

**英屬蓋曼群島商家庭傳媒股份有限公司**

**城邦分公司**

請沿虛線對折，謝謝！

愛情 · 生活 · 心靈

閱讀春光，生命從此神采飛揚

# 春光出版

書號：OG0038　　書名：香君 · 下：漫漫長路

請於此處用膠水黏貼

# 讀者回函卡

謝謝您購買我們出版的書籍！請費心填寫此回函卡，我們將不定期寄上城邦集團最新的出版訊息。亦可掃描 QR CODE，填寫電子版回函卡

姓名：________________________

性別：□男　□女

生日：西元__________年__________月__________日

地址：________________________

聯絡電話：______________　傳真：______________

E-mail：________________________

職業：□ 1. 學生 □ 2. 軍公教 □ 3. 服務 □ 4. 金融 □ 5. 製造 □ 6. 資訊

□ 7. 傳播 □ 8. 自由業 □ 9. 農漁牧 □ 10. 家管 □ 11. 退休

□ 12. 其他 ________________________

您從何種方式得知本書消息？

□ 1. 書店 □ 2. 網路 □ 3. 報紙 □ 4. 雜誌 □ 5. 廣播 □ 6. 電視

□ 7. 親友推薦 □ 8. 其他 ________________________

您通常以何種方式購書？

□ 1. 書店 □ 2. 網路 □ 3. 傳真訂購 □ 4. 郵局劃撥 □ 5. 其他 ______

您喜歡閱讀哪些類別的書籍？

□ 1. 財經商業 □ 2. 自然科學 □ 3. 歷史 □ 4. 法律 □ 5. 文學

□ 6. 休閒旅遊 □ 7. 小說 □ 8. 人物傳記 □ 9. 生活、勵志

□ 10. 其他 ________________________

請於此處用膠水黏貼